ハヤカワ文庫JA

〈JA1307〉

殺生関白の蜘蛛

日野真人

早川書房

8096

目次

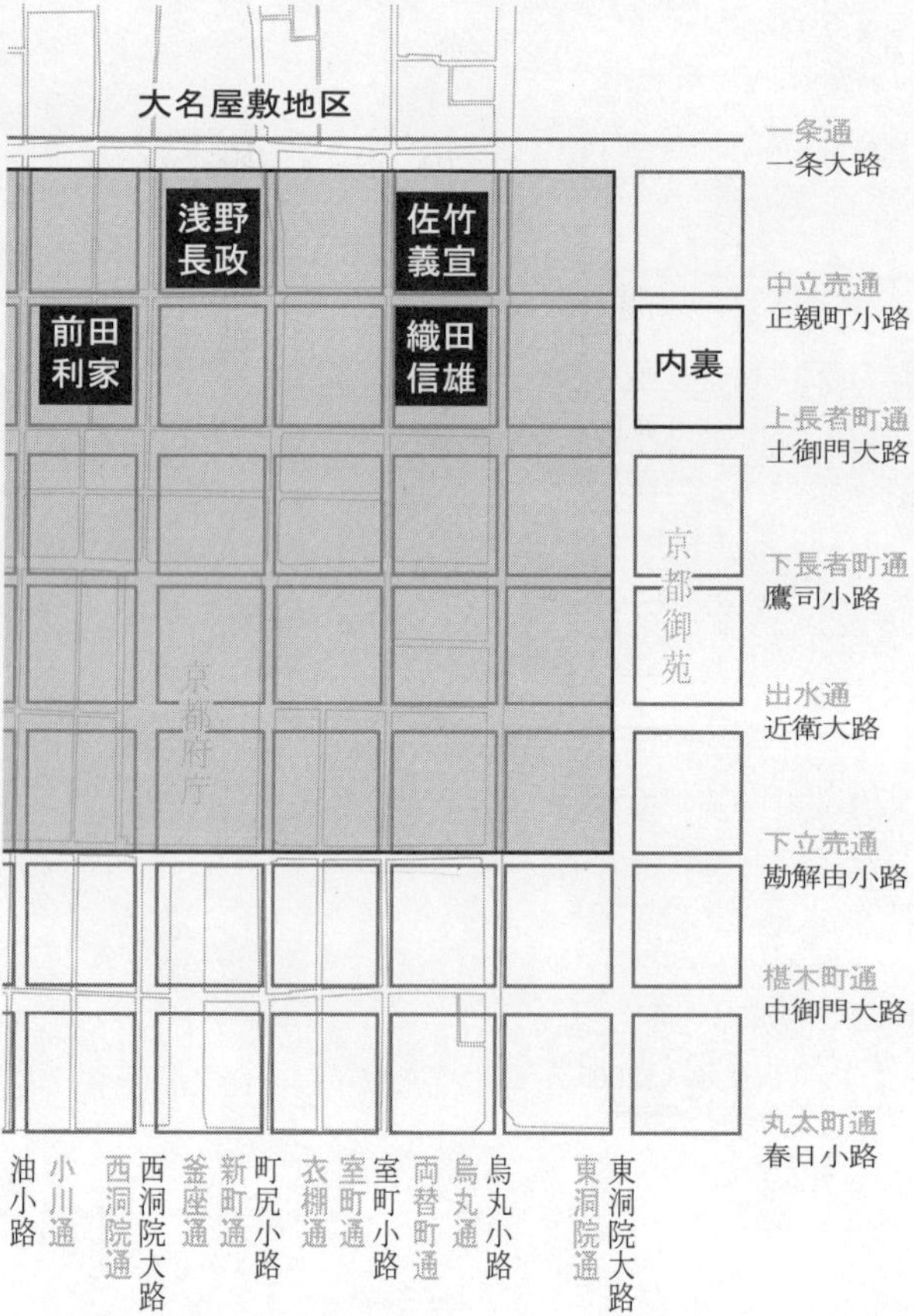
大名屋敷地区
浅野長政
佐竹義宣
前田利家
織田信雄
内裏
京都御苑
京都府庁
一条通
一条大路
中立売通
正親町小路
上長者町通
土御門大路
下長者町通
鷹司小路
出水通
近衛大路
下立売通
勘解由小路
椹木町通
中御門大路
丸太町通
春日小路
油小路
小川通
西洞院通
西洞院大路
釜座通
新町通
町尻小路
衣棚通
室町通
室町小路
両替町通
烏丸通
烏丸小路
東洞院通
東洞院大路

作図＝森島康雄

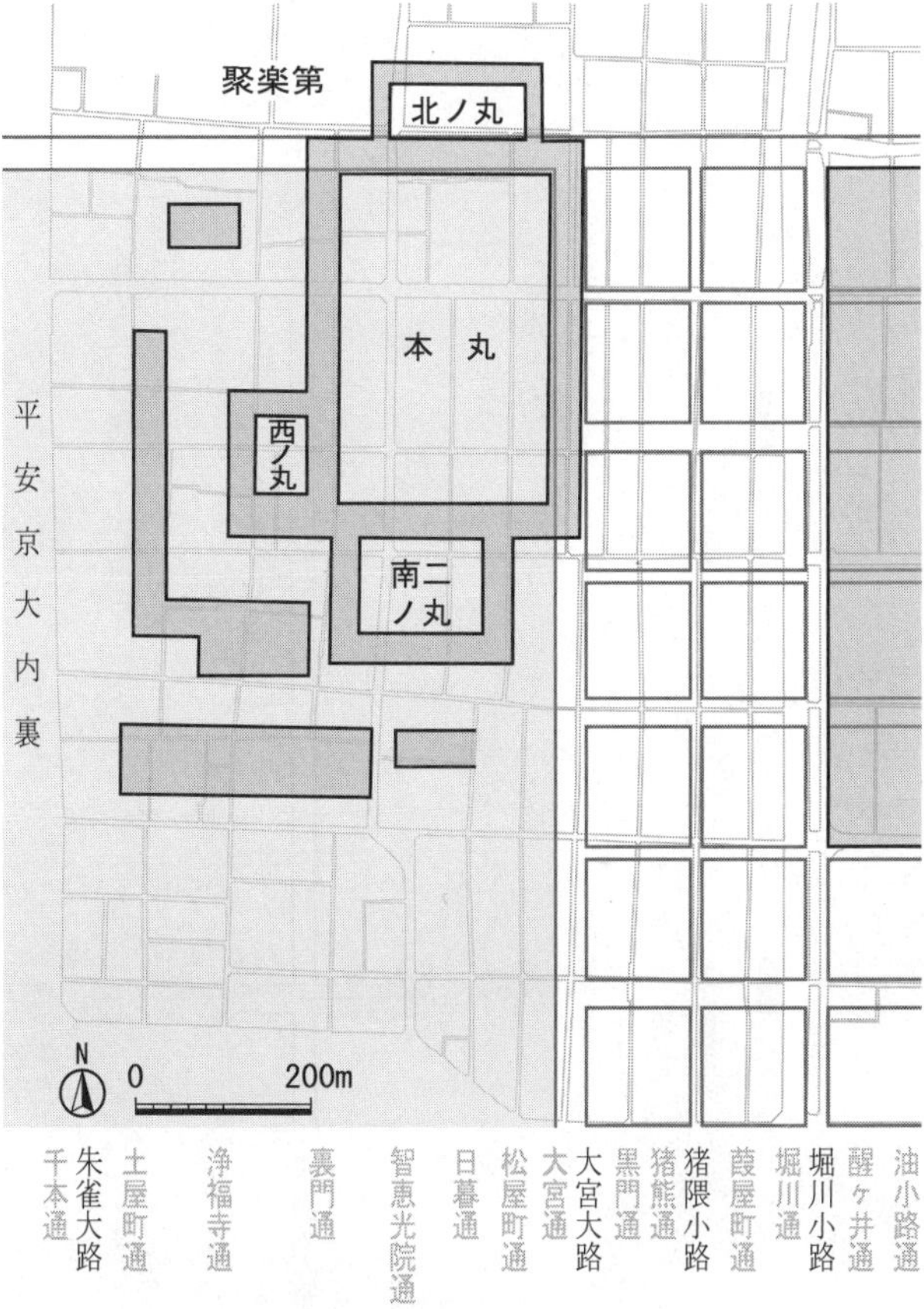
聚楽第
北ノ丸
本　丸
西ノ丸
南二ノ丸
平安京大内裏
N
0
200m
千本通
朱雀大路
土屋町通
浄福寺通
裏門通
智恵光院通
日暮通
松屋町通
大宮通
大宮大路
黒門通
猪熊通
猪隈小路
葭屋町通
堀川通
堀川小路
醒ヶ井通
油小路通

聚楽第城下図

殺生関白の蜘蛛

登場人物

舞兵庫……………………………秀次の臣、元松永弾正の臣

石田三成…………………………秀吉の寵臣

森九兵衛…………………………三成の臣

大山伯耆…………………………秀次の臣、清洲馬廻

古田織部正………………………数寄者

小堀政一…………………………秀吉直参、古田織部正の弟子

大場土佐
高野越中
牧野重里
安井喜内
……………………………………秀次の臣

佐々木新兵衛……………………元松永弾正の臣

せい………………………………舞兵庫の後妻

納屋助左衛門……………………堺の貿易商

豊臣秀次…………………………関白

豊臣秀吉…………………………太閤、天下人

第一章　平蜘蛛にあらず

舞兵庫《まいひょうご》は太閤秀吉に十八年ぶりに召し出されていた。

「太閤殿下は、舞兵庫を指月城《しげつ》（伏見城）に出頭させよと仰せである。至急登城せよ」

昨夜遅く訪ねてきた使者は、石田治部少輔三成《いしだじぶしょうゆうみつなり》配下の森九兵衛《もりくへえ》と名乗った。供を二人連れて夜半に兵庫の屋敷を訪ねて来たのだ。兵庫が手にする燭台に照らし出された九兵衛の切れ長の目と赤い唇が、酷薄そうな雰囲気を醸し出していた。

兵庫は緊張からくる荒い呼吸を整えながら、木幡山《こはたやま》の麓《ふもと》――指月の地に築かれた伏見城の甍《いらか》へ目を向けた。

初夏の日差しが、眩《まぶ》しい輝きを天守に与えている。

町並みには、京都や大坂から集められた大店《おおだな》の支店が、広い道筋の両脇に並んでいる。

荷車がひっきりなしに行き交い、宇治川には数百艘もの荷船が帆を畳んで荷揚げの順番を待っている。遙か上流から、帆をあげた船がこの地を目指して走ってくるのも見えた。

太閤秀吉の居る場所こそ、日本の中心なのだとあらためて思い知らされた。京都にしろ大坂にしろ、秀吉がそこに住まってこそ繁栄を謳歌できるのだ。

宇治川に背を向け、御舟入へと歩み、物見塔を仰ぎ見た。土壁を漆喰で固めた三層造りで、高さ六間（約十一m）ほどの高さである。

船頭たちのあげる掛け声が聞こえてきた。舟が到着したようだ。どこからか貴人が太閤秀吉に謁見するためにきたのだろうか。石積堀が宇治川からここまで引き込まれており、貴人は舟に乗って来ることが出来るのだ。

舟を下りた貴人が、輿《こし》に乗って本丸方面へと石垣積みの御道《ぎょどう》を上っていく。兵庫はその様子を目で追う。輿に乗っているのは貴人と思っていたが、裾を絞った袴《はかま》をはいているところからすると、商人なのかもしれない。

不意に背後から声をかけられた。

「落ち着かぬ様子だな」

気配にまったく気づかなかった。後ろの気配を探る。背後にいるのは二人とわかった。かけられた言葉に返答せずゆっくり振り向く。

直垂《ひたたれ》を着た男が、切れ長のきつい目を向けていた。昨夜屋敷を訪ねてきた森九兵衛であった。

「どこで見張っていた」

九兵衛はそれには返事をせず、顎で物見塔の方角をしゃくった。

兵庫は九兵衛の後ろの人物へ目を向けた。その男は翡翠《ひすい》の素襖《すおう》に烏帽子《えぼし》をつけている。

「もしや……、石田治部少輔さま……」

昨晩、九兵衛は石田三成配下と名乗っていたのだ。すぐに気づくべきだった。

「太閤殿下から、舞どのを山里丸《やまざとまる》まで案内するよう仰せつかっている」

三成が直々に案内するとなれば、連れて行かれる先で待っているのは……。

「腰の物を九兵衛に渡されよ」

兵庫は、大小二本差した太刀を抜いて九兵衛に手渡した。

「では、ついて参られよ」

塀代わりの木々で覆われた先が山里丸のようである。

兵庫は驚いた。一本道と思っていた道が、迷路の如く複雑な道筋になっていたからだ。幅広く作られている道が、突如行き止まりになっていたりするのだ。そのたびに三成は少し戻り、土を固めただけのあぜ道のような道を進んでいく。三成も道筋をよくわかっていない様子だ。

本来なら大手門から入るべき城なのだろうが、山里丸へと到る道にもこれほどの迷路を施していたとは……。

いつの間にか開けた場所に出ていた。三成は橡《とち》の木に目をやると小さく頷いた。

「さて、殿下のおわします数寄屋は……」

あたりを見回した三成はふたたび歩き出した。それらしき建物が数棟、いや十数棟ある。山里丸全体に数寄屋が点在しているのだ。

露地に入ったようだ。ここは初夏の花々で囲まれている。京鹿子《きょうがのこ》が紅色の小花を路に落としている。

飛び石の向こうに一棟の数寄屋が見えてきた。入母屋造りで、妻は東に向けてある。屋根は檜皮《ひわだ》で葺《ふ》いてあり、編んだ竹で玄関を屏風囲いしていた。色紙《しきし》を散らしたように見える色紙窓もある。

三成が右手を躙口《にじりぐち》へと向ける。

「太閤殿下が中でお待ちです」

兵庫は三成によって開かれた庇《ひさし》下の躙口へと体を滑り込ませた。

茶室の中では、頭巾を被って十徳《じっとく》を着た老人が、三本足の五行棚《ごぎょうだな》に置かれた茶釜と対峙していた。それは、平蜘蛛と呼ばれる黒色の茶釜であった。

「久しぶりじゃな」

振り向いたその顔は、太閤秀吉その人であった。しかし秀吉の顔に、人たらしと言われた愛嬌ある表情はなかった。だが間違いなく、かつては羽柴筑前守と名乗っていた男の、いまは老いさらばえた姿であった。

秀吉は目を細めて兵庫を見据えていた。兵庫は秀吉のあまりに鋭い眼光に、心の臓を射貫かれるような思いがした。

「そう恐れるでない。わしが茶を点《た》てて進ぜるのだ、喜べ。まずはそこな盆に載りし品を喫するがよかろう」

柚餡芋《ゆうあんいも》、このわた、雁のせんはいり、これら三種が載った盆が眼前に無造作に置いてある。まさに野放図な作法——作法といえるかどうか……。兵庫は白石の箸置きに載せられた箸を使って手早く食べた。

秀吉はさっさと茶の準備を進めている。

土を焼いて漆で仕上げた土風炉《どぶろ》は、二文字押切《にもんじおしきり》の形に灰が切られている。そこに平蜘蛛が置かれた。水指《みずさし》から柄杓《ひしやく》で水を汲む。

茶碗は黒楽茶碗《らくぢやわん》である。これはたしか千利休が長次郎《ちようじろう》に焼かせた茶碗のはず。利休を憎み切腹を申しつけた男、それが秀吉であったはずだ。その秀吉が、なぜ利休の愛用した茶碗を使うのだろうか……。

天下を取ってからの秀吉は、黄金の茶室が象徴するように、万事派手好みの男だったはず。しかし、眼前にいる秀吉は、逆しまに利休が好んだ侘《わ》び寂《さ》びを尊ぶ様子である。

湯が沸くのを待ちながら、秀吉がぽつりと言った。

「わしが変わったと思うておるな」

腑《はらわた》を病んでいるかのような口臭がした。よく見れば顔色も土気色であった。

「滅相も……」

兵庫はそう答えるのが精一杯であった。

秀吉は兵庫を一睨みすると、目を平蜘蛛に移した。湯が沸いた。茶柄杓で黒楽茶碗に茶を入れた。そこに湯を入れる。

すでに秀吉の動きはぞんざいになっていた。作法などまるで知らぬかのように柄杓で掬《すく》った湯を撒くがごとく茶碗へ放った。それから、滴《しずく》を切るように柄杓を兵庫に向けて振った。湯が兵庫にもかかった。だが秀吉は気にする風もなく茶筅《ちゃせん》を使う。ひとしきり使うと、いきなりそれを躙口へと放った。躙口に当たって跳ねた茶筅がころころと転がる。

兵庫が秀吉を見る。秀吉は右手で黒楽茶碗を持ち上げると、手を返して中身の茶を畳にこぼした。畳で跳ねた茶が土風炉に飛び込んで炭にふれ、ぱちぱちと蒸気をあげる。

兵庫は呆気にとられて秀吉のすることを見ているしかなかった。

秀吉は、そのまま自身の頭上に黒楽茶碗を持ち上げると、掛け軸に向かって放り投げた。茶碗が割れて飛び散り、欠片《かけら》がそこかしこに散らばった。

続けて秀吉は平蜘蛛を柄杓で叩き始めた。

「この釜は平蜘蛛にあらず」

目を真っ赤に充血させ、干《ひ》涸《から》びたこめかみに青筋を浮かべた秀吉が兵庫を睨みつけている。秀吉の頬が微かに震えている。これでも怒りを抑えているのだ。

「舞兵庫、その方このわしを謀《たばか》ったか」

「いえ……、滅相もございませぬ。その茶釜は間違いなく平蜘蛛でございます」

「いや、違う。あの愚か者の利休が違うと断言しおった。何が茶の湯だ、何が侘び寂びだ。魚《とと》屋のくせに、太閤たるこのわしに楯突くとは、許し難き所業じゃ」


天正五（一五七七）年十月。

舞兵庫は松永弾正久秀《まつながだんじょうひさひで》麾下《きか》の赤母衣衆《あかほろしゅう》として信貴山《しぎさん》に籠城し、織田信長と最後の一戦を交えていた。そして、松永弾正から命じられた最後の使命は、姫の一人を落ち延びさせることだった。

全面降伏し平蜘蛛の茶釜を渡しさえすれば命だけは助ける、と信長からの使者が来たのは一昨日だった。しかし、松永弾正は自分の首と平蜘蛛だけは渡さぬと宣言し、信貴山城の落城は決まった。

松永弾正は、自分がどのような恭順の意を表そうと、すでに一度、信長を裏切っている以上、一族郎党根切りにされる定めにあることを知っていた。

　そこで松永弾正は松永家の血を絶やさぬ為に、姫の一人を中国毛利家へ嫁がせることを強行しようとした。引出物は平蜘蛛の茶釜。その護衛役として兵庫ら赤母衣衆九名が付けられることになった。

　しかし兵庫は、羽柴筑前守と名乗っていた頃の太閤秀吉に籠絡されて信長方に寝返っていたのだ。

　兵庫は秀吉に落ち延びていく道を報せた。秀吉は兵庫の報せを受けて待ち伏せしていた。銃撃戦が始まり姫は一命を落とした。秀吉は、兵庫の協力もあり平蜘蛛を手にすることができた。しかし当時の秀吉は信長にそれを渡さず、我が物としたのだ。

　平蜘蛛を秘匿《ひとく》していることを誰にも話さず、自分の天下がきて初めて千利休に見せたようだ。

　過去の記憶へと意識を遡《さかのぼ》らせていた兵庫の意識を断ち切るように、秀吉の甲高い声が響いてきた。

「兵庫、使えぬ男じゃな」

　秀吉の勘気を被った。なんとか釈明せねば立場が悪くなるばかりだ。

「そこにありますのは間違いなく、信貴山城で松永弾正から姫とともに預かった品でございます」

「違う。利休がはっきり否定しておる。ここにあるのは、本物の平蜘蛛とは似ても似つかぬ贋物と言いおったわ」

「しかし、わたしは……」

「利休は高慢にして禿げた愚者《ぐしゃ》だが、こと茶の湯に関しては正直に述べる男であった。多少目の利かぬ所はあったがな」

「太閤殿下の仰せの通り、千利休は目が利かぬゆえに平蜘蛛を見誤ったのではございませぬか……」

「利休がおまえよりも目利きであることは間違いない。見誤ったとすれば、それはおまえの方だ」

黙るしかなかった。しばらく荒い呼吸をくり返していた秀吉は、少し落ち着いたのか、声を少し下げて、また語り始めた。

「平蜘蛛には、一目でわかる特徴があったそうじゃ。だが、その特徴がどのようなものかを、利休は決して証《あか》さなかった。なんたる増上慢《ぞうじょうまん》か。わしの茶頭《さどう》に過ぎぬくせに、太閤たるわしに話せぬことがあるとは、許し難き所業である。そのような愚者の末路は、兵庫、その方も知っての通りじゃ」

また秀吉が激昂しはじめた。兵庫は畳目から視線を外さなかった。秀吉の勘気を被って死んだ者は一人や二人ではきかぬ。

——おそらく秀吉の思い込みに過ぎぬ程度のことで死ぬわけにはいかぬ……。何とかこの場を切り抜けるのだ。

下げたままの後頭部に秀吉の視線が突き刺さる。どれほどの時が過ぎたであろうか。
荒々しかった秀吉の呼吸がようやく落ち着いてきた。

「古田《ふるた》織部正《おりべのかみ》の伏見屋敷に、佐々木新兵衛と名乗る浪人者が仕官を望んで訪ねてきたそうじゃ。その男はな……」

秀吉はそこで話を切った。

佐々木新兵衛、あれは……。兵庫の遠い記憶を刺激する名前であった。兵庫は思わず面をあげた。眼前には猛禽を思わせる天下人の顔があった。

「佐々木の名を聞いて、何か思い出したか」

秀吉がどこまで知っているのかわからない。だが、下手な嘘をついて誤魔化せば、後で悔やむことになりそうだ。

「わたしの知っております佐々木新兵衛は、松永弾正麾下の赤母衣衆でございました」

秀吉がわずかに表情を緩めた。やはり、ある程度のことを知っているのだ。兵庫は心裡《こころうち》で安堵の溜息をついた。

「その佐々木某《なにがし》とやらは、仕官できれば平蜘蛛を織部正に献上すると言うたそうじゃ。現物は持ってきていなかったそうだが……。どう思うか、この話？」

兵庫は頭の中が混乱していた。たしかに佐々木はあの日、兵庫とともに久秀に呼ばれていた赤母衣衆の一人だった。しかし兵庫とは違い、別働隊として囮役《おとり》になっていたはず。平蜘蛛は間違いなく姫とともに兵庫の手の内にあったはずだ。

内通していた兵庫の裏切りにより、平蜘蛛を秀吉に渡せたはずだった。いや、その平蜘蛛は千利休より贋物と断ぜられている……。

「太閤殿下……、その佐々木は、古田織部正さまに取り押さえられているのでございましょうか。そうであるならば、平蜘蛛について、何故そのような妄言を吐くのか、その理由《わけ》を問い糺《ただ》すことができるかと……」

秀吉が一つ大きく溜息をついた。

「織部正は、わしが平蜘蛛を所有しておることを知っておった。だがその茶釜が、利休より平蜘蛛でないと否定されたことまでは知らぬようだ」

「では……」

「まさかわしの所有する平蜘蛛が贋物とは思わぬゆえ、その佐々木某とやらを追い返したそうじゃ。宗匠の利休に似て使えぬ阿呆じゃ」

秀吉は渋柿色の頭巾を脱いだ。それを後ろに放る。

「兵庫、その佐々木某のことを調べよ。そしてもし、本当に平蜘蛛を所持しておるようならば、わしに献上するように申しつけよ」

兵庫はすかさず低頭した。秀吉は柔らかな声を出して兵庫に尋ねた。

「関白どのは、達者であるか？」

兵庫は関白豊臣秀次の家臣である。それも秀吉自身に命じられて関白麾下に組み込まれたのだ。

秀吉の言葉を訝《いぶか》しく思い、兵庫は顔をわずかにあげた。優しげな声とはうらはらな、邪悪とも言うべきどす黒い悪鬼の面相がそこにあった。

「ちまたでは、関白どのに叛意ありとの噂があるそうじゃ。どうじゃ兵庫、まさか、そのようなことなどあるまいな？」

「関白さまは、ただひたすら太閤殿下を慕い、御跡《みあと》を辿ることを専らにしておいでございます。決して叛意など……」

「ならばよいのだ。所詮《しょせん》ただの噂に過ぎぬことはわかっておるつもりだ。ただな……」

もったいをつける秀吉の真意を探る。

「舞兵庫よ、そろそろその方をわしの手許に戻そうかと思うておる。家臣は主次第であるからのう」

兵庫は自身の目が躍るのを感じた。

「必ず、必ずや佐々木を捕らえ、何故太閤殿下のお手許以外に平蜘蛛があるなどと妄言を吐くのか明らかにいたしまする」

秀吉が破顔一笑した。

「よう言うた。兵庫、いま一度わしの役に立て」

『茶の湯を重んずる故に、それに用いる容器も大いに珍重される。その主要なものは、彼等が鑵子《かんす》と称している鋳造の鉄釜と、上述の飲物を作る時に、その鉄釜の蓋を置くのに用いられるだけのごく小さい鉄の五徳蓋置である。――中略――すべてこれらの容器は、ある特別なものである場合に――それは日本人にしかわからない――いかにしても信じられないほど彼等の間で珍重される。われらから見れば、まったく笑い物で、何の価値もない茶釜一個、五徳蓋置一個、茶碗一個、あるいは茶入れ一個で、三千、四千、あるいは六千ドゥカード、さらにはそれ以上の価格の物がある。――中略――きわめて驚くべきことは、たとえそれと同じ茶入れや五徳蓋置を一千個作っても、日本人の間では我等が考えるのと同じ価値しかないことである。なぜならば彼等によって珍重されている品は、昔のある名人が製作したものでなければならぬのであって、彼等は一千個の中から直ちに（本物）を見分ける眼識を持っているからである。それはちょうど我等の間で、贋物と本物の宝石を判別しうる貴金属商が行うのと同様である。この（茶器の）鑑別は、ヨーロッパ人には何びとにも不可能であろうと思われる。我等はいかによく見ても、どこにその価値があるのか、何に差異があるのか知ることはできない』

『日本巡察記』ヴァリニャーノ著　松田毅一他訳　東洋文庫
（第一回目の来日。一五七九（天正七）年七月二十五日。滞在は一五八二（天正十）年迄。一五八一（天正九）年、イエズス会員のための宣教のガイドライン、『Il』Cerimoniale per i Missionari del Giappone（日本の風習と流儀に関する注意と助言）』を執筆）

兵庫は伏見城を辞した足で、城下にある古田織部正の屋敷を訪ねた。

織部正は不在であった。留守居の者の話によれば、明後日にしか戻ってこないとのことだった。兵庫は織部正屋敷を辞して門前の道に出た。

道の十間ほど先に男が立っていた。伏見城の御舟入で見た商人風の男であった。男は供の者を三人ほど従えて、兵庫の方をじっと見ている。兵庫も視線をあわせた。やがて男は笑いを浮かべると背を向けて立ち去った。

兵庫の心裡《こころうち》にさざ波が立つ。あの男を、昔日のどこかで見たことがあるような気がするのだ……。だが、はっきりとは思い出せない。

とりあえず兵庫は、京都の自邸へと戻ることにした。

京都は天正十九（一五九一）年に、市中全域を囲い込む総構《そうがまえ》（都市城壁）として御土居《おどい》と堀が構築されていた。出入りするのは十ヶ所ほど設けられた各口を通るしかない。また各口は京都へ入るための関となっている。そして各口は京都の北と南と東にしか設けられておらず西側には一つもない。つまり、西国から京都へ真っ直ぐ入洛できない造りとなっていた。まるで京都の主と西国大名とが結びつくことが叶わぬようにと願って造られたようだ。その造りを見た京雀たちは、これは総構の造り主の怯えをあらわしていると噂しあっていた。

兵庫の着物の襟を初夏の風が煽る。

立ち止まって左腰の柄に手をかけようとしてやめた。なぜだか、自分が武人から遠い者になっているような気がして、つい握ろうとしたのだ。

秀吉との席で、怯懦《きようだ》するばかりの自分がいた。

——死にたくない。

それだけだった。

死なずに何かをするというつもりではない。主を裏切り、生き存《なが》らえたという毒は兵庫の心を蝕んでいた。侍の矜持と引き替えに手に入れた命に執着するようになっていた。

兵庫は大きく深呼吸するとまた歩き始める。聚楽第そばの自邸へと向かっていた。行く時に通った伏見街道ではなく鳥羽作道《とばのつくりみち》を通っている。回り道になるが、伏見城茶室でのことを整理して考えたかったからだ。

西国街道と鳥羽作道の合流地点が東寺口である。

そして東寺口には、土居と堀が、南北にそれぞれ全長二百八十四間半（約五百十一m）、幅十間（十八m）続いている。その先は屈曲させて、また堀と土居が続いている。東寺口を入るとすぐ正面に田畑があり、東寺南大門にかけては茶屋が建ち並んでいる。高くかき上げられた土居の裾は、市中から流れてくる汚水と雑多な芥《あくた》が集まり、悪臭を漂わせた。

兵庫は南大門のそばを過ぎて大宮通を北上した。左手に東寺五重塔が見える。このあたりは畑が続き、都とも思えぬ寂しい光景が広がっている。真っ直ぐ進めば壬生《みぶ》村のあたりに出る。本願寺の大屋根も見えた。兵庫は本願寺まで来ると右に折れて、堀川脇を真っ直ぐ北に上がった。堀川六条から五条にかけては本願寺の門前町である。

堀川に沿ってなおも北に向かう。四条通を越え三条通も越えれば、兵庫の屋敷がある聚《じゅ》楽川西町《らくかわにしちょう》となる。その北東が大名屋敷町であり、堀川を東に渡れば聚楽川東町となる。聚楽第の堀は大名屋敷町の西に広がっている。

このあたりが京都の中心街区になるはずだが、人気《ひとけ》が少なかった。大名や商人たちが伏見城下へと移っているからだ。日が暮れかけているにもかかわらず、聚楽川東町の家々からこぼれる灯りは乏しい。

聚楽川西町を二筋上がって西に一筋折れた。土塀で囲まれた兵庫の屋敷に榧《かや》の木が屹立《きつりつ》している。

兵庫の屋敷の両隣は留守になっている――いや、なっているはずだった。しかし、右隣の屋敷から灯りが微かに漏れている。右隣の屋敷の主は、兵庫と同じく秀吉から秀次につけられた家臣で、今は秀吉のもとへと戻った大平芳勉《おおひらほうべん》という番衆だったはず。

「いま戻った」

式台に腰掛けて屋敷内に声をかけた。兵庫の妻である〝せい〟が「旦那さま、おかえりなさいまし」と声を出しながら駆け寄ってきた。

せいが兵庫の足を濯《すす》ぐ。屈《かが》んだせいの背を見ながら、この女と所帯を持つことになった不思議を感じていた。

せいは豊臣家の老臣・前野《まえの》長康《ながやす》の娘である。

兵庫は信貴山城で家族を失っていた。あまりに凄惨な最期であった。兵庫の家族が、その惨たらしき最期を迎えねばならなかった理由を作ったのは松永弾正だった。それゆえ兵庫は、秀吉と内通する気になったのだ。

しかし理由はどうあれ、一度でも裏切ったことのある者が重用されることはない。秀吉麾下として戦場を駆け回ったが、大した出世は出来なかった。平蜘蛛の来歴を知る者としての価値しか求められなかった。

兵庫は一度妻子を失っている以上、新たな家族など欲しくなかった。

だが前野長康から是非娘をもらってくれと頼まれて、せいを迎えることになった。せいは今年で三十になる出戻り女であった。兵庫は、そのことで、かえって自分にふさわしい女であるような気がした。やがて兵庫は、二百石取の番衆のまま秀次の家臣団に組み込まれた。

「いかがなさいました旦那さま……」

せいの声で現世《うつしょ》に引き戻された。

兵庫は昔のことを考えるのをやめた。そして、屋敷へ戻る時に、右隣の屋敷から灯りが漏れていたことを思い出した。

「せい、右隣の屋敷に誰かが住んでいるようだが、挨拶はあったか」

兵庫の問いに、せいは小首を傾げながら、「いえ、誰も住んでおられぬはずですが……」と答えた。いや、間違いなく誰かが住んでいるはず。何者であろうか……。

「旦那さま」

声で我に返った。せいが微笑みながら兵庫を見ている。

「先に湯浴《ゆあ》みなさいますか」

兵庫が頷くと、すぐに湯浴みの支度に取りかかった。湯屋へ行くとせいが手早く兵庫の着物を脱がしてくれた。そして盥《たらい》に満たした熱い湯に手拭いを浸して絞り、兵庫の身体を拭いていった。兵庫はせいのするにまかせながら、伏見城で秀吉から茶の接待を受けたことなどを話した。もちろん平蜘蛛に関することは話していないが、その他のことは何でも話した。せいを話し相手にするとき、不思議と何かをはばかる気持ちが起こらなかった。

湯屋から出た兵庫が袷《あわせ》を着て居室で待っていると、せいが夕餉の支度が出来たことを告げに来た。

山里丸で秀吉から出された食事とは違い質素なものである。漬け物と芋煮、それに干し魚が載った膳であった。

兵庫が箸で芋を摘むと、せいがひょうげた声を出した。

「芋は芋でも、我が里でとれた里芋でございます。山里ではとれぬ芋でございます。美味《おい》しゅうてたまらぬ芋でございます」

せいは、伏見城山里丸で秀吉から饗応を受けて張りつめた兵庫の心を揉みほぐそうとでも思ったのだろう、おかしな声色を使って言った。

兵庫はくすり、と笑い返した。

その夜、嫌な夢を見た。

開けた場所に雲霞《うんか》の如く軍勢が集まっている。兵庫が一度も目にしたことがないほどの数である。数十万はいるように思えた。

吶喊《とっかん》の声と銃声、そして蹄《ひづめ》の音が戦場に満ちていた。兵庫は、戦場を取り囲む山すべてに旗指物が立っているのにも気づいた。

——何なのだ、この大戦《おおいくさ》は……。

兵庫の頬を銃弾が掠める。兵庫は腹の底から声を振り絞って吼《ほ》えた。

荒い息で目が覚めた。


翌日の昼前、兵庫の屋敷表で、訪《おとな》いを入れる声が響いた。せいが玄関先で応対している。やがて、少し甲高い声が聞こえてきた。

「関白さまからの御使者がお見えでございます」

太閤秀吉が伏見城に移ってからというもの、聚楽第で執ることの出来る政務は次第に減っていったと聞く。いや、減らされていると言うべきか……。

空色の直垂をつけ烏帽子をかぶった見慣れぬ男が式台前に立っていた。伏見城が完成してからは、秀吉から秀次につけられた家臣の中で、働きに優れた者たちは、次々に召し返させられている。残りし者は、兵庫のように秀吉から疎《うと》んじられている者か、秀次によって直々に取り立てられた者。それに秀吉が秀次の内情を探らせるために送り込んだ間者のような者であった。

それゆえに、聚楽第の人手不足を補うために、秀次は領地清洲から家臣を呼び寄せていると聞く。

直垂《ひたたれ》をつけた男が緊張した声を発した。

「関白さまから、舞兵庫さまを千利休屋敷跡に出頭させよとの御下命でございます。至急お出でくださいませ」

昨日の太閤秀吉に続いての召し出しである。千利休屋敷は大名屋敷町にある。だが、建物こそ残っているが、住む者とてない荒屋敷のはず。

不思議なことに千利休が切腹させられてからも、なぜか屋敷はそのままにしてあるのだ。破却されるわけでもなく、聚楽第前に廃墟が残されている。

一条戻り橋を渡った。

各所が崩れ落ちた利休屋敷の土壁を見た。屋敷跡の竹が野放図に伸びており、木々も一切手入れされていないようだった。いや、この方が利休屋敷らしいとも言えるが。いずれにしても、利休門弟たちが屋敷に出入りしていた頃の面影は余り感じられなかった。

表門は丸太を二本組み合わせ竹木舞《たけこまい》を配した素っ気ない門である。門扉はすでに開かれていた。正面には武家作りの屋敷が朽ち果てたように残っているだけである。竹林のある南面には露地門が設けられていた。そこは、人の手が入っているように感じられた。

兵庫は露地門へと向かった。露地を進むと数寄屋が見えた。

「足を止めよ」

露地の脇から声がかかった。兵庫はその場に立ち止まる。どうやら屋敷に入り込んだときから背後をとられていたようだ。

声が続く。

「舞どのでござるか」

「いかにも。わたしは関白さまの御召出しにより、ここに参った。なにゆえ止められる」

屋敷の中に引き入れた上で背後から誰何《すいか》するとは……。

兵庫の行動をずっと監視していたはずだとすると、よほどの人物が自分を待っているということか。つまり待っているのは秀次自身ということ……。

秀次からの召出しとはいえ、まさか自らがここに来ているとは思っていなかった。意を汲んだ重臣が来ているくらいに思っていた。

後方にいた男の方へ振り返った。烏帽子を被り直垂を着、腰に太刀を帯びた男が立っていた。男は下駄のような四角い顔に、太い眉と、眠っているかのような細い目、そして小さな口をのせていた。

「拙者は、清洲にて馬廻を務める大山伯耆《おおやまほうき》でござる。屋敷の警固を仰せつかっておりますれば、無礼の段、ご容赦いただきたい」

言い回しと顔とが似合っておらず、茫洋とした雰囲気を感じさせる。だが、どっしり落ち着いた腰と、足音をさせない先ほどの足捌きは、間違いなく手練《てだ》れのものであろう。

大山伯耆が続ける。

清洲詰めの家臣と、兵庫のような聚楽第詰めの家臣は面識がない者も多い。特に兵庫などは悪名は立っていようが、名ばかりの番衆役として聚楽第で飼い殺しである。清洲にいる秀次子飼いからすれば、家臣仲間とは見なしていないだろう。

「腰の物を預かりたい」

伯耆は兵庫の太刀を預かると先に立って歩き出した。案内するということか。

石田三成と大山伯耆、貫目こそ違えど、昨日の伏見城での出来事とよく似た状況になっている。

昨日の山里丸と同じように、躙口を潜って茶室へと入った。

秀次が居た。

しかも、茶室で待つ秀次の衣体《えたい》は関白としての正装に準じた物で、白綵段《さいだん》の袍《ほう》に表袴《うえのはかま》を着け、冠を被っていたが笏《しゃく》は手にしていなかった。

秀次の顔は武人としてはあまりに白く綺麗であった。切れ長の眉の下に、涼しげな目がある。その目に毒気はなく、慈しみの光さえ見て取れた。炎天下に吐きながら戦場往来するようなこともなく生きてきた御方さまなのだ。武人というより公卿のようだった。

かつて、この御方さまは小牧・長久手の戦いで逃げ出したあげく全軍総崩れのきっかけとなり、秀吉から厳しく叱責を受けるという失態を演じていた。

「舞兵庫か、久しぶりだな」

兵庫は平伏した。秀次は秀吉とは違って茶の準備をしていなかった。兵庫と会う場所としてのみこの茶室を利用したようだ。

「面《おもて》を上げよ」

秀次の傍らに螺鈿文様蒔絵《らでんもんようまきえ》の文箱《ふばこ》が置かれていた。秀次は文箱を開けると一枚の紙を取り出した。

「これを見よ」

兵庫は秀次から差しだされた白紙を受け取った。四つ折りにされたその紙を開く。紙は横に平たい茶釜の形をしていた。そして茶釜の絵の中に、以下の言葉が書き込まれている。

——形蜘蛛如　黒鉄ロ丸釜　五徳足八　釜蓋FILI文字
蜘蛛の形をした釜だと……。まさか平蜘蛛のことなのか。どういうことだ……。

内心の驚きを秘めたまま言葉を振りしぼった。

「これは……」

兵庫の言葉に秀次は返事をしなかった。わずかに開かれた墨跡窓の向こうに夏牡丹が一輪見える。微かな雨だれの音が聞こえてきた。

秀次は左手を小さく揺らしていた。吐息と左手の動きを合わせながら呼吸を整えているようだった。

「利休どのが残された切型《きりがた》である」

そう言って秀次は文箱からなおも紙を取り出した。切型は茶釜だけでなく茶壺やナツメや茶碗を描いたものもあった。それぞれ色や大きさが絵の中に書き込まれている。

兵庫が切型に目を通し終えるのを待って秀次が口を開いた。

「先ほど見せた切型は、松永弾正が所持していたと言われる平蜘蛛茶釜の切型である……」

「では……」

「その方が太閤殿下に渡した平蜘蛛は贋物であろうな」

兵庫は思わず顔をあげて秀次に視線をあてた。そして自身の無礼に気づき慌てて視線を下げた。

なぜ秀次は、信貴山落城の折の平蜘蛛の行方を知っているのか。いや、なぜ利休が書いたとされる平蜘蛛茶釜の切型を秀次が所持しているのか……。

雨音が次第に激しくなる。

視線の端に膝上に置いた秀次の左手が見えた。その左手の指は、掌を上に向け、ひらひらと花びらが風に舞うかのように動かされていた。

――なんだこの動きは……。

「昨日、太閤殿下に召し出されて伏見城に行ったな」

秀次の声でわれに返った。

「はっ。石田三成さまの麾下より報せがあり、伏見城に罷り越しました」

「そこで、平蜘蛛の話が出たであろう」

秀次は昨日の話をどこまでつかんでいるのだろうか。

「太閤殿下は、とある人物より平蜘蛛の話をお聞き及びになられたのだ……」

秀次の涼しげな目もとに陰影が浮かんだ。

「兵庫よ、頼みがある。聞いてくれるか」

「主君からの御下命とあらば」

「よう言うてくれた。兵庫、平蜘蛛は太閤殿下の手許ではなく、どこか別の場所にあるのは間違いないのだ。探して手に入れてきてくれ」

兵庫は思わず面をあげた。秀次も又、秀吉と同じく平蜘蛛を手に入れてくるよう命じてきた。たしかに秀次は、千利休の弟子として侘茶の薫陶は受けてきている。しかし、古田織部正のような茶狂いではなかったはず。なぜ平蜘蛛を欲しがるのだろうか……。

兵庫は思いを表情の後ろに隠した。

「はっ、しかと承りましてございます」

秀次の命令と秀吉の命令の内容は同じだ。とりあえず両方の下命を受け入れて動いていけばよい。

二年前（文禄二［一五九三］年八月三日）豊臣秀吉と秀吉の側室である浅井長政の娘茶々（淀殿）の間に拾丸《ひろい》が生まれた。そのことで秀吉は、それまで養子にしていた秀次のことが疎ましくなったと噂されていた。

「頼んだぞ舞兵庫。ただし、そなた一人に任せきりにはせぬ。腕の立つ男を一人つける。その方も手練れであろうが、その男もかなりの腕前である」

秀次はそう言うなり立ち上がり、床の間の右手に設けられた勝手から出ていった。兵庫はしばしその場に残って考えを巡らせた。

秀次が平蜘蛛探しを兵庫に命じたということは、兵庫が信貴山落城のおりに何を為したのかを知っているということだ。秀次のような謀《はかりごと》を巡らさずに生きてきた者からすれば、薄汚い裏切り者に見えるはず。そんな兵庫に、なぜ平蜘蛛探しを命じたのだろうか……。


秀次は武将としての器量は秀吉には程遠かったが、領国経営の才は頭抜けたものだった。小牧の失態はあったが小田原攻めの折りに山中城攻略を半日で成し遂げた論功行賞により、尾張伊勢百万石を領した。それまでは近江八幡二十万石の領主に過ぎなかったが、鶴翼山《かくよくさん》（八幡山）に五つの曲輪《くるわ》をもつ城を建て、麓の城下には碁盤の目のような町を作った。その上で近江八幡の町に、主が居なくなっていた安土城下から人々を移した。近江八幡の碁盤の目のような街路と城曲輪を分けるために、八幡堀と呼ばれる運河も作った。この運河は直接琵琶湖に通じており、荷駄船が直接入ってこられるようにしていたのだ。また、背割《せわり》と呼ばれる下水溝も町家に通した。生活排水はこれら背割を通って八幡堀へと流され、それが琵琶湖へと通じていく。

利便性と衛生面に気をつけた城下町として、近江八幡は大いに繁栄していた。秀次は近江八幡を近江路における商いの中心地にしたかったわけではなく、この地で暮らす庶民が少しでも暮らしやすいようにとの願いから、すべての縄張りを行ったと聞いている。秀次は悪鬼羅刹のごとき戦国武将とは違う。心穏やかで領民を大事にせねばならぬ平時にこそ力を発揮する頭領なのだ。


数寄屋を出ると大山伯耆が待っていた。伯耆は預かっていた兵庫の太刀を返した。そして東側に設けられた、茅葺きの腰掛待合へ兵庫を誘った。二人で長さ三間の腰掛けに座る。伯耆は視線を真っ直ぐ前に向けたまま言った。

「関白さまの御下命により、わたしは舞どのの平蜘蛛探しに同道させて頂く」

一人つけると秀次から言われたときから、それはこの男のことであろうと想像していた。

「よろしく頼む」

「どこから手をつけられるのか」

「まずは、古田織部正さまに委細を聞かせていただかねばなりますまい」

伯耆が頷く。そして続けた。

「古田織部正さまは伏見にはおられぬとか。ただし明日になれば、伏見へと戻られることになっておるとも聞きました。そのことをわたしに教えてくださったのは関白さまです」

どうやら、兵庫が考えている以上に、秀次による平蜘蛛探しは進んでいるようだ。しかし秀次は、昨日の秀吉と兵庫の間であった話を、いつ、誰から聞いたのか……。兵庫の心裡にわずかにさざ波が立った。

「では、明日にでも伏見に行くことにしよう」

百舌《もず》が甲高い声で鳴いた。それを潮に、兵庫が立ち上がった。伯耆が続く。先ほどの言葉通り、兵庫についてくるつもりなのだ。

「大山どのにとって、関白さまは如何様な主なのか……」

伯耆にとっては答えにくい質問かも知れない。

「舞どの――」

声をかけられて伯耆へと振り向いた。伯耆は続ける。

「関白さまは優しきだけの主君ではないぞ。あれぞ誠の武人である」

伯耆は兵庫が、秀次のことをどう感じているのかを察しているのだ。察した上であえて否定している。

これ以上、重ねて聞くのは今の段階では無礼にあたろう。兵庫は黙って頷くことで返事とした。それを見た伯耆も満足げに頷く。

そして伯耆が言いにくそうに口を開いた。

「じつはわたしは、関白さまから京都に屋敷を賜った。貴殿の屋敷の隣だ」

昨日、右隣の屋敷から灯りが漏れていたが、あれは伯耆のものであったか。伯耆は平蜘蛛探しのために聚楽第へ召し出されたのだ。二人で連れだって聚楽川西町へと向かった。兵庫の屋敷の前で二人は歩みを止めた。伯耆が兵庫へと向き直る。

「では明日の朝、舞どのを屋敷まで迎えにまいる」

一揖《いちゆう》して自分の屋敷へと戻ろうとする伯耆の背中に声をかけた。

「大山どのの妻子は一緒に来ておられるのか」

背中を向けたまま伯耆が立ち止まった。そして「いや、わたし一人だけで来ておりまする」と返事した。

「大山どの、いらぬお節介かも知れぬが、よかったら我が屋敷に寄って飯を食っていかぬか。聞きたき事もあるゆえ」

「いや、遠慮いたそう。これから話す機会も多かろうからな」

兵庫は右隣の門の向こうへと消えていった伯耆を黙って見送った。

翌日、伯耆と連れだって五条口を出て伏見街道を下っていった。兵庫は、昨日秀次から預かった切型を懐に収めている。

藤森神社《ふじのもりじんじゃ》近くに来た頃、伯耆が前を向いたまま小声でささやいた。

「舞どの、つけられている」

すでに気づいていた。

――面倒なことだ……。

剣呑なことになりそうだった。近頃は剣の修練を怠っている。それはもとより、生死を賭けた場で血が滾《たぎ》ることがなくなって久しい。

自分はもはや生ける屍《しかばね》なのか……。

足音から判断するに、相手の人数は五人か。兵庫はつけてくる男たちを誘うように藤森神社の境内に入った。真っ直ぐ奥に進み、社殿の横手に回った。社殿の横手には開けた場所があり、その先は伏見稲荷へと続く山の中である。

兵庫は身体を反転させた。

つけてきた男はやはり五人だった。首領格の男がすっと前に出てきた。腕前に自信があるのか、まだ鯉口《こいぐち》に手をかけていない。残りの四人は首領格の左右に二人ずつ立っており、すでに抜刀している。伯耆は抜刀し、切尖《きっさき》を首領格の男に向けた。そしてゆっくりと言う。

「ここなら邪魔は入らぬ。われらの跡をつけてきた理由を聞かせてもらおうか。話さねば腕にものを言わせることになる」

首領格はそれには返事せず顎をしゃくった。左側の男二人が、同時に伯耆に斬りかかった。伯耆は躊躇せず、二人の男のうち、自分に近い方の男に向かって真っ直ぐ突いて出た。伯耆の切尖は相手の背を貫いた。そしてそのまま、貫いた男を太刀ごと右に振る。振られた男から伯耆の太刀が抜ける。男はもう一人の男へとぶつかった。と同時に、またもや伯耆が太刀を突いて出る。一瞬にして、二人を倒した。

伯耆が首領格の男を見て微かに笑った。兵庫はすかさず走り出す。賊の後方を塞いで逃げられぬようにするのだ。首領格の右隣にいた二人の男が兵庫を見た。伯耆の手練れの技を見た以上、兵庫の方を与《くみ》しやすし、と断ずるのは当然だろう。

兵庫は左手を鯉口にあてたまま、腰を落として柄に手をかける。太刀は刃長二尺三寸六分（約七十cm）で、反りは五分五厘（約一cm六mm）の無銘だが業物《わざもの》である。

兵庫と二人の男はにらみ合う形となった。

久しぶりに血が滾り始めた。白刃を交えることで、戦場往来を続けていた頃の何かが呼び覚まされるのかも知れない。

南から風が流れる。兵庫は息を一つ吸い、吐く。また一つ吸い、吐く。眼前の二人の呼吸がわずかに荒くなる。潮合が満ちた。最初の一歩を踏み出したのは右側の男だった。二人の攻撃の拍子をずらし、兵庫に受けにくくさせるつもりなのだ。

兵庫は太刀を抜きながら右側の男の懐に突っ込む。抜いた太刀は腕を折りたたむことで相手にあてず、男の懐で身体を反転させた。続いて、突っ込んでくる左側の男に向かって太刀を旋回させる。

しかし躱《かわ》された。兵庫の太刀筋が緩いのだ。

伯耆が鋭い声を出した。

「こっちだ」

兵庫の技が緩いと見るや、伯耆が二人の男へと突いて出る。それを見た首領格が伯耆の隙を狙う。

それに気づいた伯耆が転がって首領格の刃を躱す。一転、首領格は刃を反転して兵庫の胸元を斬りつけてきた。

躱しきれず、兵庫は懐の上を斬り裂かれる。襟を重ねる場所ゆえ傷は浅し。その間に伯耆は残っていた二人の男を斬り倒していた。

「ふん、おまえはなかなかやるな」

男は伯耆へそう言うなり鳥居へ向かって駆けだした。男は足が迅《はや》く、追いかける伯耆を振り切って姿を消した。

戦場と同じ胸の鼓動であったが、その腕の動きは鈍かった。兵庫は唇を嚙んだ。伯耆に見せたくない姿だった。

そこで切型のことを思いだし、慌てて斬られた懐から取り出した。無事だった。兵庫は一つ溜息を吐く。

それにしても、奴らはいったい何が狙いなのか……。

男の逃げ去った後を見つめる兵庫の肩を伯耆がぽんと叩いた。振り向いた兵庫はあらためてその姿を見る。

茄子紺の袷に鼠色の袴をつけ、羽織を着ている。兵庫は伏見において、伯耆を配下と紹介するつもりだった。まさか、秀次よりつけられた警固の者などと説明できるはずがない。

「さて、そろそろ大山どのには我が後ろを歩いてもらわねばならぬな」

伯耆は兵庫の失態には触れず、黙って一歩下がった。それからの道中は従者のように兵庫の後ろに付き従った。


織部正屋敷門は瓦で切妻風の屋根を葺いている。そして道から門まで石段を四段上がる造りとなっていた。石段の右に、生け込み型の灯籠が設けられているのが目にとまる。灯籠の竿部分は十字に見えるようなふくらみがあった。

世に言う織部灯籠である。

兵庫が大声で訪《おとな》いを入れると脇戸が開いた。昨日、織部正の留守を告げた古田屋敷の家人である。今日は織部正は在宅しているとのことであった。

内部には数寄屋が造られており竹林もあった。

兵庫は、ここでもまた茶室に案内されるのかと思ったが、通されたのは主殿の書院であった。廊下を歩く軽やかな足音が聞こえてくる。足音からするとやってくるのは二人であろうか。

兵庫らが待つ部屋の前で足音が止まった。障子が音もなく開かれる。

「織部正さまがお見えでございます」

声を発したのは、年の頃なら十五、六歳くらいの元服したてのように見える男だった。髷はしっかり結っているが、声がやや甲高かった。

続いて鬢に白髪が交じった五尺三寸（約百六十㎝）ほどの男が入ってきて床の間を背にして座った。織部正だった。織部正は鶯色に金の縞模様が入った袷を着て十徳を羽織っている。来室を告げた若い男も、促されて入室してきた。

「古田織部正でございます。なにやら平蜘蛛のことで、一昨日もこの屋敷を訪ねられたとか。留守にしておりまして失礼いたした」

兵庫は、利休亡き後、茶人第一と呼ばれている織部正をもっと気難しい男と思っていた。

「昨日は、下屋敷のある木幡に行っておったのです。下屋敷には窯もございましてな――――」

織部正は、各地の窯人に命じて好みの物を焼かせるだけでなく、自分でも土をこねて轆《ろく》轤《ろ》を回すと聞いている。

織部正は兵庫の裂けた懐に目をやるが何も言わない。唇の端にわずかに冷笑を浮かべた。だがすぐにその表情を消した。

「後ろに控えております者も紹介せねばなりますまい。舞どのたちが訝しく思われて話しにくくなってはいけませぬからな」

若い男は小堀政一《こぼりまさかず》（後の小堀遠州）と言い、伏見の南の六地蔵に屋敷を構えていると語った。やはり秀吉直参である。歳は十七になるそうだ。

織部正が続ける。

「この政一という男は、武将としての才はいざ知らず、茶人としての才は相当なものがある男です。まだ年若ですが、もしかするとわたし以上の茶人になるかも知れぬと思い、弟子として手元に置いております」

織部正がこの場に同席させているということは、平蜘蛛に関する話を小堀政一が知っているということになる。

「佐々木某とやらが持ち込んだ平蜘蛛に関する話は政一にも聞かせております。目利きに関することでございますので……」

織部正は袂《たもと》から扇子をとりだして開いたり閉じたりし始めた。何やら落ち着かぬ様子である。兵庫は織部正が口を開くのを待った。その場に座す四人の呼吸と扇子の音が重なり始めた。

織部正が意を決したように着物の裾を払って座り直した。

「平蜘蛛伝説を聞いたことがございますか」

兵庫は後ろを振り返って控えて座る伯耆と目を合わせた。

平蜘蛛——すでに伝説なのか。では、兵庫の懐に収められている平蜘蛛茶釜の切型は伝説の切型なのか。

「松永弾正は、信長公の平蜘蛛を差し出せば許すとの言を無視して、信貴山城において平蜘蛛茶釜と共に爆死したと伝えられています。しかし実は、平蜘蛛茶釜は密かに信貴山城から運び出されて、しかるべき御方——太閤殿下の御手許に移された、とまことしやかに噂されております。松永弾正は、なぜそこまで平蜘蛛にこだわったのか。どうやら、平蜘蛛は大名物《おおめいぶつ》というだけでなく、何やら大いなる力が隠されている茶器とか……」

そこまで言うと、兵庫をじっと見つめた。まるで、心の奥底を見ようとするかのようなまなざしだった。視線を外さぬまま織部正は再度口を開いた。

「これが平蜘蛛伝説でございます」

兵庫は松永弾正麾下の赤母衣衆として平蜘蛛茶釜を姫と共に密かに毛利へと送り届けるよう命じられていた。だが、兵庫は裏切った。織部正屋敷にあらわれた佐々木新兵衛もまた、兵庫と同じ松永弾正麾下の赤母衣衆として平蜘蛛と姫を落ち延びさせる脱出行に関わっていた。ただし兵庫とは違って、新兵衛らは囮役であったが。

秀吉は、兵庫の手引きによって平蜘蛛を手に入れたはずだった……。

兵庫の思いを織部正の声が断ち切った。

「わたしは平蜘蛛を見たことはございませぬ……。太閤殿下には、もしお持ちでしたら、と何度も頼んだのですが、見せてくださらなかった。そして千利休さまも、平蜘蛛のことをはっきりと教えてくださらなかった……」

そこまで言うと織部正は遠くを見るような目をした。手に持つ扇子が微かに震えている。その扇子で膝を一つ二つと叩き始めた。やがて扇子の音が止んだ。

「わたしは見たことはありませんでしたが、おそらく太閤殿下が所持しておられるであろう平蜘蛛が、本物と思うていたのです。わたしは……、是非一度、本物の平蜘蛛をこの目で見てみたい……」

兵庫は先を急《せ》いた。

「佐々木新兵衛は、今どこにいるのでしょうか」

織部正は兵庫の言に対してすぐに返答しない。思案気に目を細めて、何事か考えているようだ。

「佐々木と名乗った男は、京都九条油小路の油問屋に滞在していると言っていました。油問屋の屋号は……、たしか大和屋であるとか」

「織部正さまは、なにゆえ佐々木新兵衛を留めおかれなかったのでございますか？　織部正さまは太閤殿下が平蜘蛛を所持していることを、薄々ながら御存じでございました。ならば、太閤殿下が所持する平蜘蛛をその佐々木が持っていると言うたならば、それは太閤殿下の品を盗んだか、織部正さまを騙そうとしたことになりませぬか」

織部正は目をつぶった。兵庫は黙って織部正が口を開くのを待った。やがて織部正は目を開いて視線をこちらにあてた。

「はっきり申し上げておきますが、佐々木某が平蜘蛛を持っているとは思わなかったゆえに、そのまま帰したのです。世に平蜘蛛と思われている茶釜はいくつかあります。しかし、それはただ平たい、蜘蛛のような形をした茶釜ゆえにそう思われているだけ。思うのは勝手です。そして、その佐々木が自分の所持している茶釜を平蜘蛛と思うのも勝手」

「では、今になってなぜ、太閤殿下はその佐々木新兵衛を捕まえよと言われるのでしょうか……。平蜘蛛の贋物など気になさられねばよいはず」

「さて、それは太閤殿下でなければわからぬ問いでありましょう。それとも舞どの、太閤殿下の御前ではしおらしく下命を受けても、内心は不満を持たれているということか」

兵庫の背筋を冷や汗が伝っていく。織部正が続ける。

「家臣たるもの、主の命令に黙って従っておれば良いのではありませぬか。わたしは、舞どのに佐々木某のことを伝えました。あとは、どのようにして平蜘蛛を探し出されるのかは、舞どのが考えて決めることとです。しかし、疑うてこその目利きとも言えますかな」

黙るしかなかった。

「舞どのは、茶器に関して少しは目が利きますか」

喉が渇いたか、と聞くようなあっさりとした織部正の声であった。

「少しばかり……。ただ織部正さまのような高名な茶人の眼力からすると、まったく目が利かぬと言ったほうがよい程度かと……」

「平蜘蛛を見つけようとするならば、茶器に関する目が多少なりとも利かなくてはなりませぬ。試すわけではないが、二、三お尋ねしたいがよろしいか」

兵庫には織部正の問いに答えられるだけの知識などない。織部正もそれを見抜いた上で言っているはず。兵庫は、織部正の問いに頷いた。

「では、しばし待たれよ」

織部正は立ち上がった。小堀政一はその場に置かれたまま。しばしのち、織部正が盆に茶碗を一つ載せて持ってきた。

「政一、茶碗台を」

政一が部屋の隅に置かれていた台子から小さな台を一つ持ってきた。これが織部式というものか。織部正は茶碗台に黄色い茶碗を載せ、兵庫の前に置く。〝ぐい飲み手〟と呼ばれる型であった。

兵庫は黄色い茶碗をじっと見る。この茶碗ならわかる。黄瀬戸に違いない。

「舞どのにお尋ねしたい。この茶碗はいずこのものであろうか？　そして作られたのはいつ頃のことであろうか」

織部正の言葉を受けて今一度、眼前の茶碗を見る。兵庫とて、松永弾正の麾下としてそれなりに名物に触れる機会はあった。

眼前の茶碗は肌に粗目《あらめ》があり、鈍い光沢もあった。木べらでつけられたような線描も黄瀬戸の特徴である。

兵庫は座り直して胸を張った。

「これは黄瀬戸でございましょう。薄作りのため、抜けタンバン（硫酸銅）の銅緑色が内面に見られます。これだけの黄瀬戸ですから、作られたのは最近ではございませぬか」

織部正が頷いた。

「なかなかの目利きでございます。黄瀬戸に間違いありません。ただし、作られたのは最近ではありません。信長公がまだ尾張の一勢力に過ぎなかった頃かと思われます。と言いますのも、線描の付け方が古いからです」

何も言えなかった。兵庫は織部正が言葉を継ぐのを待った。

「黄瀬戸はここ十年ほどで随分焼き物として完成していきました。もちろん、以前と今とでは作り方が違います。たとえば線描です。今の黄瀬戸は土が生乾きの時に木べらで描きますが、以前は乾いてから削るようにして線描を入れておりました。そういう目で見れば、線のざらつきが違うことがわかります」

兵庫はあらためて茶碗を見た。たしかに硬い土を削ったようなごつごつとした線に感じられた。兵庫は茶碗を見ていた視線を、織部正に移す。

織部正が射貫くような目で兵庫を見据えていた。まるで、この程度の目利きで平蜘蛛の真贋を見分けるつもりか、と怒っているようでもあった。

「政一、鼠《ねず》を持ってきなさい」

織部正から命じられた政一が立ち上がって部屋から出て行った。なお、兵庫を試そうというのか。秀次から預かった利休の切型に拠《よ》れば、平蜘蛛とはかなり珍しい形の茶釜であるようだったし、その形状を言葉にして書き込んでもある。切型を所持していれば見間違いようがないように思える。

はたして、織部正が求めるような目利きが必要なのだろうか……。

政一が茶碗台に載せた鼠色の〝ぐい飲み手〟を運んできた。見慣れぬ色の茶碗であった。全体が鼠色となると、どんな土を使っているのか見当がつかぬ。

「おそらく舞どのが、初めて目にされる焼き物でありましょう。だが、あえて聞きたい。この茶碗はいかようにして作られたものと思われますか」

織部正は、兵庫が初めて目にする焼き物だろうと言った。おそらく織部正の下屋敷で、自身で焼いたものだろう。そこまでは想像に難くない。

しかし……。

兵庫は日本一の目利きとも言われる織部正と目利き勝負する愚を犯すつもりはない。潔く兜を脱ぐことにした。

う存じます」

「わたしは織部正さまほど目は利きませぬゆえ、この茶碗の由来を是非ご教授いただきと

織部正は小さく「ほぅ」と声を出した。

「わからぬ物を、素直にわからぬと申すことも目利きのひとつの有り様でございましょう。舞どのが識自慢《しきじまん》する方であれば、平蜘蛛探しに協力致しかねると返答するつもりでございました。それが、たとえ太閤殿下の命令であったとしてもです」


――平蜘蛛とはいったい何なのか。


秀吉に引き立てられし茶人の織部正が、その命令に逆らって協力致しかねると言わねばならぬ何が、平蜘蛛にあるのか。

「鼠と呼ぶこの茶碗は、わたしが焼いた物です。藻草土で作った生地に、鬼板（酸化鉄）を混ぜ込んだ泥を化粧します。その後、ヘラ釘で化粧を削り落として文様を彫り込むのです。それから長石釉《ちょうせきゆう》をかけて焼くと、鬼板の作用で鼠色の生地ができあがり、削った文様は象嵌《ぞうがん》のように白く浮き出るのです」


兵庫は茶碗と織部正を交互に見比べた。織部正は淡々と焼き方を述べたが、実際に、我が手で作り出せと言われれば、兵庫などには生涯かけても無理だろう。

「自然《じねん》のままの美しさや侘びもありましょうが、人が営みをもって創意工夫をした美しさもございましょう。土の営みと人の営み、どちらにも優劣はつけられますまい」

織部正はわざと茶碗を砕いて後、漆を混ぜた金泥をもってその茶碗を継ぐと聞く。無常の風に吹かれて砕けた茶碗が、織部正という縁に導かれてあらたな姿で蘇るのか。

兵庫は無言のまま頭を垂れた。

「そう畏まられますな。平蜘蛛探しは大事となるでありましょうが、舞どののような謙虚な方であるならば見つけ出せるやも知れませぬ。ただ……」

「ただ、何でございましょうか」

「平蜘蛛ほどの大名物となれば、相当な目利きを連れて行かねば、決してわかりますまい。どうでしょうか舞どの、そこな小堀政一を平蜘蛛探しに同道させては。政一ならば、わたしが手塩にかけて育てた弟子でございますゆえ、目利きも間違いないかと。それに、政一の手に負えぬ時は、わたしが出ましょう」

にやりと笑った織部正の顔が気になったが、まさか断るわけにはいかない。小堀政一も「よろしくお引き回し下さいませ」と殊勝に頭をさげた。兵庫が後ろを振り返ると、控えている伯耆が黙って首を縦に振った。伯耆も、こと平蜘蛛探しに関しては、茶器に関する造詣が深くなくては、どうにもならぬと判断したのだろうか。

兵庫は、秀吉と秀次から二重に密命を受けていることを織部正に気取られてはならぬ、と自身に言い聞かせた。

「贋物こそ、まこと。横超断名物《おうちょうだんめいぶつ》ということですかな」

帰りしな、織部正がふと漏らした。兵庫が訝しげな目を向けると、織部正は目を細めた。笑っているとも、疑っているともつかぬ目だった。

「舞どのまいろう」

伯耆の言葉で兵庫は織部正から視線を外した。

第二章　信貴山炎上

佐々木新兵衛の居所は九条油小路の大和屋であると織部正から教えられた。

織部正の屋敷を辞した足で伏見街道を北へ戻り、墨染から左に折れて鳥羽作道へと向かった。鳥羽作道は淀へと向かう主要街道の一つである。

道行きが一人増えていた。小堀政一である。政一は織部正の屋敷にいた時と同じように落ち着いた物腰であった。

途中、街道脇の木陰に腰をおろした。そこで呼吸を整えてから政一が言った。

「舞さま、平蜘蛛について、できればもう少し詳しく教えていただけぬでしょうか」

政一も平蜘蛛について少しは知っている様子。織部正が自身の知っているところを伝えているのだろう。

平蜘蛛——話すならば信貴山落城のおりのことから話さねばならぬ。自分の裏切りを隠す気はないが……。

政一は兵庫の内心を見透かしたように言う。

「わたしがお聞きしたいのは、松永弾正さまから平蜘蛛を預かったとき、別の茶器がその場になかっただろうか、ということです」

信貴山城に於いて松永弾正から呼ばれた時のことをもう一度思い出してみる。あの時、兵庫らの眼前に出されたのは間違いなく平蜘蛛だった……。そうだ口切茶事《くちきりちゃじ》を行ったのだ。あのとき平蜘蛛の茶釜が使われた。

そのとき、脳裏に閃くものがあった。

部屋の隅に茶事に使う茶器がいくつかあったような気がする。いや、よく思い返してみれば、あの席には松永弾正所有の名物ばかりがあったのではないだろうか。

兵庫らは、主君から姫と平蜘蛛を頼むと言われて動いたに過ぎない。もとより、平蜘蛛を見たこともなければ、姫の尊顔《そんがん》もまたしかりだ。

「何か思い出されたのですね」

兵庫は頷きながら、あの日のことで思い出したことを話した。もちろん、自分の記憶が曖昧なものに過ぎないことも含めてだ。

「もしかすると松永弾正さまは、舞さまたちに本物の平蜘蛛を委ねなかったのかもしれません。ところで舞さま、松永さま麾下で使番《つかいばん》を務めておられた母衣武者は何人おられたのでしょうか。そしてその方々は、すべて平蜘蛛を運び出すときにおられましたのか」

「松永弾正麾下の赤母衣衆は総勢十名であった。そしてその十名全員が、あの場に呼ばれていた」

政一はうんうんと頷きながら、なにやら考え込んでいる。兵庫は黙ったまま政一が再度口を開くのを待った。

「わたしは見ての通りの若輩者です。信貴山落城など生まれる以前の出来事でございます。そしてわたしは舞さまのような戦場往来を重ねてはおりません。ゆえにあえてお尋ねしますが、松永弾正さまの麾下で、母衣衆のような独立した立場で動く御役目が、他にもございませんでしたか」

赤母衣衆は伝令役として松永弾正直轄で動いていた。その他に、各大将の指図を受けずに独立して動ける役としては……。

そうだ、黒備衆《くろぞなえ》がいた。

松永弾正麾下黒備衆とは、謀略専門の使番と聞く。真っ黒な胴丸《どうまる》と草摺《くさずり》をつけた黒装束の一団であったそうだ。そうだ、としか言いようがないのは、兵庫が実際に見たことがないからである。そう言えば、あの口切茶事の席にも、赤母衣衆ではない者が二名いたような気がする。そうだ、あの茶事の客は十二名であった。

「黒備衆ですか……。もしかすると舞さま方とは違う働きをしていたのかもしれません」

兵庫は政一の本意がわからない。いったい何を探ろうとしているのか……。

「そろそろ、まいりましょうか」

伯耆の声を潮に一行は立ち上がった。

半刻《とき》ほど歩くと、往還の向こうに、かき上げられた土居が見えた。土居の切れ間に関所がある。柱を二本立てただけの門前を、槍を手にした屈強な男が数人で警固していた。東寺口の関所である。


板葺き屋根に重石《おもし》が載せられている間口五間ほどの店先に、大和屋と墨書された看板が掛かっていた。兵庫は伯耆に目配せした。佐々木新兵衛に顔を知られていない伯耆が探りを入れる方が良いと判断していた。兵庫と政一は離れた場所で様子を窺うことにした。

寂しい場所だった。油問屋と聞いて大店を想像していたが違った。

伯耆が首を横に振りながら戻ってきた。

「佐々木はここを引き払ったそうだ。なんでも、大坂天満橋近くの油問屋からの紹介で預かっていたそうだ」

佐々木新兵衛の暮らし向きが想像できた。信貴山落城の混乱をなんとか生き抜いたが、余裕はないのだろう。

「大山どの、佐々木の人相について聞いてきたか」

「聞いてきた。なんでも右頬から顎にかけて四寸（十二㎝）ほどの刀傷があり、細面《ほそおもて》で馬面と言ってもいいような顔であったそうだ。財布に銀は少なく、紐を通した銅銭で宿賃を払っていったそうだ」

気がつくと、政一が意外そうな顔をして二人を見ていた。

「お二人は、主従の関係ではないのですか……」

政一に、伯者とのことを話していなかった。織部正がどんな態度で出てくるかわからなかった上に、秀次の家臣であると知られるわけにもいかなかった。

「大山どのは、わたしが銭で雇った用心棒だ。だからわたしが雇い主であるが、頼りにしているゆえ、対等の立場のように聞こえるのかも知れぬ」

政一は、兵庫の裂けた懐に目をやった。説明に納得したようには見えなかったが、それ以上の質問はしなかった。兵庫は話を戻した。

「とにかく佐々木新兵衛の足跡を追うしかない。天満にある油問屋には明日にでも行くとしよう。大山どの、天満の油問屋の屋号は聞いておるな」

「天納屋《てんなや》だそうだ」

聞かぬ屋号だった。とにかくこの日は、いったん屋敷へ戻ることにした。昨日と同じように洛中の碁盤の目のような町筋を歩いていく。

日が傾き始める頃、聚楽川西町についた。やはり家々からこぼれる灯りは乏しい。

政一は明日からも同道するので、兵庫の屋敷に泊めることにした。

「三人で戻ると、せいが喜ぶであろう。近頃では訪ねてくる者も少なくなったのでな」

まさか伯耆が隣の屋敷へ戻る所を見せるわけにはいかない。秀次配下と兵庫が組んでいるとなると、どのような讒言《ざんげん》が織部正を通じて秀吉の耳に入るか知れない。

伯耆と政一を連れて帰ると〝せい〟は喜んだ。

「お客さまがお見えになるなど珍しきこと。今日は壬生村の長《おさ》が捕まえた鴨をもらってきていますから、葱と一緒に味噌で炊きましょう」

せいはそう言うなり、急いで夕餉の支度に取りかかった。

「旦那さま、鴨は鍋から食べていただいた方が美味しゅうございますから、みなさまには炉端で食べていただきましょう」

土間の方から鴨の焼ける香ばしい匂いとせいの声が届いた。葱と牛蒡《ごぼう》、それに芋が入った鍋である。

せいは伯耆と政一に、どこの出身なのかとか、家族は何人いるのかなどと他愛もないことをしきりに聞いていた。政一は調子よくせいに話を合わせていたが、伯耆は苦笑いを浮かべるだけで曖昧な返事に終始した。その夜、伯耆と政一は昼間の疲れもあってか早く休んだようだ。

せいも珍しい客が来て喜んで賄いに張り切りすぎたせいか、兵庫の身体を求めてくることもなく隣で寝息を立てている。

平蜘蛛のこと、秀吉と秀次のこと。そしてこれからの、自分とせいの行く末などを考えると目がさえて仕方がなかった。兵庫が臥所《ふしど》を抜け出そうと身を起こしたとき、せいがしがみついてきた。どこにも行かせない、とでもいうように腕を兵庫の首と腰に回してきたのだ。せいが起きたのかと思ったが、ただ寝ぼけていただけのようで、また寝息を立て始めた。兵庫はせいに抱きつかれたまま身動きがとれなくなった。やがて兵庫も眠りに落ちていった。

◇

遠くで法螺《ほら》貝《がい》の音がする。

物見櫓からの報せである。織田軍の陣容に変化があったのだ。織田軍二万三千は、信貴山城に立て籠もる松永軍五千を前に手をこまねいていた。梟雄《きようゆう》といわれた松永弾正が縄張りした城である。容易なことでは落ちない。

信貴山城は、河内国と大和国の国境にある山城で、畝状竪堀《たてぼり》と百以上の曲輪によって難攻不落の城となっていた。信貴山北側の本丸下腰曲輪から麓にかけて築かれた弾正屋敷が最大の曲輪である。そこに松永弾正は陣取っていた。

織田軍は包囲網を敷いて、松永軍の出方を窺っていた。永楽銭が縦に三枚描かれた旗指物が風になびきながら麓を囲んでいる。

兵庫は馬出《うまだし》から赤母衣をつけて飛び出した。水堀にかけられた橋を渡って集落を抜ける。兵庫が橋を渡ると、その橋はすぐ引き上げられた。

一騎駆けであった。松永攻めの総大将である織田信忠に和議の条件を提示しに行くためである。主君である松永弾正から、平蜘蛛を差し出さずとも良ければ他の条件はすべて飲む、と織田信忠に伝えるよう命じられていた。

背中の大きくふくらんだ赤母衣は後方からの流れ矢を防ぐためである。

兵庫は物見から教えられた通り、幔幕《まんまく》で囲まれた織田信忠の本陣を目ざして、いったん東に進路をとって馬を走らせる。

赤母衣に風をはらませて織田軍本陣に真っ直ぐ向かう兵庫が、松永弾正からの使番であることは織田軍もわかっている。

むやみに攻撃されることはないはずだった。

だが、突然の銃撃にさらされた。騎乗する馬に銃弾を受けてしまった。落馬した兵庫をすぐに織田軍が取り囲む。

苦痛に呻きながら顔をあげると、槍の穂先が眼前に突きつけられていた。

「松永弾正さまの使番だ。総大将の織田少将（信忠）さまへの目通りを叶えられたし。和睦の条件を預かってきている」

和睦の使者となれば、この場でどうこうするわけにはいかないはず。兵庫を囲んだ兵たちが逡巡した。

「待て。少将さまに会わせる前にわしが吟味いたす」

槍の穂先をかき分けて出てきたのは猿面の小男だった。猿面は羽柴筑前守秀吉と名乗った。秀吉は信長軍別働隊として移動中だったのだ。

兵庫は秀吉の陣に連れて行かれた。秀吉はすぐに人払いを命じた。幔幕の中には、秀吉と大柄な男が残ったのみだった。あとでわかったことだが、大柄な男は蜂須賀小六であった。

敵の使番と相対するのに護衛役を一人しか置かないとは、秀吉はよほど腕が立つのか、度胸があるのかのどちらかだろう。もちろん兵庫は丸腰の状態に置かれている。懐に持っていた龍笛《りゅうてき》も奪われていた。

兵庫は雅楽で使う龍笛をよくした。時に名手と呼ばれることもあった腕前である。

秀吉はまるで旧来の友と出会ったかのような笑みを浮かべている。

「少将さまに会わせる前に、すべてわしに話せ。わしが取り次がねば、その方も役目が果たせまい」

兵庫は仕方なく、和睦条件について秀吉にすべて語った。秀吉は兵庫の話を聞くと、ひとしきり考え込んでいた。そして、

「いまわしに話したとおりに、少将さまにお伝えすればよい。ただ、わしが思うに、平蜘

蛛を差しださねば和睦はならぬはず。殿が少将さまに、平蜘蛛を差しださぬ場合は和議に応じてはならぬと申されておったそうだからな……」

どうやら和議は決裂となりそうだった。だが、兵庫は使番にすぎぬ。主君からの和睦の条件を敵大将に伝えればよいのだ。

しかし、和睦できなければ信貴山落城はほぼ決定的といってよい。兵庫の命運もここで尽きることになる。いくら大名物とはいえ、たかが茶釜一つにこだわる主君の狭量のために、籠城する兵が信貴山城を枕にして、そろって討ち死にすることになろうとは……。

「舞どの、さぞや無念であろうな。たかが茶釜一つに執着したあげく、松永家とその家臣は一族郎党もろとも滅び去るのだからな。茶の湯に興味のないわしなどには考えられぬことよ」

松永弾正が当初あてにしていた毛利家と本願寺からの援軍はなかった。

織田軍は信貴山城を包囲する信忠軍だけでなく各地で軍団を展開している。自領でそれら織田軍と対峙している毛利家も本願寺も、信貴山へ援軍を出せる余裕はなかった。松永弾正の誤算だ。

松永弾正は主君や足利将軍を蹴散らしていまの地位を手に入れている。まさに戦国下克上の世の梟雄であった。しかし、それゆえに家臣は完全な忠誠を誓えなかった。松永弾正とは、たとえそれが自身の主君であっても平気で裏切れる男である。兵庫のような家臣にたいする思い入れなどない。

「舞どの、一つこの筑前（秀吉）に力を貸してはくれぬか。もし力を貸してくれるならば、悪いようにはせぬ」

この男、寝返れと言っている。それに返事せず、じっと秀吉を見据えた。兵庫はもともと三好家の家臣だったが、勢いを増す松永弾正に引き抜かれて今日を迎えている。当初からの子飼いの家臣ではない。

秀吉が続ける。

「舞どのは少将さまにお会いして、和睦の条件を伝えればよい。条件を受諾するかどうかは案ずるべきことではない。ただ、和議決裂《けつじょう》となったときはわしに協力せぬか。悪いようにはせぬぞ。和議が決裂すれば松永家の滅亡は決定だ。むざむざ、犬死にすることはあるまい」

「助力のしようがない。二万以上の軍勢で信貴山城は囲繞《いにょう》されている。どうやってその輪をかいくぐるというのだ……。協力のしようがない」

思わず言葉にしてしまった。秀吉は兵庫の言葉の意味を聞き違えはしなかった。

「やりようならある。これだ」

秀吉は兵庫の持っていた龍笛を袂から取り出して突きつけた。

「……」

「もし、もし舞どのが松永弾正から重大な役目を命じられたならばこの笛を吹いて知らせて欲しいのだ」

兵庫は逡巡した。

やがて、主を乗り換えるのも悪くはないとささやく声が心裡でした。眼前の秀吉は、松永弾正とは違って偉ぶりもせず、兵庫を見下してもいなかった。いやそれどころか、敵の使番に過ぎぬのに優しく接してくれる。

「重大な役目とは？」

兵庫の言葉を聞いた秀吉は、目を大きく見開いて破顔した。なんと稚気あふれる笑顔であろうか。

「舞どのは和睦の条件を伝えるための使番を命じられるほど信が厚い家臣である。今回のことだけでなく、いずれまた重大な命令を与えられるやも知れぬ。いや、必ず与えられるに違いない」

——裏切りは一度のみ。

いまは亡き父から、戦国の世で生きていくために教えられたことだった。誰が敵で誰が味方かもわからぬ梟雄たちの住処《すみか》では、裏切りを恐れては自分が破滅する。それゆえ、裏切りを恐れるな、と教えられていた。しかし、裏切るのはただ一度のみにせよ。裏切りを重ねれば、そのことで必ず身を滅ぼすともいわれていた。

兵庫は黙って頷くことで、秀吉への返答とした。

「もし、舞どのが与えられた命令が重大なもので、城外に出て遂行せねばならない内容ならば、遂行場所を笛を吹くことで知らせて欲しい」

「わかりました」

主君への裏切りを決心するとは、大海を泳いで渡るほどの強い意《こころ》が必要かと思っていたが、兵庫の言葉は簡単に口から出ていった。

「できれば城外へ出る方向を知らせてくれれば策が立てやすい」

兵庫は少し考えた。

「羽柴さま――」

東に行くなら春鶯囀《しゅんのうでん》を奏する。西なら蘭陵王《らんりょうおう》、南なら陪臚《ばいろ》、北なら狛鉾《こまぼこ》を奏する。それが、兵庫が向かう先の合図と決めた。秀吉麾下で楽《がく》のわかる者に聞いてもらうことにした。兵庫は袂から龍笛を取り出して、それらの曲を小音で吹いてみせた。龍笛の音が風に乗って信貴山城に届かぬ為の用心である。吹き終わるのを待って楽のわかる麾下が頷くのを見た秀吉が口を開いた。

「ようわかった。この筑前、舞どのの思いを無に致しはせぬ。必ずや、舞どのの御為に一肌ぬがせていただく」

兵庫は秀吉に信忠の本陣へと連れて行かれた。そこで松永弾正より言伝《ことづて》るように命じられた和睦の条件を提示したが、信忠は一顧だにせず和議は決裂と決まった。

弾正屋敷に戻った兵庫は、松永弾正の居室に招き入れられた。そこで、信忠との談判について語った。もちろん秀吉に捕縛されたことは話さなかったが……。

松永弾正は禿げあがった頭を上気させて兵庫の話を聞いていた。そして右手に持つ扇子を自分の膝に幾度となく叩きつけている。

兵庫は黙って主君の気が静まるのを待つしかなかった。頭を垂れて主君が何か言い出すのを待ち続けた。扇子が打ちつけられる単調な音だけが響く。

やがて、松永弾正がぽつりと独り言を呟いた。

「信長め……、やはり気づいておったか……」

その言葉に釣られて、兵庫はつい顔をあげてしまった。眼前には夜叉《やしゃ》――修羅の顔があった。兵庫は、恐怖のあまり顔を逸《そ》らすことさえ出来なかった。修羅の視線は兵庫の目を射貫くかのように動かなかった。

ふいに厳しい顔が柔和に変わった。そして兵庫に尋ねた。

「兵庫、口切茶事《くちきりのちゃじ》を知っているか」

聞いたことがなかった。兵庫が黙っていると松永弾正は続けた。

「口切茶事とは、茶人にとって正月のようなものだ。いまからその口切茶事を行う。兵庫、その方も同席せよ。この部屋で待っておれ。準備ができ次第、呼ぶ」

兵庫は立ち去る主の後ろ姿を見ながら、先ほど「やはり気づいておったか」と主が呟いた意味を考えていた。

兵庫は呼ばれるまで松永弾正の居室で待ち続けた。この部屋に平蜘蛛はない。いや、茶道具などまったくなく、ただ主——松永弾正が座る敷物が置かれているだけであった。

半刻ほど後、小姓が呼びに来た。

赤母衣衆とはいえ、弾正屋敷内の奥に案内されるのは初めてであった。人気《ひとけ》が感じられない。遠くで散発的に銃の音がしている。

廊下を三度折れたところで小姓が立ち止まった。

「ここで殿がお待ちでございます」

言葉と共に引き戸が開かれた。部屋に目をやった兵庫は一瞬訝しく思った。頭巾を被ったままの者がいたからだ。着物と体つきから頭巾を被っているのが男だとわかった。

兵庫は部屋の中に進む。部屋の中には、十一名の男がいた。兵庫を入れれば茶席の客は十二名となる。赤母衣衆が兵庫や佐々木新兵衛を含めて十名。そして兵庫の知らない頭巾を被ったままの男が二名である。

兵庫は末席に座る。どうやら茶席に呼ばれる客は兵庫で最後のようだった。

「みな、よう来てくれた」

松永弾正は頭巾を被った男を紹介するつもりはないようだ。兵庫たちのいる位置より一段高くなった上の間で、みなを睥睨《へいげい》している。

松永弾正が立ち上がった。そして部屋の奥の台座まで行き、置いてある葉茶壺を恭《うやうや》しく捧げ持って、石臼の置かれた床の間の方へと移動していった。床の間には白い花が一輪生けてある。

兵庫はその動きをじっと見ていた。捧げ持つ葉茶壺は黒色で、下に行くに従って膨らみが大きくなっている。そして、葉茶壺の下部には白い釉薬が広がっている。それは、兵庫が初めてみる形の葉茶壺であった。

「葉茶じょうご、茶臼、茶ふるい箱。これらを使って濃茶《こいちゃ》を作る。しかも平蜘蛛を使っての茶事である。その方らの忠義への果報と思え」

いまたしかに、松永弾正は〝平蜘蛛〟と言った。とすれば、台座の土風炉に掛けられている茶釜が平蜘蛛なのか。

信長からの和睦条件を蹴ってでも、守り抜きたかった大名物なのだ。そういう目で見れば、たしかに気品と野趣あふれる茶釜である。

松永弾正の口切茶事が始まった。

葉茶壺の封を小刀を使って切る。そして中から紙袋を取りだした。見た目からすると、二十匁《もんめ》（七十五g）ほどの量か。紙袋を取り出した松永弾正の手に茶葉がついていた。茶葉の中に、紙袋を入れていたのだ。

茶釜が沸騰し始めた。平蜘蛛で焚かれた湯はどんな味わいを茶にもたらすのだろうか。点前が始まった。平蜘蛛から湯を注いで茶筅を使う。しなやかな動きは、茶人としての格を感じさせるものだった。

ひきたての濃茶はいままで味わったものとは違い、ざらりとした舌触りが感じられた。香りは高く、初夏の風のような味がする。

「その方らに、頼みがある」

突然切り出された主君の言葉で、口切茶事の余韻が失せてしまった。

兵庫らは松永弾正から、いま茶事に使った平蜘蛛と姫を毛利家へ落ちのびさせるように命じられた。織田信忠率いる織田軍団によって幾重にも囲繞されている信貴山城から脱出させせよ、との命令だ。

誰かが生唾を飲み込む音がした。兵庫は生唾を飲み込んだ男は誰か、と首を動かした。右に座っている目出し頭巾を被っている男と視線が絡み合ったような気がした。しかしその視線は目出しの陰に消えていった。

――なぜこの男らは目出し頭巾など被っているのか……。

「もし、敵方に捕縛されそうなら平蜘蛛と一緒に姫も自裁させてくれ」

松永弾正の話が終わった頃、小姓が桐箱をいくつか捧げ持ってきた。そして捧げ持った桐箱を松永弾正の前に置く。

松永弾正は桐箱の中から一つ選んで蓋を開けた。取りだしたのは先ほどまで使われていた茶釜だった。

「おぬしたちの手によって、この茶釜と我が姫を毛利家へと落ちのびさせて欲しい。どちらも信長の手に渡すには惜しい」

松永弾正は二男一女をもうけていた。嫡男の松永久通《まつながひさみち》は天文十二（一五四三）年に生まれた。久通は勇猛な武将であったが、先日の大手門での戦闘で命を落としている。享年三十五であった。もう一人、次男がいたが、おとなしい気性のため松永弾正により出家させられていると聞く。たしか名は永種《ながたね》であったか。もう十年前から行方が知れなくなっているという。そして唯一の女子である姫である。この姫を落ちのびさせねば、松永家の血は絶えてしまう。平蜘蛛をつけてでも姫を毛利家に守って貰いたいという松永弾正の気持ちはよくわかる。

松永弾正は、兵庫を含む九人の赤母衣衆を毛利家落ちの護衛と決めた。目出し頭巾を被った二人の男と佐々木新兵衛は、選ばれなかった。

兵庫は部屋の隅に控え続ける二人の男を凝視した。もしかするとこの二人は黒備衆なのかも知れないと思った。

兵庫の思いを松永弾正の声が断ち切った。

「夜陰に紛れて本丸南から密かに脱出せよ。敵主力は北面に集結しているゆえ、隙を突いて脱出するのだ。途中、蝉穴砦で糧食を補給して衣服を着替えよ」

脱出経路まで語るとは……。これで、秀吉との約定《やくじょう》を果たせるかもしれない。

松永弾正は続ける。

「半刻後、仕度を整えここに参集せよ」

龍笛を吹く時間さえ与えられた。運に恵まれている。

三の丸の屋敷に戻った兵庫は、手早く身支度を整えた。妻子は麓の城下にあった屋敷に残していた。そして先日行われた信長軍による攻撃で死んだはずだ。

信長軍は、城の兵糧を減らすために城下に住まう者を城へと追い込もうとした。しかし松永弾正は、兵糧が減ることを嫌い城門を閉ざした。閉ざされた城門に殺到し、身動きできなくなった城下の民たちを、信長軍は後方から弓で射かけた。

逃げ場を失った民たちの叫びがいまでも耳に木霊《こだま》している。松永弾正は、城門を閉ざしたまま、弓を射かける信長軍に鉄砲を撃ち込んでいった。それが、信長軍のいっそうの反感をかい、城門前に殺到した人々は火矢で射られた。圧《お》されて逃げ場をなくした人々の着物が燃え上がった。身体を炎に包まれた人々が、舞うように手足をばたつかせて倒れていった。

冷酷とはいえ、それらの戦法も兵法の一つと自分を納得させてきた。

信貴山城は信長軍に完全に囲繞され、今にも落城しそうであったが、松永弾正は打って出ようとはしなかった。毛利や本願寺の援軍を待っていたのだ。大軍を相手にする以上こうするしかない。

しかしどこからも援軍は来なかった。

そのような状況にもかかわらず、松永弾正は信長から出された降伏条件である平蜘蛛の差し出しを拒んで、勝ち目のない籠城戦を継続しようとしている。

この城に残る限り、兵庫の行く末は閉ざされたも同然であった。

兵庫は龍笛を取りだして口をつけた。行き先は信貴山の南——蟬穴砦である。もちろん蟬穴砦は隠し砦であるゆえに秀吉は知らないだろうが、きっと探し当てるような気がした。南に向かう場合に奏する曲は陪臚と決めていた。甲高く澄んだ笛の音がゆっくりと伸び上がっていく。兵庫は目を瞑ったまま、ただ奏し続けた。

龍笛を吹き終えると、人を頼んで具足をつけた。具足をつけ終わると赤紐を襷《たすき》掛けした。これも秀吉との取り決めであった。

秀吉に益なる情報をもたらした兵庫が、乱戦に巻き込まれて命を落とさないように目印を決めたのだ。それが赤紐での襷掛けであった。

口切茶事を行った部屋に、十名の赤母衣衆が次々に参集してきた。兵庫は厳しい視線を感じた。佐々木新兵衛だった。新兵衛は行動を別にすることになっている。

新兵衛が兵庫のもとへ寄ってきた。

「なんだその赤いのは」

咎《とが》めるような口調である。具足をつけて鉢金《はちがね》を巻いた新兵衛の目がぎらついている。兵庫は目力で負けまいとした。

「我家に代々伝わるやり方だ。誰かの命を守らねばならぬ時、赤紐を身につけよ。さすれば危険に陥った時、身代わりになってくれると言い伝えられている。咎め立てされる謂われはない」

新兵衛は一つ鼻をならして兵庫から離れて座った。

やがて松永弾正が姫を伴って現れた。そして小姓が桐箱を捧げ持って続く。松永弾正は姫について何も紹介しなかった。

姫はきらびやかな着物ではなく、兵庫らと同じように具足をつけ顔を墨で汚していた。敵を欺くことは難しいだろうが、遠目からはわからない程度の偽装にはなっている。

兵庫らの一行は物見隊を装うことになっていた。

小姓が持ってきた桐箱の蓋が松永弾正によって開けられ、中身が取り出された。間違いなく口切茶事で使われた茶釜である。

一行《いっこう》は姫を中団に置き、殿《しんがり》を務める兵庫が茶釜の入った桐箱を持つことになった。ここでも兵庫は自身の幸運を感じていた。あとは、秀吉がうまくやってくれることを願うばかり。

月明かりの下、敵に遭遇することなく蝉穴砦に近づいた。夜がふけるにつれ風が強くなっていた。兵庫らが通ってきたのは、信貴山から続く山々を使って巧妙に隠された間道である。一見して、道であるとはだれも気づかぬであろう。

兵庫は頭を低くして馬を進めた。噛みしめた奥歯がぎりぎりと音を上げる。一町ばかりも進み、大楠のところで右に折れる。

逆茂木《さかもぎ》が目についた。間違いない、蝉穴砦である。

もともとここは、信貴山寺の行者たちが密かに家族を持って暮らしていた村なのだ。行者たちは女人禁制を建前ながらも守るため、ここに密かに村を作っていた。他の村からは離して作られていたため、知られずにいたのだ。そして、それがそのまま、松永弾正の隠し砦として使われていた。

秀吉勢の姿はどこにも見えない。まさか、兵庫らの通る道筋がわからなかったのか……。小さな落胆が、舌打ちとなった。

雷鳴にも似た音が響き亘る。うなりをあげた銃弾が兵庫の頬をかすめていった。潜んでいた秀吉勢による攻撃に違いなかった。

——間違えるな、わしはここだ。

兵庫は声にならぬ叫びをあげて跳ね起きた。

◇

大坂天満の油問屋である天納屋に三人で向かった。初夏の空が高く澄み渡っている。鳥羽口から淀に至る鳥羽作道を南に歩いた。

歩きながら政一が伯耆を興味深く見ているのに気づいた。兵庫はあえてそのことに触れず、政一の様子を見ることにした。

政一が何喰わぬ風を装って伯耆に声をかけた。

「大山伯耆さまは、以前はどなたか主君《あるじ》をお持ちだったのですか？　舞さまの護衛を務められるほどの腕前ならば、きっと主君をお持ちだったはず」

伯耆は問いに返事せず淡々と歩き続ける。

政一がまた口を開いた。

「舞さまは、以前は太閤殿下の麾下であったとお聞きいたしましたが」

「政一どの、しばし口を閉じられよ。織部正さまから政一どのを同道させるよう頼まれたが、身上について詮索されることまでは承知しておらぬ」

それからは三人とも何も言わずに大坂天満へと向かった。

大坂城下天満橋あたりは、相変わらず繁華な様子であった。

木津川の沖合には帆柱を畳んだ五百石積みの大型廻船が何十艘と投錨し、荷を運ぼうと艀《はしけ》が廻船に群がっている様子は、さすが天下の中心だけある。

伏見城や聚楽第、そして淀城と、太閤秀吉の造り上げた城下はどこも栄えていたが、やはり大坂は別格といわざるを得ない。

石積堀の両脇には、漆喰で塗り込めた白壁の商家が整然と建ち並んでいる。茅葺きや板葺きの屋根は見えず、瓦葺きの建物ばかりだった。行き交う人々のざわめきが聞こえてくる。

三間幅の天満橋を渡る。真新しい檜造りの橋の芳香が鼻をくすぐり、橋板を踏む人々の足音が振動となって兵庫の身体を揺する。

「どけ、どけ」

罵声とともに橋上を荷車が走り抜けていく。兵庫はあたりを見回して天納屋と屋号が書かれた店はないかと探した。だが見つからなかった。

兵庫は表口八間はあろうかという大店の店先を掃除していた小僧に声をかけた。

「このあたりに天納屋という油問屋があるはずだが……」

小僧から教えてもらった場所は、天満橋から二筋西に入ったところだった。

店は京都九条にあった大和屋と同じく、間口五間ほどであった。店先に天納屋と墨書された看板が掛かっている。

店構えといい、墨書された看板といい、京都大和屋と大坂天納屋はよく似ている。そうだ、店先に活気がないところも似ているかも知れない。

大和屋では伯耆に訪いを入れさせたので、今回は兵庫が訪いを入れることにした。

前回は、新兵衛から顔を知られている兵庫がいきなり訪ねて行くのは得策ではないと判断したのだが、今回はそのような無駄はやめることにした。どのみち、新兵衛に会えば、面と向かって問い糾さねばならぬことがある。それに、新兵衛は織部正に平蜘蛛を渡す代わりに自身を召し抱えるように頼んでいるのだ。兵庫が織部正からの使者であると名乗れば、驚きこそすれ、逃げるはずがないと踏んだ。

暖簾《のれん》を潜って薄暗い店内へ入った。伯耆と政一も一緒である。

「店主はおられるか。尋ねたきことがある」

薄暗い店の奥から、鬢に白髪の交じった男が出てきた。どことなく陰気な感じがする男であった。年の頃は五十は超えているだろうか。金壺眼《かなつぼまなこ》が印象的な顔をしている。身なりは着物に綿を使うなど悪くなかったが、どこか崩れた感じがした。

「佐々木新兵衛を訪ねてきた。この店に逗留している、と京都九条の大和屋で聞いてきたのだ。新兵衛を呼んでもらいたい」

金壺眼は伯耆と政一に目をやった。まるで品定めをしているようだ。

「佐々木さまならたしかに逗留されておりますが、どのようなご用件でしょうか。佐々木さまがお会いするかどうかは、用件次第でございます」

「われらは古田織部正さまの家臣である。先日、佐々木どのが我が主の屋敷を訪ねてこられた。で、本日はその時の返答をするためにまいった」

金壺眼は小さく頷いた。

「よろしいでしょう。どうぞお上がりくださいませ」

框から上がって、店の中を奥へと進んでいく。

天納屋は表玄関前に土間が広がり、左手に幅二間ほどの土間廊下が作られていた。横手の土間を進めば奥に油倉でもあるのだろうか。

三人は廊下を五間ほど進んだ先の殺風景な板敷きの部屋で金壺眼と相対した。

「早く佐々木新兵衛を呼んでもらいたい」

金壺眼は口の端をつり上げて笑った。あたりに殺気が漂っている。隣の部屋に複数の男が潜んでいると見当をつけた。政一の腰は浮きかけている。政一とて、気配で察しているのだ。もちろん伯耆は、座ったまま鯉口を切っていた。

「われらは古田織部正さまの使いとしてまいっておるだけだ。刃を交えるつもりはない。隣の部屋の剣呑な気配をさせている者を引かせてくれ」

金壺眼が微かに嘆声をあげた。

「気がついておられましたか。どうか気を悪くしないで頂きたい。佐々木さまが平蜘蛛を所持していると聞きつけた食い詰め者どもが、店に訪ねてくることが多いものですから、仕方なく護衛を銀で雇っておりました」

この男、平蜘蛛のことを知っているようだ……。

兵庫は金壺眼の話が嘘だとわかった。逗留させている浪人者のために銀を使ってまで護衛を頼む者などいるはずがない。兵庫は金壺眼を睨んだ。金壺眼は兵庫の視線を意に介さず続けた。

「平蜘蛛とはどのような物かを御存じでございますか」

試そうというのか。政一が横から口をだした。

「平蜘蛛の茶釜。松永弾正さまが所持していたとされる大名物です。織田信長に攻められ信貴山城が落ちたときに、爆破されたといわれております」

「巷間、そのような噂がございますな」

そこまで言うと金壺眼は兵庫を凝視した。そしてゆっくりと口を開いた。

「ところで、まだ名をお聞きしておりませんでしたな」

「舞兵庫。新兵衛に聞けば知っているはずだ」

隣室から高笑いが聞こえた。

「久しいのう兵庫。弾正さまの赤母衣衆をやめたあとは、秀吉の御伽衆にでもしてもらったと思っていたが……。今では古田織部正の家臣か？」

まさしく佐々木新兵衛の声。

隣室との仕切り戸が一気に開かれた。面長な顔立ちをした男があらわれた。頬に四寸ほどの刀傷がある。

「やはり、生きていたのか……。お主の名を聞いた時、まさかと思った」

兵庫の問いに、新兵衛は鼻を鳴らすことで応えた。そして兵庫の前に胡座《あぐら》をかいて座った。新兵衛が金壺眼に言った。

「おまえたちは下がっていろ。わしはこの男と話がある」

金壺眼は新兵衛の言葉におとなしく従った。まわりにあった殺気も消えていく。

「で、そこの二人にも席を外してもらいたい」

兵庫が振り向くと伯耆がじっと新兵衛を睨んでいた。

「大山どの、そして政一どの、席を外してくれ。わしも新兵衛と二人で話したい。話の内容は後で聞かせるゆえ、店の外で待っていて欲しい」

伯耆と政一は渋々腰を上げた。二人が店から出て行くのを待って新兵衛が口を開いた。

その顔に刺々しさはなく、気怠そうな雰囲気さえ漂わせていた。

「おぬしが持って逃げた平蜘蛛は贋物だったであろう」

兵庫は思わず目を見開いた。だが……、眼前の新兵衛は兵庫に対する恨み辛みはなさそうに見える。

「今となって、あのときのおぬしの裏切りを責めるつもりはない。おぬしが龍笛を奏することで秀吉にわれらの位置を知らせたのも、下克上の世では仕方なきことと思っている。誰もわれらの行く末を案じてくれぬ世であったのだからな」

新兵衛は遠くを見るような目をしていた。着ているものは革の袖無羽織に、垢汚れた無紋の袷に、これまた薄汚れた袴であった。髷もしっかり結えておらず、仕官が叶わぬ浪人者のようだ。しかし、そのもの言いに媚びたところはなく、焦ってもいないように見える。

「兵庫よ、わしのことが不思議か。織部正の屋敷に物乞いのように仕官を願って行ったわりには、余裕があるようにみえるのだろう」

新兵衛は兵庫を上から下まで舐め回すように見た。そして、

「腕が鈍ったか？　殺気がせぬわ。秀吉に飼われて牛馬にでも成り下がったかのう」

と言った。

微かな炎を腹の底で感じた。だが兵庫は新兵衛が尚も口を開くのを待った。

「もうすぐ、太平の世は終わる。また、悪鬼羅刹と魍魎《もうりよう》が蠢《うごめ》く乱世がくる。そうなればいま手にしているものはすべて意味がなくなる」

「……」

「平蜘蛛が世に出、そして乱世が始まる」

狂っているのか、と思った。だが、新兵衛の表情は真剣なものだった。

「納屋助左衛門《なやすけざえもん》さまを知っているか」

新兵衛の口から出た名は、思いがけぬものであった。

納屋助左衛門とはもとは堺の会合衆《えごうしゅう》の一人と言われていた男で、単身スペイン統治下のルソン島に渡り、そこを拠点に南海を股に掛けて交易していた大商人である。昨年——文禄三（一五九四）年日本に帰国したと聞いている。

別名、呂宋助左衛門《るそんすけざえもん》である。

日本に帰る帰国船に積んでいたルソン渡りの壺を〝ルソン壺〟と名付けて秀吉に献上したと聞く。年の頃は五十を過ぎたくらいの男との噂である。ルソン壺の献上によって秀吉の信任厚き商人になったとも聞いていた。

いずれにせよ、豊臣秀次家臣で二百石を食《は》む兵庫とは無縁の世界の男だ。

「納屋助左衛門とは、近ごろ突如現れた堺の商人だな」

「そうだ。わしはいま納屋助左衛門さまの仕事を手伝っている」

新兵衛の話と平蜘蛛がどう繋がるのかがわからない。新兵衛が手を叩くと、隣室から金壺眼が現れた。

「おい嘉吉《かきつ》、例の物を持ってこい」

嘉吉というのは金壺眼の名なのだろう。嘉吉がまた隣室に引っ込んで、しばらくすると茶釜を手にして戻ってきた。それは、平べったく蜘蛛のようにも見える黒色の茶釜であった。まさしく、あの平蜘蛛である。つまり、眼前にあるのは秀吉を激怒させたのと同じ形をした茶釜、偽物の平蜘蛛なのだ。

「越南国《えつなん》（ベトナム）で作られた釜だ。向こうに行けば簡単に手に入るものだ」

兵庫は茶釜と新兵衛を何度も見比べた。では、兵庫や秀吉が平蜘蛛と思いこんでいたものは一体何だったのか。

――形蜘蛛如　黒鉄口丸釜　五徳足八　釜蓋FILI文字。

と書かれていた切型はどうなるのか。眼前の茶釜の蓋に文字は見えない。秀吉へ渡したあのときの茶釜の蓋にも文字はなかった。

「兵庫よ、われらは弾正から謀られたのだ。あの男、最初からわれらに平蜘蛛を託す気などなかったのだ。それらしい口切茶事などを催してわれらを信じ込ませたのだ。おそらく、あのときおぬし達が同道していた姫も偽者だろう。われらの中で姫に会ったことのある者など一人もいなかったのだからな」

あのとき蟬穴砦で命を落とした女もまた姫ではなかったというのか……。おそらく新兵衛の言うとおり偽者なのだろう。平蜘蛛が贋物で姫だけが本人とは考えられない。

「わかったか兵庫。おぬしは弾正を裏切ってうまく立ち回ったつもりだろうが、そうではなかった。わしはおぬしの龍笛の音に不審をいだいていた。茶事を終え、極秘の任を命じられた直後に龍笛が吹かれたのだ。何かあると思うのが自然だろう」

兵庫は内心の動揺を悟られまいと目をわざと細めて自身の表情を殺した。

「使番として信忠陣へと向かった時も、龍笛の音が聞こえてきた。きわめて小さき笛の音であったが、風に乗って聞こえてきた。間違いなく、おぬしの奏する笛の音と思った。なにゆえ使番が任務の途中で笛など吹くのであろうか」

新兵衛は兵庫をあざ笑うかのような顔をした。口切茶事の席で、新兵衛が睨んできた意味がやっとわかった。

新兵衛が言葉を重ねる。

「おぬしのおかしな動きに、わし以外にも気づいていた男がいた」

想像がついたが、聞かずにはおられなかった。

「誰だ……」

「殿――弾正だ。あの男も気づいていたはず。それゆえにあのような茶事を開いてわれらを謀ったのだ」

松永弾正の方が、一枚も二枚も上手だったということか。しかしそこまでして、兵庫らを騙さねばならぬ理由がわからない。

「弾正はなぜわれらを謀ったのだ。その理由がわからぬ。われらを騙すことでどのような利があるというのだ。信貴山城はあれからすぐに落城したし、落城することは、あの時点ですでにわかっていたはずだ」

新兵衛は我が意を得たりとばかりに頷いた。

「わしもそのことを考えてみた。そして一つだけそれらしい理由を思いついた。おそらく的を射ているだろう」

「教えてくれ」

「おそらく弾正は、偽の平蜘蛛を誰かに摑ませたかったのではないか。摑ませる相手は誰でも良かったのだろう。そして、その相手を探しているとき、兵庫――おぬしが寝返ったことを知った」

「何の為に贋物の平蜘蛛を、母衣衆まで護衛につけて送り出したのだ」

新兵衛は膝を打った。そして苦々しげな顔をした。

「贋物の平蜘蛛が誰かの手に渡れば、本物の平蜘蛛は安泰となる。本物の平蜘蛛は今でも誰かが所持しているはず。平蜘蛛とは、われら母衣衆十名の命に代えてでも守らねばならぬ価値がある文物ということだ」

兵庫はそこで新兵衛を見据えた。

「では新兵衛、なぜ平蜘蛛があるなどと嘘を申して仕官口を探すまねをしたのだ。先ほど聞いた話では、納屋助左衛門のもとで働いていると言っていたはずだ。ならば、新たに仕官口を探す必要などあるまい」

「おぬしを誘《おび》き出したかった」

意外な返答であった。

「わしを誘き出して何とするつもりだったのだ」

「兵庫が秀吉の麾下に入ったことは人づてに聞いていた。平蜘蛛に関する噂を流せば、必ず食いついて来るだろうと思っていた」

ますます新兵衛の真意が読めない。だが間違いなく、新兵衛は兵庫をも謀ろうとしているはず。

「わしがおぬしの話に食いついたからといってどうなる。太閤殿下の手許にある平蜘蛛は、間違いなく、あの日の茶事で使われたものだった。それを贋物と言われても、わしはどうしようもない。いったい何のためにわしを誘き出そうとしたのか、言え」

新兵衛は目を上に向けて何やら思案していた。やがて兵庫へと視線を戻した。

「本物の平蜘蛛は間違いなくどこかにあるはず。もしかすると、所持している者も、自分が所持している物の中に、あの平蜘蛛があるとは思っていないかも知れぬ。しかし兵庫よ、おぬしが動くことで他の者も動き出す。事実、動き出した。それが目的と言っておこう」

兵庫は大きく息を吸い込んだ。いくら問いつめても新兵衛は、兵庫を誘き出そうとした本当の目的は話さないだろう。兵庫は聞き方を変えた。

「平蜘蛛とはいったい何なのだ。いくら大名物とはいえ、たかが茶釜になぜ皆がこだわるのであろうか」

兵庫の問いに新兵衛は返事せず、やおら立ち上がった。

「ついてこい兵庫、見せたい物がある」

新兵衛は隣室へと入っていった。そこには左側に棚が設けられていた。棚には茶道具が並べられている。新兵衛は棚へと歩み寄ると、中段に置かれた、鉄でできている丸い蓋のような物を取った。そして兵庫にそれを渡した。

鉄でできた蓋には、『FILI』と異国の文様が入っていた。秀次から渡された、利休の残した平蜘蛛の切型に書かれていた文様だ。しばらくその小さな鉄蓋を見てから新兵衛へと目を向けた。

新兵衛が訝しげな顔で聞いてきた。

「兵庫、この文字について、何か知っているのか」

新兵衛は、まさか兵庫が、利休の残した平蜘蛛の切型を所持しているとは思ってもいないはず。

「珍しき文様だと思ったが、これは文字なのか」

新兵衛が疑り深そうな顔をして兵庫を見た。兵庫は利休の残した平蜘蛛の切型のことを新兵衛に話すつもりはない。

新兵衛はしばらく兵庫を凝視していたが、やがて仕方なさそうに口を開いた。

「これは、イエズス会をあらわす文字なのだ」

イエズス会——神の教えを広めるための組織だと聞いたことがある。日本に宣教師たちを送り込んでいるのもその組織なのだとも聞いていた。

「このイエズス会をあらわす文字が入ったものが本物の平蜘蛛なのだ。弾正は若き頃、商人として海を渡りルソンや澳門《マカオ》、そして越南に行っていたのだ。そこで平蜘蛛を手に入れたのだ」

松永弾正が、かつて商人であったという噂を、耳にしたことがある。そして商人として財を成した後、摂津に現れ三好家に出入りするようになったとも聞いていた。

「新兵衛、なぜ納屋助左衛門どのは、平蜘蛛を探しているのだ？　納屋どのほどの大商人ならば人も銭も使って簡単に見つけ出すことができるのではないか」

納屋助左衛門も平蜘蛛を探しているに違いない、というのは兵庫の推測である。だが、推測ではあっても、あえて新兵衛に問うた。

新兵衛は問いに答えなかった。

平蜘蛛探しに納屋助左衛門も加わってきた。イエズス会を意味する文字が描かれた平蜘蛛とは、なぜそれほどの価値をもつのだろうか……。

「いずれ、納屋助左衛門さまがおまえを呼ぶだろう。その時がくれば平蜘蛛にまつわる謎について話してもらえるのではないか」

「いまここで話す気はないということか。

兵庫よ、話はおしまいだ。二人が待っているぞ、行って話してやれ」

新兵衛に促されるまま、兵庫は天納屋を後にした。外で待つ二人は、兵庫の姿をみとめると駆け寄ってきた。

「ご無事でございましたか、舞さま」

政一も隣室から発せられていた殺気に気づいていた。ゆえに一人で天納屋に残った兵庫の身を案じてくれているのだ。

「平蜘蛛について何かわかりましたか」

政一の問いには答えずに兵庫は歩いた。伯耆は何も言わない。来た道を戻り、天満橋へと歩いていく。喧噪と華やぎが町のそこかしこに満ちている。平蜘蛛を巡る謎などとは関わりなく町は動いている。

目を上げると、そびえ立つ大坂城天守閣の金箔張りの甍《いらか》が傾き始めた陽光を反射している。天守閣の黒漆塗下見板に金泥で描かれた、浄土の六鳥たる白鵠《びゃっこう》や孔雀、鸚鵡《おうむ》や舎利《しゃり》、そして迦陵頻伽《かりょうびんが》や共命之鳥《ぐみょうしちょう》が下見板から大坂の町を守護しているのか。

兵庫は今日中に京都へと戻るのはやめて、大坂泊まりとすることにした。途中見つけた傾城屋《けいせい》（遊郭）に泊まることにした。店の主に、ほしいのは飯だけであり、三人同室で泊めてくれと頼んだ。その上で、女を求めていないことも言い含めた。

傾城屋の主は怪訝な顔をしていたが、兵庫が過分な銀を握らせると喜んで、二階奥の上部屋へと案内してくれた。

どこからともなく白粉の匂いがする。通された部屋の中は、紅殻《べんがら》が施され異国の壺などが飾られていた。もう戦乱の世ではなくなったとの思いが、このような華美な場所を造るのであろうか。

傾城屋は中庭を挟んで別棟を持っていた。そことは渡り廊下で繋がっている。兵庫らの通された建物の二階には他に客が居なかった。

飯を食い終える頃には闇があたりを包んでいた。楽曲の音と嬌声が離れた部屋から聞こえてくる。兵庫と伯耆にとってはどうということもなかったが、若い政一には刺激が強すぎるようだ。顔を赤く染めてどぎまぎしている。

政一の口を少々黙らせたいゆえに傾城屋泊まりと決めたのだ。茶の湯に関する知識も勘も鋭い政一に、新兵衛とのやり取りを詮索されたくなかった。政一に気付かれたことは、そのまま秀吉に筒抜けとなるかもしれないからだ。

そこまで考えて、兵庫は自分の心に少し驚いた。兵庫は自分でも気付かぬうちに秀次に肩入れしていたからだ。人たらしと言われている秀吉は、外面の良さとは別の冷酷な一面を持っている。利用する価値がないと判断されれば捨てられる。その事を兵庫は痛いほど知っていた。

それに対して秀次は、武将には不向きなほどの優しさを持っていた。秀吉から押しつけられた家臣団に対しても、直参と変わらぬ扱いをしている。そして、近江八幡での治世でも、税収を上げるよりも民の暮らしが困らぬ事を第一義としていた。そのおかげで、近江八幡は商いの里として栄えるようになっていた。

兵庫の思いを断ち切ったのは政一の声だった。

「平蜘蛛と思われていた茶釜は、越南あたりに行けば簡単に手に入る代物だったということなのですね」

こと茶の湯に関することに話題が移れば、政一の顔は引き締まってくる。傾城屋の淫靡な雰囲気に負けぬよう、ことさら熱心に話し、考えを巡らせることにしたのかも知れない。

しかし政一に対して、ある程度以上は本当のことを伝えられない。

「新兵衛は、太閤殿下が平蜘蛛を密かに所持しておられたことを知らぬまま、越南渡りの茶釜を平蜘蛛と思いこんでいるようだ。わたしは茶道具置き場を見せてもらったが、太閤殿下が所持する茶釜とそっくりなものがいくつも置いてあった。新兵衛はわたしと同じく松永弾正久秀の家臣だった。そして主君より招かれた茶席で平蜘蛛を見ている。それゆえ、同じ形をした茶釜を見つけて、平蜘蛛と思ったのではないか」

政一の目が細まった。

「では新兵衛は、平蜘蛛とは茶釜の産地と形に由来する名だと思いこんでいたということなのですか……。あまり茶道具に詳しくないまま、平蜘蛛を所持しているなどと言っていたのでしょうか……」

政一の視線が左下に落ちた。何事か疑問に感じることがある場合に、よく出る癖だと兵庫は思った。兵庫は自分から口を開くのは得策ではないと判断した。

「では舞さまにお尋ねいたしますが、その佐々木新兵衛が所持する茶釜が贋物であると判断した根拠を教えてください。新兵衛が持つ茶釜が贋物なら、太閤殿下が所持される茶釜も偽の平蜘蛛ということになります」

そうなる。政一の言うとおりだ。

「我が宗匠は、太閤殿下よりある程度の話を聞かされておりますが、肝心なことは太閤殿下も話して下されなかったとか」

政一が兵庫の顔をじっと覗き込むようにして見る。

どうやら織部正は、秀吉が所持する茶釜が平蜘蛛ではないと千利休から断言されていたことを知らないのだ。

「わたしも太閤殿下から、御自身が所持されている平蜘蛛茶釜が贋物だと教えて頂いただけだからな……」

「……」

こんな答えで政一は満足していないようだった。しかし兵庫は、自身が知っていることをすべて話す気はなかった。

政一はなおも食いついてくる。

「しかし、舞さまの目利きでは新兵衛が持つ茶釜と太閤殿下が持つ茶釜が同一の物と判ずることは出来ないはずです。もしわたしがあの場に残ることが出来たならば、新兵衛の持つ茶釜を奪ってでも持って帰ろうとしたはずです」

「できもせぬことを言うな。おまえの腕で、松永弾正久秀麾下の赤母衣衆として戦場往来を重ねた新兵衛に勝てるはずがあるまい」

兵庫は政一を睨みつけた。茶道具に関する目利きならいざ知らず、こと命のやり取りとなれば政一は兵庫の敵ではない。政一は兵庫の眼光による圧力に耐えきれず下を向いてしまった。そしてか細い声で、

「言い過ぎました……。言葉がすぎたことをお許し下さい……」

と言った。

場の空気が沈んだことを潮に床についた。

兵庫は目が冴えて眠れなかった。新兵衛とのやりとりや平蜘蛛のことが脳裏から離れない。

また、新たな客が来たようだ。酒に酔っているのか男の騒ぐ声がここまで響いてきた。いや男は、階段を軋《きし》ませて二階へ上がってきた。そしてもっとも階段よりの部屋へと入っていったようだ。

兵庫が主に最初に掴ませた銀程度では、二階を借り切るのに足らないのは承知していた。複数の足音が階段を上り下りし始めた。どうやら酒肴などを運び込んでいるのだろう。遊女も上がってきているかも知れない。

伯者がゆっくりと身体を起こした。そして、

「階段を上り下りする人数が合わぬ。階段脇の部屋には、足音から察するに三人いるはずだ」

と言った。

刀架《とうか》に置いてある太刀をゆっくりと手にする。続けて鯉口を切った。隣で寝ている政一の肩を揺すって起こした。声をあげそうになった政一の口を手で塞いだ。そしてそのまま伯者を見る。目は闇になれている。

小さな足音がした。耳を澄ます。足音からするとこの部屋に向かっているのは三人か。兵庫は夜具を剝いで、自身の着物の裾を割り、腰を落とした。兵庫らの部屋の前で足音は止まった。呼吸をゆっくり整える。

今度はしくじらぬ。

いきなり襖が蹴破られた。兵庫へと突っ込んできた男を抜き打ちに切り捨てる。顔に生暖かい血飛沫《ちしぶき》が降りかかる。

身体の奥で火がついた。

伯耆も二人目の男に太刀を振り下ろした。残るは一人。そこで政一が逃げ出そうと、兵庫のそばを這って離れた。残った一人の男がそれに気付いて政一に向かって踏み込んできた。兵庫は、政一に襲いかかる賊の胴を抜き打ったが、賊の切尖が政一の左腕をわずかに捉えていた。

「灯りを持ってこい。賊は成敗いたした。心配いらぬ」

伯耆の声で階段下が慌ただしくなった。しかし誰も二階へ上がってこようとはしなかった。兵庫と伯耆は顔を見合わせた。考えられる理由は一つしかない。賊はまだいるのだ。血路を開かねばならない。窓から飛び降りて中庭に向かうことも出来るが、それだと出口までが遠くなる。幸いなことにこの店の階段は架け梯子ではなく、棚梯子となっている。敵を迎え討ちやすい。

戦場往来を続けていた頃の気持ちが甦ってくる。

「わしが先に行く」

兵庫はそう言うなり階段に向かって走った。そして階段中ほどから太刀を上段に構えたまま飛び降りる。

眼下には二人の賊。

空中で身を躱すことのできないのを知って、賊が兵庫の胴を狙ってくる。小袖の袂に仕込んだ鎖が賊の太刀を防いでくれた。着地するなり、右の賊に体当たりして転《こ》かす。兵庫は左側の賊に切尖を向けた。

その隙を逃さず伯耆が階段上から一気に飛び降りてきて、そのまま左側の賊に上段からの太刀を叩き込んだ。兵庫はその間に、転かした賊の腹に刃を突き立て、すぐさま抜く。

玄関は幅二間の土間を挟んですぐ目の前。土間をあがってすぐの帳場前は三間四面の板敷きとなっている。

見える限りでは、賊は板敷きに一人残っているだけ。その賊は、兵庫が向けた切尖に怯え、身体を震わせている。

「政一、今のうちに降りてこい」

這うようにして政一が階段を降りてきた。伯耆が素足のまますばやく玄関を出て通りを見る。騒ぎを聞きつけた野次馬に向かって太刀でも振り上げたのだろう。悲鳴があがって逃げまどう人々の足音が交錯した。そのまま伯耆は表で声をあげた。

「行くぞ、ぐずぐずしていれば新手《あらて》が来るかも知れぬ」

兵庫は政一の襟首を摑んで顔を寄せた。

「走れ、戦場では走れなくなった時が、死ぬ時ぞ。どうせ死ぬなら走って死ね」

表で尚も伯耆が催促の声をあげた。

兵庫は政一の手を引っ張って走った。

何者かの意思によって、平蜘蛛の所在を嗅ぎ回る者たちが排除されようとしている。太閤秀吉でもなく、関白秀次でもない誰かが、兵庫らの命を狙っている。

走りながら政一が呻いた。だが、知らぬ振りをした。走り続けることだけが死地を脱する方途《ほうと》なのだから。途中の農家で三人分の草鞋《わらじ》を手に入れていた。

伯耆は宇治川へと降りていき水を竹筒に汲んできた。竹筒は近くの竹林にて伯耆が一刀のもとに切ったものだ。

伯耆から竹筒を受け取ると、政一は喉を鳴らして一息に飲み干した。そして竹筒を伯耆に突きだした。もう一度汲んで来いとでもいうような仕草に腹が立った。兵庫は立ち上がった。「大山どのは、おまえの家臣ではない」と一喝するつもりだったが、それに気づいた伯耆が手で兵庫を制した。

「政一どのは疲れておるのだろう。まだ若く、これからの人だ。水くらい喜んで汲んでまいる」

伯耆はそう言って兵庫らに背中を向け、宇治川の畔《ほとり》へと降りていった。青みを帯びていく空から冷気が降ってくる。

「政一どの、我が事は自分でやられよ。天下太平の世になったように見えても、朝鮮国では二年前まで戦《いくさ》が続いていたのだ。しかも今はただ休戦しているに過ぎぬ。政一どのもいつ出陣せねばならなくなるかわからぬ状勢だ。鍛練を怠るな。戦場では、身体が動かぬようになった者から死んでいくのだ」

休戦から二年経った今年一月、まだ自ら朝鮮国へ兵を出していない関白秀次による朝鮮出兵が行われると発表されていた。これは秀吉の策略と専らの噂であった。休戦がなっている朝鮮国へと関白秀次を武将として追い出し、まずは関白職を剝奪する。そして留守中、嫡男拾丸の後継決定を発表して秀次を拾丸の家臣とするつもりなのだろうと噂されていたのだ。

伯耆が竹筒にまた水を満たして戻ってきた。

「わたしばかりが飲むわけにはいきませぬ……。舞さまこそお飲みください。そして、次はわたしが水を汲んできます」

先ほどの兵庫の叱責が応《こた》えたのだろう。政一は神妙な顔をしていた。

四半刻（三十分）ほど休んでから三人はまた歩きだした。途中、伏見六地蔵の小堀屋敷へと政一を送り届け、京都の屋敷に戻ってきたのは昼過ぎだった。

「帰ったぞ」

いつもなら帰りを待ちわびたせいが、慌てて玄関に出てくるのに、屋敷は静まりかえったまま。さきほど別れた伯耆は隣の屋敷へと戻っている。

「せい、わしだ。帰ったぞ」

足を濯がず式台にあがった。

「せい、おらぬのか。せい、どうした」

玄関から右手の廊下を進んでいった。奥まったところにある書院に人の気配があった。

兵庫は左手で鯉口を切った。書院の中にいるのは一人であることが気配でわかった。

いきなり書院の襖を蹴り飛ばした。

書院の中にいたのは、石田三成配下の森九兵衛だった。九兵衛の蛇を思わせる目が兵庫を捉えた。九兵衛は、いまにも長い舌が出てきそうな赤い唇の端をわずかにつり上げて笑った。

「佐々木新兵衛は見つかったか」

九兵衛が何をしにこの屋敷へ来たのかわからない。

「どうした舞どの。女のことが気になるのか」

兵庫は自分の顔が一瞬にして怒気を含んだものに変わったことを感じた。

「せいをどうにかしたのか」

九兵衛は何も答えない。兵庫は怒りのあまり太刀の柄に手をかけようとした。

「松永弾正の赤母衣衆とは、己の心さえ抑えられぬ程度の武者でも務まるのだな。大したことないのう」

九兵衛の煽るような言によって、かえって心が静まった。九兵衛は兵庫に腹を立てさせることで、何事か聞き出そうとしているようだ。激情にかられた兵庫が、何事か口走るのを誘っているのだろう。

兵庫は柄にかけそうになった手を戻して、深呼吸した。

「勝手に屋敷にあがられては迷惑だ。帰ってくれ」

策に兵庫が乗らなかったことで、九兵衛は軽く舌打ちした。そして仕方なさそうに言葉を発した。

「女には、わしが用事を言いつけた。夜まで戻ってこぬだろう。おぬしとの話を聞かせるわけにはいかなかったのでな」

「この屋敷の主はわしだ。そしてわしは関白秀次さまの家臣であって、おぬしの家臣ではない。勝手なことをするな。森九兵衛、いますぐ出て行け」

「いや、……」

「いいから、早く出て行け」

兵庫の剣幕に、九兵衛は余裕を失った。

「申し訳ない。勝手なことをしたことについては詫びさせてもらう」

九兵衛はそう言うなり、頭を垂れた。自分が不利とみるや、すばやく詫びることができ

 るとは、さすが石田三成の麾下だけある。主に似て、この森九兵衛という男もそうとうな能吏である。九兵衛は続ける。

「女には、舞どのの上役と名乗った。そして、夕刻まで実家にでも帰っているよう命じた」

せいは実家に帰っているのか。兵庫は少しだけ安堵した。ただ、せいが下女扱いされて腹が立った。気さくな性格ゆえ、侮られたと思うと悔しくもあった。しかし兵庫は、その思いを黙って腹の奥にしまい込んだ。

「佐々木には会った。だが、奴の持っている平蜘蛛も贋物であった。佐々木もどれが本物の平蜘蛛なのかわかっていなかった」

そこまで言ってから兵庫は、九兵衛の前に腰をおろした。九兵衛が三成の配下である以上、秀吉が所持している平蜘蛛が贋物であることは聞き及んでいるはず。

「舞どの、おぬしはなぜ、佐々木が所持している平蜘蛛が贋物とわかるのだ。そこまでの目利きであると申すのか」

「太閤殿下の所持している平蜘蛛と同じ形であったからだ。あれは、おそらく越南あたりで作られた茶釜だろう」

そこで、九兵衛の目が妖しく光ったような気がした。

「茶釜を見ただけで越南で出来たものと断言するのは相当な目利きと思われる。誰に目利きを習ったのか」

「わしが贋物の平蜘蛛と見抜いたのではない。古田織部正さまの一番弟子で小堀政一という若者がいる。その若者が見抜いたのだ」

「一目で越南あたりの物と見抜いたのか」

まさか九兵衛に本当のことを教えるわけにはいかない。茶器に関する目利きの話は、すべて古田織部正と小堀政一のせいにするつもりだ。

「古田織部正さまが、目利きのために一番弟子をわしに同行させるよう頼んできたのだ。わしも喜んで承知した」

納得いかぬ様子であった。おそらく織部正のところへ出向いて兵庫の言の真偽を質すだろう。

「では間違いなく、佐々木新兵衛は平蜘蛛を所持していないのだな……」

「くどい。先ほどからそう申しておる」

兵庫の返答が不満なのか、九兵衛は鼻を一つ鳴らして立ち上がろうとした。

「九兵衛どの、知っていることを話してくれ。でなければ、わしも今後は平蜘蛛について話さぬ。そもそも平蜘蛛探しは太閤殿下に直々に命じられたこと。それを石田治部少輔さまの家臣である貴殿に話す必要は一切ないのだぞ」

九兵衛が兵庫を睨んできた。細まった目から発される殺気からすると、九兵衛も手練れの剣技を使いそうだ。平蜘蛛のこととは別に、九兵衛に興味が湧いた。この男と真剣を持って相見《あいまみ》えてみたい、そう思ったのだ。と同時に、自らの心情にも驚いた。裏切りの結果、秀吉麾下に入ることになった。そこでも武将としてそれなりに働いたと思う。だが裏切りという毒は兵庫の心を蝕み、秀吉に媚びへつらう気持ちさえ生まれた。かつての主を裏切ってまで手に入れた地位を失いたくないという気持ちは武将としての覇気をも奪っていった。そのことで秀吉から遠ざけられ、秀次の家臣とさせられた。そしてその結果を仕方なく受け入れてもいた。そんな自分が九兵衛と立ち合いたいと思った。たとえ一瞬とはいえ、昔日の性根が顔を出したのだ。そのことに気づくと、気持ちが落ち着きはじめた。

先に殺気を緩めたのは兵庫であった。

「平蜘蛛とは、一体何なのだ？　太閤殿下が石田治部少輔さまや古田織部正さまを巻き込んでも探し出さねばならぬほどの物なのか。大名物というたところで、所詮、茶道具に過ぎぬのではないか」

「所詮——茶道具？　本気で言っているのか？　おぬしはその茶道具を奪うために主君を裏切ったではないか」

言葉は刃となる。兵庫が切りつけたように、九兵衛も手酷く兵庫へと切りつけてきた。

「平蜘蛛は、一国とであっても引き替えられぬ茶道具、と松永弾正は言っていた」

九兵衛の左眉がわずかにあがる。

「勘違いしておるようだな。松永弾正の言っていた一国とは、摂津や大和のような一国ではなく、おそらくこの日本一国くらいの意味であっただろう。大げさな言い方と思うがな。まあ、あの頃の松永弾正はそう思うていたのだろう」

一国とは——この日本一国のことだと……。

あまりの途方のなさに、兵庫は九兵衛が嘘をついていると思った。

「嘘ではない。わしもこの話を殿から聞いた時には信じられなかった。詳しく説明してはくださらなかったが……」

九兵衛が三成から聞くところによれば、信貴山落城には隠された秘密があったのだという。当時、平蜘蛛の秘密を知った信長が、平蜘蛛を差し出せと命令し、それを拒否した松永弾正が謀反に走ったのが真相である、と九兵衛は語った。

三成が言っていたのなら、間違いなく本当の話だろう。しかし、たかが茶道具一つを争って戦をするものであろうか……。いやそれ以上に解せぬのが、茶道具一つが日本一国と同じ価値を持つということである。兵庫は得心できなかった。

新兵衛に見せられた鉄でできた茶釜の蓋には、『FILI』と異国の文字が入っていた。秀次から渡された利休の残した平蜘蛛の切型に書かれていた文字だ。そしてその文字はイエズス会をあらわす文字だとも聞いた。

イエズス会——神の教えを広めるための組織だと聞く。日本に宣教師たちを送り込んでいるのもその組織なのだとも聞いている。

天正十五（一五八七）年六月、秀吉によって禁教令が出された。以後、日本において、表だったキリスト教の布教活動は禁じられている。またキリシタン大名たちに対しても棄教するよう命令が出た。有力な大名の中には、表だっては秀吉に従って棄教していても、内心では相変わらず帰依している者もいるようだった。

しかし、中には高山右近《たかやまうこん》のように秀吉の命令に逆らって、大名の地位を捨てて信仰を選ぶ者もいた。高山右近は、信貴山落城より前に信長の直臣に取り立てられているが、かつて松永弾正の麾下であった。しかも父子二代にわたって仕えていたはず。

兵庫の知らない何か大きな力が働いているような気がする。

九兵衛が立ち上がった。話はここまでということだろう。兵庫は玄関まで九兵衛を送った。草鞋を履き終えた九兵衛が不意に言った。

「関白さまは心優しき御方と思うが、この国を率いていかれるほどの器量がお有りであろうか……」

九兵衛のような陪臣に過ぎぬ男が関白さまの器量の是非を述べるとは、不遜の極みである。そう思ったときには声が出ていた。

「控えよ九兵衛、不遜であろう。うぬのような輩《やから》が関白さまの器量を云々するなど、許されることではないぞ」

九兵衛は兵庫の言など意に介さぬように踵《きびす》を返して歩き出した。

「待て」

九兵衛の不遜なもの言いは、奴の主である石田三成がふだんから口にしていることなのだろう。

夕刻、せいが帰ってきた。笊に茄子を何本も入れて持っていた。実家で分けてもらったものだそうだ。兵庫が戻ってきていることに気づいて慌てて駆け寄ってくる。

「いつ、お戻りになりましたか」

茄子に付いていた汚れが兵庫に付いた。それに気づいたせいが、

「ああ、汚してしまいました」

と兵庫の着物を叩《はた》く。その手を兵庫は引いた。そしてそのまま押し倒す。せいはされるままに身をまかせる。胸元を押し広げて乳房をあらわにした。目をせいに向けると微笑んでくれた。

「あの男は、何と言っておまえを実家に帰したのだ」

せいは少し残念そうな顔をした。

「旦那さまと二人だけで話したいと言われて……。旦那さまがいつ戻ってくるのかわからないと言っても、出て行ってくれませんでした。仕方なく実家に戻りました。日が沈むまでに戻りたかったのですが、あの男がまだいたら嫌だなと思いました……。そしたら、旦

那さまが帰っておいでだった」

せいはいきなり兵庫の顔を自身の胸に引き寄せた。そして、そのまましっかりと頭を抱え込んだ。

「旦那さま、たくさん吸うてください」

兵庫は声に促されるままむさぼるように口に含んだ。そしてことが終わった後、せいは正座して改まった口調で言った。

「旦那さま、やや子が……」

一瞬聞き違いかと思った。「やや子が……」と兵庫が聞き直すと、せいはゆっくりと頷いた。

親になるのか……。この自分がまた親となるのか。

信貴山で死んでいった妻子は兵庫のことを恨みながら死んでいったのだろうか……。

「どうなさいましたか、旦那さま……」

せいに身体を揺すられて我に返った。

「やや子が出来たことが嬉しくなかったのですか……」

「いや……」

せいがしがみついてきた。兵庫は黙ってせいを抱きしめた。

翌朝、兵庫は真剣を振る修練を始めた。生ける屍と化し、膂力《りょりょく》を失いかけていた己を鍛え直すためである。

兵庫は諸肌脱いで刃を振り下ろし続けた。眼前にいるそれまでの自分を断ち切るように振るい続けた。


大坂から戻った翌日、伯耆を伴って聚楽第の秀次を訪ねた。兵庫も伯耆も大紋を着ている。関白秀次に会うのだ、小袖に袴というわけにはいかない。

聚楽川西町から外堀を渡って南馬出へと向かう。虎口を通って、南門橋を渡る。この橋は内堀に架けられた三橋の一つである。

「昨日、舞どのの屋敷に誰か訪ねてきていたようだが……」

伯耆は何気ない風を装って聞いてきた。森九兵衛のことは正直に話すつもりだった。

「あれは石田三成さまの家臣で森九兵衛という男だ。わしが平蜘蛛のことで太閤殿下に呼ばれたとき、使番として我が屋敷に来た男だ」

「あの男、なかなかの手練れだ」

伯耆は、どこからか兵庫の屋敷を見張っていたようだ。やはり、伯耆は兵庫への目付役なのか。一度でも裏切ったことのある者は信用せぬということなのだろうか。

風が少し出てきた。伯耆が尚も口を開いた。

「ところで舞どのに一つ聞きたいのだが……。関白さまにも、石田さまや森九兵衛のことを話すつもりか？」

「そのつもりだ」

兵庫の答えに、伯耆は驚いたような顔をした。

「平蜘蛛のこともか」

あえて返事しなかった。

――裏切りは一度のみ。

言うても詮無きこと。ここで伯耆相手に、亡父から言われていたことを弁解がましく述べたところで、怪しんでいる相手の心裡まで変えることはできぬ。

「大山どのは、関白さまは優しきだけの主君ではなく誠の武人である、と申していたな。あれはいったい何のことなのだ」

伯耆は訝しげな目を向けてきた。

「知らぬのか、舞どの？　舞どのもたしか小牧・長久手に参陣していたのではなかったか？　あの時、本陣で何があったか聞いておらぬのか」

――本陣で……。

天正十二（一五八四）年四月九日。

秀次軍は尾張白山林に陣を敷き、岩崎城での戦いの推移を見極めた後、移動を開始しようとしていた。そこを後方から徳川方の水野忠重や丹羽《にわ》氏次らに急襲された。その上、側面からも榊原康政に襲いかかられたのだ。兵は動き始めに一番隙がある。隊列がまだ整わず順次動き出しており、人馬のざわめきが規則正しい音になっていない時、敵襲の蹄の音に気づくのが遅れる。そして見張番も後方への注意がわずかばかり疎《おろそ》かになる。

兵庫はその時、使番として龍泉寺城へ入っていた。その後のことは伯耆から聞いた。

秀次軍後方と側面にいた軍目付である木下助左衛門と木下勘解由がまず襲われたそうだ。軍目付として秀次軍の進発を監察していたことで、すでに側近くまで忍び寄っていた敵に、気づかなかったのだ。

秀次はすぐに、助左衛門隊と勘解由隊が蹴散らされ始めたのに気づいた、と聞いた。一族である助左衛門と勘解由の危機に、秀次は馬を捨てて救援に向かったのだそうだ。

本来なら、助左衛門と勘解由を殿軍《しんがり》にして、秀次は自軍をすぐに移動させれば良かったのだが、優しい気立てと激情を併せ持つ秀次は両者を見捨てきれなかった、と伯耆は語った。

秀次は、林の中での戦いに邪魔になる、とすぐに馬を捨て、槍ではなく三尺三寸の面影太刀を抜いて敵へと突入したという。

木立を盾にし、ひらりひらりと敵陣深く斬り込んだそうだ。そのあげく孤立した。それでもかまわず、「孫七郎（秀次幼名）が助勢に参ったぞ」と大音声で叫ぶものだから、ますます敵を呼び寄せ、結果として秀次軍は総崩れ。堀秀政軍が救援に来なければ全滅の危機となっていたそうだ。秀次は和睦後、秀吉の責めを受けることになった。

秀次が味方救援の為に身を挺したことは一切評価されなかったのだ。秀吉の本陣にいた三成が秀次の行為を、下命を待たずに先陣を切る愚行と同列であると断じ、秀吉に進言したからだ。三成は、もし堀秀政が救援に駆けつけねば、全軍総崩れとなりかねなかった、と具申したのだった。

そして秀吉は三成の言を容れた。

「関白さまはたいした武人であるのだ。それは雷神の舞のごとし太刀筋であった。そして味方の窮地を捨ててはおけぬ頼もしき御方さまなのだ。白山林で斬った敵は十や二十では、きかぬほどであった。間違いなく太刀捌《さば》きはわしよりも上であろう。しかし治部少や太閤殿下は関白さまのお気持ちがおわかりにならなかったのだ……」

伯耆は最後は寂しそうにそう言った。

そして兵庫は、伯耆をして武将ではなく武人と言わしめるのが、秀次の人となりを表しているのだろうと思った。

味方を捨てておけぬ正義感の強さは尊いのかも知れぬが、そのことで全体が危機に瀕することもある。それがわからぬところが、三成や秀吉とは決定的に違うところだ。実際に天下を動かしていくには秀吉や三成のような怜悧さが必要だろう。

三の丸広場からまた虎口を抜けて二の丸御殿へと向かった。ここが秀次の執務所になっている。警固の兵は少なく、人馬の出入りする気配もなかった。華やかな作りの聚楽第が墓所のようにひっそりとしている。

御殿の入り口で腰の物を預けた。立っている二人の番兵はどことなく気が抜けた風であった。左側の番兵は欠伸《あくび》した。

いきなり伯耆の拳が飛んだ。

「おぬしら、もしもう一度欠伸するところをわしに見られたら死ぬと思え。わしは必ず斬る。そして、次は警告せぬぞ」

伯耆はそう言いながら御殿へとあがった。兵庫も続く。伯耆は御殿の中を熟知しているのか、兵庫を先導して躊躇なく廊下を歩いていく。清洲から上京したばかりと言っていたが、この様子からすると聚楽第に何度も来ているようだ。本丸御殿など、兵庫の警固範疇になく、伯耆の方がよほど詳しそうだった。

途中、中庭をいくつか見たが、手入れされていない様子だった。いったいこの城は何人で警固されているのか……。

ようやく伯耆の歩みがとまった。仏典からとられた絵が描かれた襖の前でひざまずく。

「関白さま、大山伯耆でございます。舞兵庫を連れてまいりました」

「待っておったぞ伯耆。入れ」

伯耆に目で促された。伯耆に続いて、兵庫も直垂の膝を摘んで秀次の待つ対面所へと躙《にじ》って入った。

秀次は対面所の一段と高くなったところに、利休屋敷の茶室で会ったときと同じく、白綵段の袍に表袴を着け、冠を被り座っていた。笏はやはり持っていなかった。

「平蜘蛛は見つかったか」

秀次の声は優しかった。

「はっ」

兵庫は、佐々木新兵衛と会って話した天納屋でのことを包み隠さず話した。秀次から渡された切型に書いてあったのと同じ文字が刻まれた茶釜の蓋を見せてもらったことも含めてだ。話し終えると、預かっていた平蜘蛛の切型を懐から取りだして秀次に差し出すようにして置いた。

「太閤殿下にお渡ししなかったのか？」

やはり、裏切り者としてしか見られていないのだ。

「なぜ渡さなかったのだと聞いておる。答えよ舞兵庫」

「わかりませぬ」

兵庫の言葉を聞いたきり、秀次が沈黙した。伯耆も何も言わない。秀次の息をする音だけが単調に聞こえてくる。

そして利休屋敷の時と同じように左の掌を上に向けて、ひらひらと動かしていた。兵庫はこのような癖を持つ人物を他に知らない。

秀次は、切型を兵庫に渡して試したようだ。もとの雇い主である太閤につくのか、現在の主君である秀次に味方するのかを知りたかったのか。

掌の動きが止まった。落ち着いた声で秀次が語り始めた。兵庫のことを味方と思うたか、それとも敵と思っているかはわからない。

「太閤殿下は、切型に書かれている内容について、ある程度は御存じである。平蜘蛛は、イエズス会が松永弾正どのに与えた物であることも含めてだ」

——イエズス会が松永弾正に与えただと……、何を言っているのか……。

兵庫の動揺と関係なく秀次は語り続ける。

「そもそも、平蜘蛛にまつわる話は千利休どのから聞かせてもらっている。千利休どのと松永どのとは、茶人仲間というだけではなく、商人仲間でもあったそうだ。どちらも若かりし頃は、船を仕立ててルソンや澳門《マカオ》あたりまで行っていたと聞く」

澳門にあったイエズス会の教会で宣教師たちと知り合ったそうだ。そこで二人は、途方もない頼み事をされたのだ、と秀次は語った。

第三章　聖堂の契り

久秀は、ステンドグラスを通して聖堂の中に流れ込む陽光を見ていた。日本とは違う南洋の国の強い光が、並べられた椅子に陰影をつけている。久秀はある決心を固めてこの地に来ていた。後方には宗易《そうえき》（千利休）が控えている。久秀と宗易は共に総髪で、単衣《ひとえ》を着流している。そして太刀などの武具は身につけていなかった。

三日前に澳門《マカオ》に着いた。二年ぶりのことだった。澳門に着いた久秀は、澳門総督やイエズス会員に温かく迎えられた。澳門へ行くことはあらかじめ伝えてあった。

「ようこそ澳門へ」

白髪の目立つガブリエル司祭が、聖パウロ教会と学院へ久秀一行を案内してくれた。

久秀と宗易は礼拝堂で待つように言われた。やがて、礼拝堂に続く廊下を歩く足音が聞こえてくる。足音からすると三人ほどか。

扉が開いた。先頭はガブリエル司祭であった。そして、ジェロニモと呼ばれている小柄な男が続く。

ジェロニモは木箱を捧げ持っていた。その後ろに若い従者が続く。

ガブリエル司祭は詰め襟の僧衣をマントのように羽織っていた。胸には銀のクルス（十字架）。

「決心は変わりませぬかヒサヒデどの、ソウエキどの」

ガブリエル司祭が二人を交互に見た。久秀は黙って頷いた。何度も話し合って結論を出した。渋る宗易を久秀が必死で説得したのだ。二年前に二人はある申し出を受けていた。今回の澳門行はその申し出に返事をするためである。

イエズス会からの申し出は、日本に於いてキリスト教を広める為に力を貸してほしいという内容であった。これだけなら珍しい申し出ではない。だが、広めるのは直接ではなく、精神的なことを間接的に広めてほしいという変わった条件が付いていた。

たとえば〝愛〟という言葉がある。これは神からわれらへの、救済せずにはおられぬという深い慈愛に基づく願いをさすのだが、日本では別の意味でとられることが多かった。つまり、愛とは男女の〝情愛〟と同じであると勘違いされることが多々あったのだ。

ガブリエル司祭は、かつて久秀と宗易に話したことを今一度語り始めた。

「武力を背景とした王たちに取り入って宣教を許されても、それを受け入れる民衆たちにキリストの教えを受け入れるだけの素地がなければ、信者を広く獲得することは難しいでしょう。貧しき者に施しを与えたり、病人を治すことで民衆からの支持を受けることは可能でしょうが、それだけでは日本をキリスト教の国にすることは難しいと思います」

久秀が昂然と顔をあげた。久秀と宗易は交易をする中で異国の言葉を操れるようになっていた。

久秀が言う。

「日本人の心にキリスト教を根付かせるために茶の湯に目をつけられた。さすがイエズス会でございます。わたしとこちらにおります宗易は、日本の茶の湯の第一人者である武野《たけの》紹鷗《じょうおう》さまの一番弟子でございますゆえ、ご期待に添えると存じます」

ガブリエル司祭が頷いている。イエズス会と久秀らが結びつくきっかけとなったのは、茶の湯であったのだ。そもそも澳門において南蛮交易に精を出していた久秀と宗易は、南蛮商人を傘下に置く教会を無視できなかった。便宜を図ってもらうにあたって、教会関係者を接待しようとした。しかし、駆け出しの商人であり、銭に余裕のなかった二人は、茶の湯で接待を試みたのだ。これが、イエズス会関係者の目にとまった。

イエズス会の司祭たちが、武野紹鷗直伝の茶の湯の精神に、キリスト教に通じる心があると言い出したのだ。久秀らは狐につままれた思いだった。だが、司祭たちは茶の湯にキリスト教精神を伝搬させる希望を見いだしたようだった。

『第一、当初から今日に到るまで日本人修道士の数は不足しており、言語や風習は我等にとってははなはだ困難、かつ新奇であるから、これらの同宿がいなければ我等は日本で何事もなし得なかったであろう。今まで説教を行い、教理を説き、実行された司牧の大部分は彼等の手になるものであり、教会の世話をし、司祭達の為の交渉の文書を取り扱い、――先に述べた――茶の湯の世話をするのも彼等である。茶の湯は日本ではきわめて一般に行われ、不可欠のものであって、われらの修院においても欠かすことの出来ないものである』

『日本巡察記』ヴァリニャーノ著　松田毅一他訳　東洋文庫

「茶の湯でキリストの心を伝えて頂けませんか。そうすれば茶の湯が広がっていくにつれ、キリスト教も民衆に受け入れられやすくなると思います。われわれは、新しい布教方法を探していました」

ガブリエル司祭は特に熱心に久秀らを口説いた。久秀も、茶の湯を伝授していく中でキリスト教も伝えられるということであるならば、否やはなかった。

だが宗易は疑問を口にした。

「九州などには大村氏や大友氏などのようなキリシタン大名と呼ばれる、キリスト教の庇護者がいます。なぜそれらの大名を頼らないのですか？　いや、すでに頼んでおられるのかも知れませぬが……。しかし、そうなれば、わたしたちは必要ないのでは……」

ガブリエル司祭は、伸ばした白髭を手で弄《もてあそ》びながら頷いた。まるで、それが肝心なところだとでもいうように。

「たしかにソウエキさんのいうとおりです。しかし、キリシタン大名たちは武力によって民衆を押さえつけています。そして、信仰とは武力を持って押しつけるものではありません。救済を信じることで、喜びに満ちあふれるものなのです。キリシタン大名たちの庇護がなければ布教することは難しいですが、庇護を受けるだけでは、本当の信者を作ることはできません」

ガブリエル司祭のいうことはもっともなことであった。力ある者におもねろうとして、信仰の道に入ってくる者は意外と多かった。また、利を求めて信仰する者も少なからずいる。しかし、ガブリエル司祭は、そのような移ろいやすい感情に基づいた信仰ではなく、本当に神に縋《すが》らずにはおられぬ、神の慈愛を喜ぶ信仰を根付かせたいようだ。

宗易が口を開く。

「しかし茶の湯は、キリスト教ではなく仏教――禅の心を大事にするものです。いや、大事にするというよりも茶禅一如です」

「チャゼンイチニョ……」

宗易が続ける。

「茶の湯の心と禅は一つ世界にあるということです」

ガブリエル司祭は困ったような顔をしている。司祭はキリスト教を学んできたのであって、仏教や禅については疎い。

「言葉は難しいものです。しかし、それでいいのです。ヒサヒデさんとソウエキさんが、我がイエズス会に協力してくださるのは、神の思し召しと思っております。それに、これはローマにおいても期待されている試みなのです」

久秀はガブリエル司祭の目が細まるのを見逃さなかった。宗易の問いに対する答えはあまりにもとってつけたようなものだ。

——この男、何か秘したる思惑があるな。われらを騙して利用するつもりだ。

だが、久秀はその気づきを言葉にも表情にも出さなかった。

——所詮は狐と狸の化かし合いよ。

ガブリエル司祭は続ける。

今回の依頼は、澳門聖パウロ教会単独の依頼ではなく、イエズス会本部あげての依頼ということだった。それだけに、見返りは想像もできないほど大きなものだった。

「ヒサヒデさん、ソウエキさん、茶の湯を通してキリストの慈愛を日本に伝えてください。イエズス会は援助を惜しみません。手始めに、これからはお二人が商売をなさらなくても、茶の湯に精を出せるだけの金銭的な援助をさせて頂きます。そして——」

ガブリエル司祭が続けた言葉は驚くべきことだった。

「いまから茶道具をお渡しします。この茶道具をイエズス会の宣教師に見せれば、必ずあなた方の力になるでしょう。そう、たとえば——あなたたちが大名から武力によって攻撃されるようなことがあれば、われらイエズス会はスペイン艦隊を率いて救援に駆けつけるでしょう。たとえ相手がキリシタン大名であったとしても」

『第二の理由。日本のキリスト教徒は、ことごとく新たに作られたものであり、異教徒の間に混然と生活している。——中略——少なくとも日本に全住民がキリスト教徒である国ができるまでは、実体法を公布してはならない。それはあたかも、初代教会において、聖なる使徒達や、その他の高位聖職者が、キリスト教徒に重い責任を負わせたり、異教徒を恐れさせることがないようにしたのと同様である』

『日本巡察記』ヴァリニャーノ著　松田毅一他訳　東洋文庫

久秀は呆気にとられていた。横をみれば、宗易も心なしか口が開いて惚《ほう》けたような顔をしていた。おそらく、実際にはスペイン艦隊が派遣されるようなことはないだろう。戦国の世が続く日本においてキリシタン大名は、布教する側にとって貴重な足場となる。さすがに、それを天秤にかけるほどイエズス会はお人好しではあるまい。しかし、久秀と宗易が大きな期待をされていることは間違いないだろう。

「ヒサヒデさんとソウエキさんにあれを——」

ガブリエル司祭の声で従者の若者が、ジェロニモの持つ木箱を床に降ろした。蓋を開けてみると、そこに、後に平蜘蛛と呼ばれることになる茶道具があった。蓋にはＦＩＬＩと文字が刻印されている。

「これはアラーネアの使いと思ってくだされればよい」

ガブリエル司祭は茶道具へ右手を向けながらそう言った。

——アラーネア……。

ガブリエル司祭が言うには、アラーネアとはラテン語を語源とする言葉で、蜘蛛を意味するそうだ。そして蜘蛛は古くから神の使いとして尊ばれている。

久秀にはよくわからなかった……。しかし、わからなくてもかまわない、と自分に言い聞かせた。

ガブリエル司祭は続ける。

「何か困ったことがあれば、イエズス会の宣教師を茶席へと招待して、この茶器を見せてください。宣教師がすぐに協力するはずです。もし日本のイエズス会の手に余るようなことなら、この澳門の教会へ報せが来ます。すぐに、武力であろうが金銭であろうがお手許に届くように手配いたします」

宗易が声をあげる。

「われらのような異教徒に対して、本当にイエズス会は助力を惜しまぬのですか？　どうにも信じられません……」

ガブリエル司祭が頷く。

「その為に茶器をお渡しするのです」

久秀はそれをしげしげと眺めた。ガブリエル司祭がそこに言葉を被せる。

「それは、今から千五百年以上前に聖地で作られた物です。とても貴重な物であり、キリスト教関係者であるならば誰もが、驚嘆するはずです」

久秀は自分の前途が一気に開けたのを感じた。

——たとえ騙されていてもかまうものか。わしはこの話に乗る。


聖パウロ教会からの帰り道、宗易が立ち止まった。そして声をあげる。

「はっきり申し上げて、わたしはキリスト教徒ではありません。そんなわたしがその箱に入った品を手にしただけで、スペイン艦隊さえ動かせる力を手に入れることができるなどとは、やはり信じられません」

十歳以上も年下の宗易は、言葉を選びながらもはっきりと言った。

「宗易、何を言い出すのか。ガブリエル司祭が説明して下さったではないか。マルコポロとかいう男が聖なる茶器を見つけたと。その後、イエズス会がその茶器を手に入れたことも、そしてこの茶器をつかってすべきことも、話してくれたではないか」

宗易がじろりと久秀を睨んだ。

「信じておられるのですか、あのような話を？」

「そうだ。信じている。信じているとも……」

最後は自分に言い聞かせるかのように言った。

——まずい。この朴念仁《ぼくねんじん》も気づいていたのだ。

「わたしは、そのような品は返すべきだと思います。それにわたしは茶の道——禅の道を歩む者です。やはりキリスト教を伝える役目は負えません。茶の道——禅の道は一道《いちどう》なのです。キリストの教えを広める為の道として歩くことは出来ません」

「馬鹿なことをいうな。わたしだって日蓮上人の教えを信じる者だ。だが、それとこれとは話は別だ」

久秀は宗易の言うことを無視しようとした。

「返して来ます。渡して下さい」

まじまじと宗易を見つめた。そこには純真な一人の茶人の思い詰めた瞳があった。

——こいつは本気だ。馬鹿者だ……。騙されてやればいいではないか！

久秀は箱を抱え込んだまま、いきなり土下座した。

「わたしにこれをくれ。頼む宗易。おまえはおまえの道を歩めば良いではないか。おれの邪魔をするな。これをおれにくれるだけでいいのだ。それが叶わぬのなら、おれはこれを抱いたまま海に飛び込んで死ぬ」

久秀は石畳に頭を擦りつけた。目の前の頑固者を説得することなど出来ぬ、と気づかされた。こうなっては手段など選んではおられぬ。年下へのへつらいなど何ほどのこともない。

——これを、これを我が物にせねば道は開けぬのだ。誰にも渡しはせぬ。

宗易はしばらく黙っていた。

「勝手にして下さい」

「良いのか……？」

「わたしはわたしの行く道を歩みます。その道をキリスト教がついてくるのならば、別に拒みはしません」

宗易は以後、そのことに触れることはなかった。

平蜘蛛を手にした松永弾正について、秀次は涼やかな目で語り続けた。

信長が平蜘蛛の秘密を知ったことが松永弾正謀反の引金となった、との話は九兵衛からも聞いている。秀次はその話をもっと詳しく聞かせてくれた。

信長は日本に在住するルイス・フロイス司祭から平蜘蛛のことを聞いたそうだ。つまり平蜘蛛は日本におけるイエズス会が認めるキリシタンの頭領の証《あかし》であることを知ってしまったのだ。

フロイスはイエズス会から日本に派遣された司祭にもかかわらず、松永弾正のことが嫌いだった。自分の意に染まぬなら、キリスト教徒であっても弾圧することを躊躇せぬ松永弾正の振る舞いが、日本におけるキリスト教の指導者とはとうてい認められなかったのだ。

信長は、その謂われを知ったがゆえに何としても平蜘蛛を手に入れたくなった。

松永弾正も、信長の麾下として畿内に領地を持つ一大名として終わるつもりはなかった。

松永弾正が信貴山に於いて爆死した後にわかったことであったそうだが、イエズス会は松永弾正の要請でスペインの軍船五隻を日本に派遣することになっていたそうだ。目的は石山本願寺救援である。信長と敵対する本願寺と毛利に肩入れすることで、信長の戦力を削ぎ、隙をついて一気に覇権を奪う算段であったのではないか、と秀次は語った。

たとえ本願寺という異教徒であっても、自分たちの信仰を広めるのに役立つなら積極的に利用するイエズス会のしたたかさは驚くべきものだ。

『第五の理由。上述のように、日本は外国人が支配していく基礎を作れるような国家ではない。日本人はそれを耐え忍ぶほど無気力でも無知でもないから、スペイン国王は日本においていかなる支配権も管轄権も有しないし将来とも持つことはできない。したがって日本人を教育した後に日本の教会の統轄を彼等（日本人）に委ねること以外には考うべきではない。その為には、彼等に前進する道を与える唯一の修道会があれば十分である』

『日本巡察記』ヴァリニャーノ著　松田毅一他訳　東洋文庫

残念ながらイエズス会派遣の軍船五隻は、イギリスの私掠船《しりやくせん》との戦闘に負けて、日本に来ることは出来なかったそうだ。しかしこの時、西国のキリシタン大名である大友宗麟や大村純忠らが、イエズス会派遣の軍船に手勢を乗せて、松永弾正救援に駆けつける計画もあったそうだ。この救援計画は、松永弾正から平蜘蛛を見せられたイエズス会宣教師が密かに動いて成ったものだとも語った。

遠く離れた西国のキリシタン大名が信仰の旗のもと、面識なき松永弾正の救援に駆けつけようとしたとは……。兵庫は、平蜘蛛の持つ力に驚かずにはおられなかった。

もし松永弾正の目論見通りに事が進んでいれば、日本の覇権は違ったものになったかもしれない、と秀次は結んだ。

初めて聞く途方もない話だった。兵庫は松永弾正の家臣であったが、秀次の口から語られるようなことは初めて聞いた。特に驚いたのが、松永弾正がキリシタンの守護者というか、日本の民をキリスト教へと導く使命を帯びていたというくだりだった。松永弾正は、京都からキリスト教徒を追放するよう信長に進言したりしている。そのことを知っている兵庫にはにわかには信じられぬ話であった。

松永弾正は一介の商人であったにもかかわらず、イエズス会の後ろ盾により優遇され、銭の力をつけた三好家の家臣となり、戦国の世でのし上がっていった。

そしてやがて、主家を凌ぐほどの力をつけ、将軍足利義輝をも滅ぼした。

松永弾正は確固たる地位を築き上げると、イエズス会の力を使って信長にさえ対抗しようとした。しかし、松永弾正は滅んだ。

だが、千利休は違った。茶の湯に新しき侘茶を確立していったのだ。

秀次はしばし沈黙して兵庫が頭の中を整理するのを待ってくれた。そして後、またゆっくりと口を開いた。

「澳門の聖パウロ教会における話は、すべては千利休どのから聞いた話だ。それからの千利休どのと松永弾正の二人は別の道を歩むようになったようだ」

兵庫は黙ったままでいた。松永弾正が歩んだ道は兵庫がよく知っている。

微かに空気が移ろったような気がした。秀次は何かを語ろうとしている。それを聞くのが自分の使命だと兵庫は思った。

また秀次は左手の掌を上にしてひらひらと動かした。

——考え事をしたり、決断を要す必要があるときの癖なのか……。

掌の動きが止まった。

「千利休どのは、茶の湯——禅の道とキリスト教との融合を拒否され、茶道——侘茶を確立された。しかし侘茶には間違いなくキリスト教の心が入っているように思うのだ。たとえば——」

秀次は、利休が茶道とキリスト教の融合を拒否したと語りながらも、自分なりの理解を話そうとしているようだ。

「千利休どのがいくら否定しようとも、イエズス会が見抜いたとおり、茶道とキリスト教は共通するものがあるのだ」

秀次は自身の考えを話し始めている。そしてそのきっぱりとした口調には、自説へのこだわりの強さがあるように感じた。自分でこうと思えば、猪突猛進するような感情の激しさが感じられるのだ。兵庫は伯耆から聞いた、秀次の白山林での逸話を思い出した。

ただ思い込みかどうかは別にして、兵庫にとって、千利休の茶道とキリスト教に共通性があるというのは意外であった。

「たとえば躙口がある。あのような人間一人がやっと潜ることができるような入り口を考案したのは利休どのである。そしてキリスト教の言葉として〝狭き門より入れ〟というものがある。兵庫、聞いたことがあるか」

兵庫はかぶりを振った。初耳である。

「人間が神と対峙するにあたって、より厳しき方途を選び、自分を律し清めていかなければばならぬという考え方だ」

秀次がキリスト教に造詣が深いことに気づいた。しかし、秀次がキリシタンであると聞いたことはない。その上、秀吉は禁教令をだしてからキリスト教を弾圧し始めていた。そのような中で、もし秀次がキリシタンであるなどと知れたら……。

秀次は、兵庫の内心など頓着せずに話を続けた。

「また、利休どのが二畳程度の茶室を好まれたのもキリスト教と関係があるのだ。ハライソ——天国と呼ばれる神の国を想起するのに、目で見えるような大きな形よりも、小さな形の中に、広大無辺なる天国を想起すべきと考えられたのだ」

兵庫は、秀次の言っていることの意味がわからなかった。そして、そのことを兵庫の表情から察したのだろう、秀次は補足してくれた。

「小さきものとは、例えば胸に架けるクルスがある。クルスは小さきものだが、あの中に神をあらわすすべてが詰まっている。神の国も神の教えも、われらが如何に生きればよいのか、そのすべてがクルスには収められている。クルスを手にして祈るとき、われらは神の大いなる懐にあると感じられる」

秀次はそう言いながら、胸元に右手をあてた。そこにはクルスがあるのか……。尚も秀次は続ける。

「またキリスト教では、食事の後に神に祈りを捧げる。そして茶道では、喫食したのちに茶室にて茶を飲む。そこではただ茶を味わうだけではなく、万物自然《ばんぶつじねん》のありように思いをいたして静かに飲む。イエズス会宣教師らはこれらのことをふまえた上で、茶の湯とキリスト教の弘通《ぐづう》するところを見いだしたようだ」

キリスト教に疎《うと》い兵庫には理解できぬところも多いが、自信を持って語る秀次の姿から、茶の湯とキリスト教はおそらく似たところが多々あるのだろう。

だが、利休の茶道を用いて語っているのは秀次の自説であるように思える。物事を自分で考えたあげく、そのことに固執する性分が出ているのか……。

「平蜘蛛にまつわる話はこれで終わりだ。何か聞きたきことがあるか、舞兵庫」

「ただいま関白さまからお聞かせ頂いた話は、太閤殿下もすべてご承知のことでしょうか。それとも、たとえ太閤殿下であろうとも、ご存じではないのでしょうか……」

「はっきりしたことはわからぬが、太閤殿下は何やら勘違いされている部分がおありのようだ」

秀次の左掌が小さく揺れ始めた。その動きはやがてひらりひらりとした動きに変わっていった。

その動きが止まった。

「舞兵庫よ、いま聞いたことを太閤殿下に話すか」

「話しませぬ」

秀次の目が細まる。

　後ろから鯉口を切る音がした。伯耆は、兵庫が秀次から聞かされる話に夢中になっている間に、密かに太刀を身に帯びていたようだ。

　兵庫はあえて胸を張った。

「関白さまは何やらご不興の様子。では、この兵庫めが今のお話を太閤殿下に伝えればよろしいのでございますか。ならば、そう仰せになればよいではありませぬか。なぜ、試すようなことをなされるのですか」

　秀次が大きく息をついた。

「そのほうの返答があまりに早かったゆえ、却って不審の念を抱いた。許せ」

　関白たる秀次は兵庫に向かって軽く頭を下げた。あまりの事態に、兵庫は驚いて声を出せなかった。日本における最高権力者の一人である関白が、兵庫のような者へと頭を下げるなど、理解できない。いや、理解するもなにも、現に秀次はそうした。

　秀次はせねばならぬと思ったことは、たとえ相手が誰であれ実行するのだ。それはある意味、とても恐ろしい性分に思えた。

　兵庫は慌てて平伏し、そのまま躙り下がった。

「あまりにもったいなき仕儀。舞兵庫、恐懼至極に存じます」

　そのまま頭を畳にこすりつけたままでいた。

「舞兵庫よ、わたしに力を貸してくれ。これは私心からの頼みではない。日本と、日本で暮らす多くの民のためである」

「ははっ」

「詳しきことは、そこな大山伯耆から聞くがよい。切型はその方が持っておれ」

兵庫は頭をいっそう畳にこすりつけた。

秀次が立ち上がったのか、衣擦れの音が聞こえてきた。続けて足音も。兵庫は足音が聞こえなくなるまで平伏し続けた。

「舞どの、関白さまは自室へとお戻りになった」

伯耆の声で、兵庫は頭をあげた。

「先ほどは、斬るつもりだったのか」

兵庫の言に伯耆は苦笑した。だが、すぐに真顔に戻った。

「もちろんのこと。関白さまの御不興を招くことあれば、その根となるものは斬る。それが家臣のつとめであろう」

伯耆は一切の躊躇なく兵庫を斬れた、と知った。それほど秀次に心服しているのだ。

「太閤より関白さまに朝鮮出兵命令が下されたことは知っているな」

伯耆の言葉に兵庫は頷く。

「文禄の時は征明嚮導《せいみんきょうどう》を命じても朝鮮国が従わぬゆえ、仕方なく征伐に出た。戦線は膠着し物資の輸送もままならぬ戦いであった。あの戦《いくさ》の悲惨さを、知らぬ者はおるまい。これは朝鮮国の民だけの問題ではない。戦となれば、この日本から駆り出される民も多くいる。年貢として集められる米も尋常な量ではなかろう」

先年の朝鮮出兵では反対する大名衆が多かったにも拘わらず、戦が始まってしまった。秀吉の信の厚い三成でさえ反対した戦であったのだ。その戦は、とりあえず和睦がなって今日に至っている。

しかし、秀次に対して朝鮮国へ出兵せよとの命令が下った。

秀吉と側室である淀殿の間に生まれた拾丸のことが関係していると専らの噂であった。拾丸が生まれたことで、それまで養子にしていた秀次のことが疎ましく——邪魔になり、朝鮮国に追い出すことにしたのだ、とまことしやかに噂が広がっていた。

秀次を朝鮮国に追い出したい気持ちはわからぬでもないが、ただ、その為にせっかく和睦がなっている戦を再開するとは……。

「太閤は病に冒されているうえに、狂うておる。舞どのは直接会っているのだから承知のことであろう」

伏見城山里丸茶室で会った秀吉のことを思い返していた。腐臭に近い口臭をさせていた秀吉は間違いなく病に冒されている。おそらく重き病だろう。それゆえに焦っているのだ。早く拾丸を正統な跡継ぎとして天下に認めさせたいのだ。

しかし、それには秀次が邪魔になる。秀次を何としても排除したい、と秀吉が考えるのは不思議ではない。

それでもわからぬのは、秀吉と秀次の暗闘と平蜘蛛がどこで繋がるのかということであった。

「関白さまの朝鮮出兵と平蜘蛛がどこで繋がるのだ」

「先ほど、関白さまから直々に平蜘蛛の謂われを聞いていたではないか。それでも、わからぬのか」

兵庫は無言で次の言葉を待った。

「平蜘蛛を所持しているということは、イエズス会が選んだ、日本におけるキリスト教伝道の為の正統な後継者となる。つまり太閤と事を構えられる力を手にすることになるのだ」

兵庫は伯耆の言に納得できない。

「しかし、太閤殿下はすでに日本全土を支配する御方。イエズス会が関白さまに少々肩入れしたところで、武力であろうが金力であろうが、関白さまが太閤殿下に対抗できるとは思えぬ。平蜘蛛を手にしたところで無駄になると思う」

たとえイエズス会が外国船を何隻か日本に寄越したとしても、秀吉に勝てるとは思えなかった。それどころか、禁教令を出したのに、まだイエズス会が秀次を担いで秀吉に対抗してくるとなれば、根切りともいえる厳しきキリシタン狩りが始まるかも知れない。キリスト教団体はイエズス会だけではなくフランチェスコ会もある。しかもこの二つの団体の仲が悪いのは周知の事実だ。フランチェスコ会に肩入れして、イエズス会を追い落とす手もある。

「関白さまは太閤と日本における覇権を争おうとしているのではない。関白さまは、今はなき大和大納言豊臣秀長さまの代わりを果たそうとなされているのだ」

秀長は秀吉の弟として陰になり日向になりして秀吉を助けてきた。秀吉のもとに天下統一がなったのは温厚篤実な秀長がいたおかげだと言う者も多かった。

人たらしの才はあれど、時に冷酷な面を剝き出しにする秀吉を補佐するのが秀長であった。そのことで、助けられた大名は多かったはず。秀吉に疎まれても、秀長がそれとなく取りなしていた。秀吉にしろ疎まれた大名にしろ、どちらも秀長のおかげで決定的な敵対関係にならずにすんだのだ。だがその秀長はすでにない。

——秀次は、今は亡き大和大納言の後嗣《こうし》たりうるのか……。

伯耆が一つ咳払いした。兵庫はその問いへの思案を中断した。視線を伯耆に向ける。

「近ごろ、京の町に辻斬りが出没しておるという噂を聞いたことがないか」

伯耆の目が先ほどの話より真剣みを帯びている。どうやら、この話も大事ということか……。

「その噂なら知っているが」

伯耆は思案するかのように目を伏せ、指先で顎のあたりをしきりに掻いている。兵庫は伯耆が口を開くのを待った。

「辻斬りを行っているのは……、関白さまではないのか、と噂されているそうだ……」

「馬鹿な……」

「噂とは恐ろしきもの。証《あかし》はいらぬのだ。拾丸さまが生まれたことで太閤から見捨てられると思いこんだ関白さまが自棄《やけ》をおこしていると噂されているのだ」

何か裏がありそうな話だった。一見もっともらしいが、関白が辻斬りを行っているなどと京の町衆《まちしゅう》がわずかでも想像するだろうか。町衆からすれば関白はまさに雲上人《うんじょうびと》である。日常において、罪や咎を想像する対象ではない。

「室町から烏丸にかけて頻発しているゆえ、賊を見つけて成敗するつもりだ。舞どの、力を貸して欲しい」

伯耆が頭を深く下げた。そしてそのまま身じろぎしない。

関白豊臣秀次を陥れる策謀の臭いを、伯耆は嗅ぎ取っているのだ。そして秀吉に、辻斬りの張本人は秀次ではない、と兵庫の口から伝えさせたいのだろう。貸すのが腕前だけなら伯耆は必要としていないだろう。すっかり鈍ってしまった兵庫の腕前が大したことがないのは伯耆とてわかっている。

「わかった同行しよう。しかし大山どのほどの腕前があれば、辻斬りごとき敵ではないのではないか」

面を上げた伯耆が頭を横に振った。

「わしも賊と直接対峙したわけではない。だが斬り口を見て驚いた……。被害者は、ただ一刀のもとに袈裟斬りにされたようだ。刀身は非常に厚い物のようだ。かつて見たことがない傷口だった。まるで鉈《なた》のようなもので斬られたかのように骨まで断たれている」

鉈のような太刀など見たことがない。もしかすると、日本の太刀ではなく明国で使う刀を使ったのだろうか。

伯耆が続ける。

「辻斬りの被害に遭っているのは町衆だけではない。武家もいる。家の恥になるからと、大名家では病死として片づけているようだが……」

たしかにただ事ではない腕前である。

太刀を構えている相手を袈裟斬りにできるとは、どれほどの腕前なのか。太刀の速さと強さに、圧倒的な差がなければできぬはず。賊はいったいどのような得物で倒しているのだろうか。はたして今の兵庫の腕前で対処できるのか。

そして兵庫は言いにくいことを聞いた。

「白山林における関白さまの雷神の舞のごとき太刀筋、知っている者はどれほどいるのか」

兵庫の言葉に伯耆が不満そうに顔を歪める。

「家臣には知っている者も多い。だが、それ以外にはあまりいないだろう。関白さまは体つきから蒲柳《ほりゅう》の質と思われているのだから。それに関白さまは人を遊びで殺める御方さまではない。関白さまの太刀筋は人を生かすためのものだ」

「そのことはわかっている。しかし現に、辻斬りを行っているのが関白さまであると噂が出ている」

「それが問題なのだ……」

何者かが、秀次を辻斬りの張本人に仕立て上げて陥れようとしている。辻斬り退治に興味がわき始めた。

「辻斬りは、いつ頃出るのであろうか。噂は耳にしていても、詳しく憶えておらぬゆえ教えてほしい」

「月のない暗い夜。そしてあまり時刻は遅くないようだ。あまり遅ければ出歩いている者が少ないので襲えぬのであろう」

「室町から烏丸にかけてだったな。町屋も多く大名屋敷もかなりあるな。ただ……、それら大名屋敷の主も伏見へと行ってしまったがな」

寂れ始めた京都の町を魍魎どもが跋扈《ばっこ》し始めている。

その夜、伯耆と共に見回りに出た。裾を絞った南蛮袴に地味な袷を着ている。

二人とも太刀のみ帯に挟んでいた。烏丸丸太町から北に上がって下立売通から西に向かい油小路通を南へと下がる道順を選んだ。町屋が途切れ、人気《ひとけ》が少なくなる大名屋敷に添う筋を歩いた。

また、土居にも近く、傾城屋などが並ぶ河原そばも通って見た。それから猪熊通から丸太町室町通へと東に折れた。町屋の連子格子が並ぶあたりだが、すでに夜は更け人の気配が消え始めていた。

月はなく、手に持つ提灯だけが足下を照らしていた。後ろに人の気配がある。気配からすると二人いるはず。兵庫は歩みを変えることなく、伯耆の方へ顔を向けた。伯耆もすでに気づいている様子だった。

伯耆が囁いた。

「相手も二人のようだ」

足音を消しているが間違いなく二人いる。灯りは持っていないようだ。

「もし……」

後ろから聞こえてきた声にはおかしな訛があった。兵庫と伯耆は声に気づかぬふりをして歩き続けた。

「もし」

二人は、振り返りながら横っ飛びに散った。先ほどまで兵庫と伯耆が立っていた場所に、何かがすごい勢いで振り下ろされた。

雲間からわずかに月明かりが漏れた。幅広刀が月光に照らされている。その幅広刀を手に持つのは六尺（百八十㎝）以上ある細身の大男であった。もう一人は五尺（百五十㎝）ほどの男である。六尺の男は、白い肌をしていた。

兵庫はすでに腰を落として鯉口を切っている。伯耆も抜刀済みで上段に構えていた。

「異国の者か」

兵庫の声を聞いた六尺ある大男がわずかに動いた。伯耆はその隙を見逃さない。上段から一気に太刀を振り下ろしていった。大男が幅広刀で受け止めようとした。下手すれば打ち合った伯耆の太刀が折れるかも知れない。伯耆の太刀の方が身幅が細いのだ。

しかし伯耆は太刀の軌跡を途中で変えた。いや、最初から変えるつもりだったのだろう。伯耆の太刀は賊の腹へと向かっている。だが敵もさる者、受け止められぬと判断した瞬間、身体を後方に投げ出したのだ。そのせいで、伯耆の太刀は賊の腹をわずかに斬り裂くにとどまった。

鮮血がほとばしる腹に手をあてて、大男が後ずさった。残されたもう一人は兵庫を見据えている。この男は太刀を構えていた。

その時兵庫は気づいた、この男とは、以前にどこかで会ったことがある。兵庫の訝しげな表情に男も気づいたようだ。向こうも何やらあやしむような表情であった。

その隙を兵庫は見逃さなかった。兵庫は側方から太刀を薙ぐ。今度は、男の脇腹を抉《えぐ》ったか。

いや、まだ浅傷《あさで》だ。

異国の男と、もう一人の男はそれぞれの傷を手で押さえながら、逃げ出そうとした。兵庫は追撃しようと一歩踏み出す。しかし伯耆から肩を押さえられた。二人の男はその隙に逃げ出していた。

「死体が残れば面倒なことになる」

そうか。たとえ賊の死体であろうとも、現に洛中に死体が残ればまた辻斬りが出たことになる。そして関白秀次の仕業との噂が流れるのだろう。

賊たちが逃げていった方角を見つめた。夜の闇が深かった。

「はたして賊は二人だけなのか……」

兵庫の問いに伯耆は答えなかった。見たことのない剣を使う異国人らしき大男も辻斬りに関わっていると知れた。そしてもう一人の男に、兵庫はどこか見覚えがあった。

「これでやつらも、しばらくは辻斬りなどできぬのではないか」

兵庫のこの言葉にも、伯耆は返答しなかった。とりあえず様子を見るしかない。伯耆が調子を変えて聞いてきた。

「明日も平蜘蛛探しを行うのか」

秀吉にも顚末を伝えねばならないが、いきなり目通りが叶うはずがない。それに平蜘蛛探しの進行具合は、森九兵衛を通じて石田三成から聞いているだろう。

「古田織部正さまのところへ行こうと思う。秀次さまから聞いた話をすべてするわけにはいかぬが、キリシタン大名衆の動向や、わたしが佐々木新兵衛から見せられた茶釜の蓋についてなど、直接話したきこともある」

「わしも同行する」

伯耆も連れて行くつもりだからこそ話していた。

二人で連れだって聚楽川西町へと戻った。

先ほどの剣戟で、身体の動きが以前より軽くなっているのを感じた。また膂力も戻り始めているように思う。

――また武人へ戻ることができるのか。

翌日、伯耆と共に織部正のもとへ出かけた。

織部正屋敷の門前であらためてあたりを見回した。石垣の上に木塀を載せている。門は瓦で切妻風の屋根を葺いていた。そして道から門まで石段を四段上がる造りとなっている。

先日来たときと同じである。だが、石段の右にある生け込み型の灯籠が気になった。先日からそこにある灯籠ではあったが、茶の湯とキリスト教の関係を聞かされたことで、いまさらながら気になったのだ。灯籠の竿部分は十字に見えるようなふくらみがある。世に言う織部灯籠をあらためてよく見た。

伯耆がぽつりと呟いた。

「これもキリスト教と何か関係があるのだろうな……」

兵庫にはよくわからなかった。十字に見えるからといってそれがクルスを表していると言えるのだろうか……。

伯耆がなおも言う。

「古田織部正どのが千利休の一番弟子であるならば、侘茶の精神をも受け継がれているはず。ならば太閤ではなく、同じ千利休の弟子筋にあたる関白さまに肩入れしてくださってもよいのに……」

兵庫は黙って伯耆の言葉を聞き流した。古田織部正の屋敷には政一も来ていた。

織部正が茶を点ててくれるという。織部正が確立した茶の湯は千利休とは違い、力強さを感じさせるものと聞いている。

茶碗は、白化粧地に鉄釉による江文様を施し緑釉をかけ分けた物である。そしてその茶碗は縁《ふち》がぐにゃりと曲がっている。曲がり方は見るからに茶が飲みにくそうなものであった。また底が浅い茶碗でもあった。兵庫が初めて見る形をしているのだ。

「馬盥《ばだらい》と呼んでいます」

兵庫の視線に気づいた織部正が言った。

織部正の点ててくれた茶を飲もうと、馬盥茶碗を掴んだ。ぐにゃりと曲がった縁のどこから飲んだものか迷った。

「好きなところから飲まれてよいのです」

兵庫は織部正の声で、視線を馬盥から外して顔を上げた。織部正が悪戯小僧のような顔をして座っている。

なおも兵庫が躊躇していると織部正が、

「泡の消えぬうちに」

と言った。兵庫は思い切って馬盥に口をつけた。口の中でも縁が曲がったままであり、唇がうまく吸い付かない。唇の開いたところから茶が零れた。

初めて飲む茶のような気がした。何というか、兵庫の知っている茶の湯とは別ものとしか言いようがない。どこか心休まらぬような、挑発されているようないらだちを感じさせられた。

しかし、それほど落ち着かぬ茶ゆえ、兵庫は茶を飲むという行為に没頭していた。そして気がつくと茶を飲み干していた。

飲み終えた時に感じたのは、茶を飲んだというよりも、どこか別の場所へと連れて行かれたという思いだった。

——これは茶道なのか……。

先日、屋敷を辞するときに織部正が言っていた横超断名物との言葉が思い出された。名物——権威を横っ跳びに超えるという意味なのだろうが、それが実際にどのようなことを指すのかまではわからなかった。もしかすると、今の茶もそれに関係することなのかも知れない。

ただ、織部正に下手な感想を言うのは却って礼を失するような気がして、思いは心裡に留め置いた。

「平蜘蛛の謎がわかってきましたか？」

織部正の言葉に兵庫は頷いた。政一には、兵庫が新兵衛と何を話したか伝えている。もちろん、嘘を交えた話ではあるが。ここで兵庫があらためて説明する必要はないだろう。問題は、秀次から聞いた話をどこまでするかだ。

織部正が先に口を開いた。

「政一から聞きましたが、平蜘蛛茶釜が越南で作られたもので、同型の茶釜が複数あることに驚きました」

兵庫はＦＩＬＩ文字とイエズス会の関係を話すことにした。

「FILI文字が蓋に刻まれているのが本物だそうです。ただ……」

織部正がわずかに身を乗り出した。

「ただ、なんです?」

「織部正さま、蓋に文字を刻むだけなら、誰でもできるのではないでしょうか……」

新兵衛に平蜘蛛の由来を聞いたときから感じていた疑問だった。織部正はつまらぬことを聞く、と言いたげに笑った。

「由来を知らずに文字を刻む者はおらぬはずです。というより、刻むべき字を知らぬはずです。文字の由来を知っている者がこの日本に何人おりましょうか? おそらく十人もおらぬのではありませんか」

言われてみて、なるほどと思った。

新兵衛は納屋助左衛門のもとで働いていると言っていた……。もしかすると会いに行きさえすれば、今でも釜蓋が手にはいるだろうか……。しかし、納屋助左衛門が所持しているなら、すでに秀吉に献上していそうなものだが……。

太閤秀吉が所望している平蜘蛛のことを聞き及んでいなかったのだろうか……。もしかすると秀吉は、納屋助左衛門が新参の商人ゆえ、平蜘蛛のことを話していないのだろうか。わからないことだらけであった。

「納屋助左衛門どののことを政一から聞き及んでおられますか」

織部正の目が光ったような気がした。そして不快気に口の端を歪めた。兵庫の知らないところで織部正と納屋助左衛門との間で何かあるのだろうか。兵庫の訝しげな表情に気付いた織部正が話した。

「納屋助左衛門のルソン壺を認めるわけにはいきませぬ。あれには美しさも強さもありません。名物とは、姿形だけで名物となるのではありません。ルソン壺は珍品ではあっても名物などでは断じてないのです。他の誰が認めようとも、わたしはあれが名物であるなどとは決して認めませぬ。それにしても、納屋助左衛門とかいう男、何か思惑があって太閤殿下へと近づいているのではないか……。もっとも、太閤殿下もそのあたりを見抜いたうえで相手をしておられるのでしょうが……」

こと茶の湯に関することとなると、織部正は、相手が誰であっても一歩も引く気はないようだった。そして、納屋助左衛門にも不審の念を抱いているようだ。

「新兵衛は納屋助左衛門どののもとで働いておるようです」

「聞いております……」

織部正は考え込んでいる。目は下を向き、膝にあてた拳を何度も上下させている。まるで自身を鼓舞するかのように強く膝に打ちつけることもあった。やがて織部正は、いっそう強く拳を叩きつけて、顔をあげた。

「もしかすると、太閤殿下が所持されている平蜘蛛茶釜が贋物と進言したのは、宗匠の利休さまではなく、納屋助左衛門かもしれぬ。いや、そうに違いないはず。利休さまが、平蜘蛛のことをわたしに隠していたとは考えにくい」

たしかに、利休の一番弟子であった織部正が平蜘蛛のことを聞かされていなかったというのはおかしい。

「利休さまは、こと茶の湯に関しては隠し事をされる方ではなかった。いやそれどころか、利休さま御自身が所持する名物をわたしによく貸してくださったものだ。平蜘蛛のことをわたしに秘密にされるはずがない。つまりわたしに話していないのならば、それは隠しているのではなく、平蜘蛛のことを何らかの理由で嫌っており、口にしたくなかったのかも知れませぬ……」

織部正には千利休一番弟子との自負もあれば、千利休なきあとの茶の湯の第一人者としての面子《めんつ》もある。素性の知れぬ南洋帰りの商人に茶の湯を引っかき回されることに耐えられぬのだ。

兵庫も自分の思いを口にした。

「納屋助左衛門は、何か思惑があって平蜘蛛のことを太閤殿下に話したことになります。そうなのでしょうか、織部正さま」

「その通りでしょう」

兵庫は織部正の方へ膝を進めた。

「しかし、それではおかしなところが出てくるのです。納屋助左衛門配下の新兵衛は、平蜘蛛がどのような物か知っていました。当然、納屋助左衛門も知っているはずです。そしても し、お持ちの平蜘蛛が贋物だと太閤殿下のお耳に入れたのが納屋助左衛門だとしたら……」

織部正もおかしな部分に気づき始めたのか、目を細めて訝しげな表情で兵庫を見始めていた。兵庫は続ける。

「納屋助左衛門は太閤殿下に対して、殿下が所持する平蜘蛛は贋物だと言い、その上で、新兵衛にさも本物の平蜘蛛を所持しているようなふりをさせて織部正さまに近づけさせた。おかしいと思いませぬか」

目は口ほどにものを言う。織部正は、自分が利用されていることを悟ったようだ。先ほど以上の怒気が目に込められている。

「佐々木新兵衛とやらは、なぜわたしに近づいてきたのか、その理由を何か話していましたか」

「奴は、わたし——この舞兵庫を誘《おび》き出すためと言うておりましたが、それは嘘だと思います。わたしが織部正さまのもとを訪ねることになったのは、太閤殿下の命令によるものです。やつ——新兵衛にそのような結果を想像するすべはなかったはずです」

どうやら此度の平蜘蛛に関する一件には、納屋助左衛門が深く関わっているようだ。やつが日本に戻ってきたのも、平蜘蛛に関する何かが理由のような気がする。秀吉から呼び出されたこと、秀次から呼び出されたこと、すべてが納屋助左衛門の企みに端《たん》を発したことかも知れぬ。

織部正がゆっくり口を開いた。

「納屋助左衛門はいま太閤殿下の寵栄を受けています。迂闊《うかつ》な手出しはできませぬが、それとなく探ってみなければならないでしょう。舞どの、納屋助左衛門に会うために堺へ行ってくれませんか。舞どのの耳目で、納屋助左衛門が何を考えているのか調べて欲しいのです」

天納屋で新兵衛と会ったとき、奴はこう言っていた。

——いずれ、納屋助左衛門さまがおまえを呼ぶだろう。その時がくれば平蜘蛛にまつわる謎について話してもらえるのではないか。

向こうからの動きを待つよりも、こちらから動いた方がよい。兵庫は立ち上がった。織部正と政一が、兵庫を見上げた。

「早速、堺へと向かいます」

兵庫はくるりと踵を返した。伯耆もすばやく続いた。

織部正屋敷を出る時、馬を二頭借りた。そして伯耆と共に南へ向かった。

第四章　納屋助左衛門

兵庫の知っている堺の賑わいはまだ残っていた。

だが、天正十四（一五八六）年に秀吉によって環濠堀は埋め立てられており、会合衆らが支配していた頃の堺とは違っている。

兵庫と伯耆は馬を曳きながら堺の町へと入っていった。甍の波が続き、荷車が音を立てて走っていく。汐の匂いと海鳥の鳴く声がとけ合っている。二人は馬を預けてから海に向かって歩いた。納屋というくらいなので、海辺に納屋店があると考えたからだ。

大きな筵帆《むしろほ》をあげたジャンク船が目に入った。五百石積船くらいの大きさであろうか。

前方から褐色の肌をした男が荷を背負って歩いてくる。青い目に黄金の髪をした異国人も何やら聞き慣れぬ言葉をわめきながら歩いてきた。

兵庫は青い目をした異国人が腰に差す剣に目がいった。刀身も鞘も幅広な剣であった。

辻斬り一味が使っていた剣に似ている。

兵庫は立ち止まって異国人を見据えた。伯耆も立ち止まる。異国人も、兵庫らの剣呑な気配に気づいた。兵庫が柄に手をかける。異国人は躊躇なく刀を抜いた。辻斬りと同じ幅広の刃が陽光の下《もと》で煌《きら》めく。

異様な雰囲気に気づいた通行人が、兵庫らを遠巻きにした。道幅は四間ある大路である。道の両側には店が続いている。

「――」

異国人が何かいった。だが、兵庫は異国の言葉がわからぬ。

「ステファソンやめろ」

聞き覚えのある声だった。おそらく新兵衛か。しかし姿は見えなかった。

ステファソンと呼ばれた異国人は視線を兵庫から外さない。この異国人、相当な修羅場をくぐっている。

人垣をかき分けて新兵衛が出てきた。そしてステファソンの腕を摑んだ。ステファソンは不満げな声をあげたが、新兵衛がなおも一喝すると、ステファソンはしぶしぶ刀を鞘に収め、荷物を持つ褐色の男を引き連れて海の方へと立ち去った。

「兵庫、なにをしている。なぜ、あの男を斬ろうとした。奴――ステファソンとおぬしの間には遺恨などないはずだ」

兵庫はそれには返事せず、

「納屋助左衛門どのに会いたい」

とだけ言った。新兵衛は兵庫と伯耆を交互に見比べながら「わかった、案内しよう」と返事した。

大路を海へと進んでいく。右手に冠木門《かぶきもん》が見えてきた。

「あそこに納屋助左衛門さまの屋敷がある」

門前には槍を持った門番が二人いた。門番は新兵衛を見ると頭をさげた。新兵衛は顎をあげたまま昂然と門内に入っていった。兵庫らもそれに続く。

漆喰塗石垣造りの土蔵が何十棟と建ち並んでいる。広大な敷地である。帰国したばかりの納屋助左衛門がどうやってこれらを手に入れたのか……。

振り向いた新兵衛が、兵庫の心裡を察するように言った。

「堺の会合衆らも、今では太閤殿下の後を追って大坂・京都・伏見へ店を出している。湊としての堺にはまだ利用価値はあるのだろうが、ここに大きな店を構える利はないとみているのだろう。これだけの敷地と納屋を手に入れるのは難しくなかった。みな安値で手放してくれたからな」

納屋の向こうに寄棟造りの屋敷が見えてきた。新兵衛は屋敷の中に向かって声をかけた。手代らしき若い男が出てきた。

新兵衛がその男に向かって言う。

「いま戻った。お館さまに舞兵庫と大山伯耆が来ているとお報せしろ」

新兵衛は大山伯耆の名を知っていた。伯耆が名乗ったことも、兵庫が教えたこともなかったはず。天納屋で会った時は、「大山どの」としか呼んでいない。

兵庫は疑問を胸の内にしまった。伯耆も新兵衛が名を知っていたことに疑問を感じたはずだが何も言わない。

先ほどの手代が戻ってきた。

「ご案内させて頂きます」

新兵衛に続いて兵庫らも屋敷に上がった。さすがに日の出の勢いの豪商らしい、銭のかかった造りの屋敷だった。廊下は長さ八間ほどある。それは幅一間・長さ八間の欅《けやき》の一枚板を二枚並べて造られていた。廊下に面した襖には、金箔が押され襖絵が描かれている。天井には太い筆で墨書された龍がのたくっている。

廊下を突き当たって左に折れ、中庭を右手に見ながら右に折れる。渡り廊下を進み、引戸の前で手代が立ち止まった。

「新兵衛です」

離れの中から入るようにとの声が聞こえた。引戸から中に入る。十六畳敷きの畳間であった。部屋の奥には違棚があり、隣は床の間になっていた。そこには黒百合が生けられている。

部屋中央に猫脚高机が置かれており、男は椅子に腰掛けて座っていた。おそらく、この男が納屋助左衛門であろう。眼前の助左衛門らしき男が、伏見城御舟入で見かけた男であることに兵庫は気づいた。そしてこの男は、織部正の屋敷から帰ろうとした兵庫を見張っていた男でもある。あの時、眼前の男は奇妙な微笑を浮かべていた。そして、

助左衛門は立ち上がり、兵庫らに椅子を勧めた。

「納屋助左衛門です」

と言って頭をさげた。助左衛門の声は少し甲高かった。

新兵衛は助左衛門の後ろに立ち、兵庫と伯耆は助左衛門とは反対側の椅子に腰掛けた。

そうして、兵庫は助左衛門をじっくり見た。

助左衛門は五尺（百五十㎝）ほどの背丈だったが、筋骨のたくましさは着物の上からでも容易に想像がついた。顔は日に焼けており、歯の白さが目立つ。着物は女物の綵段《さいだん》で作られたかのように派手なものであった。年の頃は五十を二つ三つ過ぎたくらいか。この男の顔が、記憶のどこかで誰かと重なった。それは、どこか遠い記憶だった。

「堺までご足労いただき恐縮でございます」

頭の下げようは丁寧だが、言葉に思いは込められていないように感じた。先ほどの手代が盆を手にして部屋へ入ってきた。ギヤマン製の器に赤い液体が入っている。おそらくこれは葡萄で作られた酒だろう。飲んだことはないが、兵庫も話には聞いていた。

「葡萄酒です。どうぞ、お飲みください」

しかし兵庫は葡萄酒に手をつけなかった。伯耆も同じだ。助左衛門は葡萄酒をわずかばかり口に含んだ。流れるような所作が、飲み慣れていることを感じさせた。兵庫はただじっと助左衛門を見つめた。

助左衛門が器を机に置く。

「平蜘蛛のことをお聞きに来られたのでしょうな」

兵庫は返事しない。平蜘蛛のことで教えを請いに来たつもりはない。新兵衛が苛ついた声をあげた。

「どうしたのだ兵庫、おまえたちはお館さまに平蜘蛛のことを尋ねるために来たのではないのか」

兵庫はゆっくり口を開く。

「勘違いするな新兵衛。わたしたちはおまえたちに教えを請うために来たのではない。謀反人松永弾正が所持していた平蜘蛛を、新兵衛、おまえが所持していると申して、古田織部正さまの屋敷を訪ねてきたゆえ、その真偽を問い糾しに来たのだ」

新兵衛の顔色が変わった。真っ赤な顔をして兵庫を睨みつけてきた。助左衛門はすまし顔で成り行きを見守っている。

兵庫は尚も新兵衛を追い込むつもりだ。

「謀反人が所持していた茶道具を、どうやって手に入れたのだ。ことと次第によってはその方を捕縛するつもりで堺にまいった。これは太閤殿下直々の御下命によるものだ。心して返答致せ。返答次第では、その方の主にまで累が及ぶぞ」

新兵衛は青ざめた顔で助左衛門の方を見た。助左衛門は野良犬でも見るような一瞥を新兵衛に向ける。そして、そこで表情を柔和なものに変えた。

「いやこれは失礼致しました。太閤殿下からの御使者とは聞いておりませぬゆえ……。御無礼の段、平に御容赦いただきたい」

助左衛門は立ち上がって深く頭を垂れた。新兵衛も渋々ながらも主に従って頭を下げた。しかしその表情には不満が満ちていた。

兵庫は助左衛門らが椅子に座るのを待って口を開いた。

「では納屋助左衛門、平蜘蛛のことで知っていることを話せ。また、新兵衛が古田織部正さまの屋敷で申し出たように平蜘蛛を本当に所持しているなら、この場で出すがよい。検分してつかわす」

助左衛門が新兵衛へ顔を向ける。そして顎をわずかに動かす。新兵衛が出口へと向かった。部屋を出るとき、新兵衛は兵庫の方へ恨みがましい目を向けた。

新兵衛へ助左衛門が声をかける。

「大事な品ゆえ、丁重に持ってまいれ」

新兵衛が、その時だけは「はい」と強く声をあげた。新兵衛が部屋を出て行ったのを見届けてから助左衛門が言った。

「新兵衛が平蜘蛛茶釜を持ってまいります……、ただ……」

「ただ、なんだ。申せ」

「舞さまや大山さまも新兵衛から天納屋にてお聞きになったとおり、わたしどもの手許にあるのは蓋のみでございます。もちろん、越南で作られた茶釜にその蓋は合うのでございますが……。はたして、松永弾正が所持していた平蜘蛛茶釜と同じと言えるかどうかは自信がございませぬ。ただ、FILIと文字の刻まれた茶道具を平蜘蛛と呼んでおりますれば、たしかに平蜘蛛であろうかと……」

助左衛門がそこまで言ったとき新兵衛が戻って来た。大きな桐箱を捧げ持ってだ。新兵衛は桐箱を助左衛門の前に置いて後ろに控えた。新兵衛の目には、先ほど見せていた怒りの色は浮かんでいなかった。助左衛門は立ち上がって桐箱の蓋を開けた。そして中から布で包まれた物を取り出す。そして、布で包まれたままの平蜘蛛を兵庫らの方へ押しやった。平蜘蛛を包む布は、巾着のように紐で口を括られていた。その紐をほどくと中身があらわれた。

伯耆が「ほぅ」と小さく声をあげた。伯耆は平蜘蛛と呼ばれる物を初めて目にしているのだ。幅一尺（約三十㎝）、高さ八寸（約二十四㎝）の茶釜である。蓋には間違いなくFILIと文字が刻まれている。

ない。

——形蜘蛛如　黒鉄ロ丸釜　五徳足八　釜蓋FILI文字。

千利休が書き残した切型とほとんど同じ形状の茶釜だった。唯一違う点は、八足五徳がないことであった。だが、五徳は風炉で使う物である。茶釜と一緒になくてもおかしくはない。

兵庫は平蜘蛛に向けていた目を助左衛門へ移した。そしてそのまま見つめる。助左衛門も見返してくる。目を逸らしたのは助左衛門の方であった。

「言われたとおり平蜘蛛茶釜を差し出しております。これ以上、何かおありでございましょうか、舞さま」

どうしても糺しておかねばならぬことがある。

「ここにある平蜘蛛を、なぜ太閤殿下ではなく、古田織部正さまの所へ持ち込もうとしたのだ。聞けば納屋助左衛門どのは太閤殿下からの寵栄を受けておられるとか。であるならば、太閤殿下のもとへ差しだすのが筋ではないか」

助左衛門はそのことか、とでも言いたげに頷いた。兵庫は言葉を重ねた。

「太閤殿下に差しださぬゆえ、太閤殿下は古田織部正さまから話を聞いて御立腹なされた。納屋助左衛門、その方、太閤殿下の不興を買うことを恐れぬのか。もしそうであるならば、不敬極まりなし」

「滅相もない。古田織部正さまのもとへ話を持って行きましたのには理由があるのでございます」

「申せ」

「あのとき古田織部正さまのお屋敷に新兵衛を遣わしたのには、理由がありました。千利休と松永弾正に渡した平蜘蛛は、実は二つだったと澳門の聖パウロ教会で聞いたのです。教会に於いて、ガブリエル司祭の手で御二人に一つずつ渡したと聞き及んでおります。ですから、信貴山城で爆破されたと噂されている平蜘蛛とは別に、もう一つの平蜘蛛があるはずだと思ったのです。それゆえ……」

助左衛門はそこで葡萄酒を飲んだ。そして一呼吸すると続けた。

「おそらくもう一つの平蜘蛛は千利休さまが所持しておられたはずです。そして千利休さま亡き後、平蜘蛛の噂が出ない以上、それは一番弟子の古田織部正さまが所持していると考えるのが自然でございましょう」

そこで助左衛門は一呼吸置いた。

「助左衛門、続けよ」

「もう一つの平蜘蛛を本当に古田織部正さまが持っているのかどうか、真偽を知るには、平蜘蛛とおぼしき茶釜を古田織部正さまにお見せすればよいと考えました。茶の湯の道には主従を超えたものがあると聞いております。古田織部正さまがもう一つの平蜘蛛を密かに所持していてもおかしくはないと思いました。そしてもし、古田織部正さまがもう一つの平蜘蛛を所持しているとわかれば太閤殿下にお知らせするつもりで動いておりました」

平蜘蛛が二つあるだと――。なんだこれは……。誰も――助左衛門以外にそんなことを言っていた者はいない。兵庫はそこまで考えたとき、助左衛門の言説に惑わされるなと自身を叱咤した。動揺しているところを見せれば、助左衛門からつけ込まれるもととなる。

「助左衛門どのの話が本当であるならば、そう考えてもおかしくはない。だが、そうであるとの証を誰が立てるのだ。平蜘蛛が二つあるなどと言っているのは、助左衛門どの一人である」

やれやれ、とでも言いたげに助左衛門は困惑の表情を浮かべた。そして嫌そうに口を開いた。

「釜蓋は澳門の聖パウロ教会から預かってきました。この蓋と同じものが刻印されたものが平蜘蛛であると聞いてきました。そしてその平蜘蛛の持ち主を捜し出して欲しいと依頼されてきたのです」

助左衛門は何か肝心なことをまだ隠しているはず。

「まだ何か隠し事をしているのではないか」

助左衛門は困ったような表情をして、宙を見上げた。それからしばらくの間、眉間に皺を寄せて何事か考えていた。兵庫は黙ったまま、助左衛門が口を開くのを待った。

やがて決断ができたのか、助左衛門は厳しい表情を兵庫へ向けてきた。

「太閤殿下からも、聖パウロ教会の依頼と同じことを命令されておりました」

一瞬、我が耳を疑った。いま何と言ったのだ……。

「もう一つの平蜘蛛を誰が所持しているのか調べよ、と太閤殿下からも命じられておりました」

兵庫は混乱する頭で助左衛門の発した言葉の意味を考えた。だが、わからなかった。もう一つの平蜘蛛とは、いったい何のことなのだ……。

「一つ聞きたい。二つあったはずの平蜘蛛について、もう一度最初から教えてくれ。わしには何がなんだかわからぬ……」

新兵衛が見下すような目を向けてきたが気にならなかった。あの日、兵庫の手によって秀吉へと渡ったはずの平蜘蛛とはいったい何であったのか。

「よろしいでしょう。お話し致しましょう」

助左衛門は教え諭すような口調で平蜘蛛について語った。

あの日、寝返った兵庫が秀吉へと渡した平蜘蛛は贋物であった。釜蓋のＦＩＬＩ文字がないゆえ、贋物であったことは間違いないと助左衛門は語った。そして、おそらく弾正が持っていたとされる平蜘蛛は、信貴山城において松永弾正と共に爆破されたのではないかとつけ加えた。だがもう一つ残っているはずとも。

「わたしは澳門の聖パウロ教会から頼まれて日本に来ました。もう一つの平蜘蛛を所持する者を探すことと、太閤殿下によって禁教令が出された後の布教がどうなっているのかを調べてきて欲しいと頼まれたのです。茶の湯がキリスト教を広めるのにどれほど役立っているのかも、わたしの目で見てきて欲しいとも頼まれていました」

助左衛門は平蜘蛛に関する誓約についても知っていた。ガブリエル司祭は既に亡くなっているそうだが、後任の司祭が平蜘蛛に関することについて引き継いでいるとも語った。

この男はイエズス会によって派遣された目付役なのか。

「二つの平蜘蛛を受け取った男二人が、その後大名となった松永弾正と、千利休であることは聖パウロ教会でも把握しています。松永弾正が信貴山城と共に滅んだことも、千利休が侘茶を確立したことも知っています。また、各地にキリシタン大名がおり、熱心に布教活動へ尽力しておることなども知っております。ただ、聖パウロ教会で把握できなかったのが、今現在、誰がそれらキリシタンたちを束ねる有力者なのかということでした」

松永弾正が滅び千利休が秀吉によって悲惨な末路に追い込まれた後の、日本におけるキリシタンを導く後継者を探しているというのだ。おそらくその後継者は平蜘蛛を所持しているであろうと、助左衛門は語った。

「平蜘蛛とは、日本に於けるキリシタンたちを束ねる頭領である証なのです。しかも、イエズス会から認められた頭領の証です」

平蜘蛛とは、キリシタンを導く頭領の証……。似た話を秀次からも聞かされている。

秀吉は、イエズス会からキリシタンの頭領であると認めてもらおうなどと露ほども考えていないはず。だが、他の大名がキリシタンの頭領の立場に立つことを認められないゆえ、誰が平蜘蛛を所持しているのか探っているのだろうか……。納屋助左衛門は、イエズス会と秀吉両方の思惑により動いているのだ。秀吉とイエズス会の思惑は逆であるが、呉越同舟といったところか。

「つまり、太閤殿下はわたしだけではなく納屋助左衛門どのにも平蜘蛛探しを命じていたということか……」

助左衛門は何も言わずに、黙って兵庫を見続けた。兵庫は隣の伯耆を見た。伯耆は助左衛門を凝視していた。兵庫は伯耆に向かって言った。

「何か聞きたきことがあるか」

伯耆は黙って首を横に振った。目は助左衛門を見据えたままだ。その剣呑な雰囲気を察した新兵衛が助左衛門の隣に出てきた。

兵庫は立ち上がった。

「平蜘蛛、たしかに預かった。これは、わたしから太閤殿下に献上致す。助左衛門どの、それでよいな」

「結構でございます」

眼前の茶釜は松永弾正が所持していた平蜘蛛とは違うようだが、イエズス会の刻印が入っているからには平蜘蛛と呼んでも差し支えないと思った。

兵庫は平蜘蛛を桐箱に収めた。伯耆を促し平蜘蛛の入った桐箱を手に持って部屋を出た。

兵庫は納屋屋敷の門を出てから伯耆に言った。

「どうしたのだ、大山どの。助左衛門に、いまにも斬りかからんばかりの目をしていたではないか」

「やつは嘘をついている」

「そうだろうな」

「舞どのも気づいていたのか……」

秀吉という男は、同じ仕事を二人に命ずるような甘き男ではない。秀吉からの命令を一人で処理できぬような男には、最初から仕事自体を命じないはずだ。兵庫と助左衛門が命じられていることは違うことのはずだ。

助左衛門は自分が命じられている仕事が兵庫とは違うゆえに、平蜘蛛を兵庫に渡したのだ。兵庫はそのことを確認するために「わたしから太閤殿下に献上致す」と言ったのだ。助左衛門は何の躊躇もなくそれを受け入れた。

秀吉からの寵栄を受けたことで、日本に於ける基盤を作った助左衛門が、秀吉から褒められる機会をみすみす逃すはずがない。

もしかすると、平蜘蛛を兵庫に託したのも助左衛門からすれば、当初からの予定通りなのかもしれない。

そして一番の疑問が、平蜘蛛がイエズス会から松永弾正と千利休に、キリスト教伝搬を目的として与えられた茶器であることや、その茶器が日本におけるキリスト教の頭領の証であると当たり前のように話していたことだ。

それらのことを兵庫らが知っている前提で話したのなら、なぜそう思ったのかが疑問である。この話、かなりおかしい。

二人は伏見へと馬を走らせた。途中、古田屋敷に立ち寄ることにした。織部正も平蜘蛛を見たかろうと思ったのと、助左衛門から聞いた話を織部正にも聞かせるべきと思ったからだ。

織部正のことはさておき、肝心なのは平蜘蛛を渡す相手を秀吉とするのか、それとも秀次にするのか、を決めることだ。

兵庫は秀吉と秀次の両方から平蜘蛛探しを命じられている。だが、伯耆は秀次の命によって、平蜘蛛探しをする兵庫を助けている。伯耆からすれば当然、平蜘蛛は秀次へと渡すべきと考えているだろう。

だが……、平蜘蛛は納屋助左衛門から預かった物だ。秀吉に渡さず秀次に渡しても、すぐに兵庫らのしたことは秀吉に露見してしまう。

いったいどうすべきなのか……。時を稼ぐためにも、織部正の屋敷を訪ねることにした。

「大名物と聞いておりましたが、見ればこの茶釜には侘びも寂びもありません。美もなければ品格もありません。まったくもって、ただの茶釜に過ぎませぬ……。いや、釜蓋にFILI文字が刻まれているところなど下々品《げげぼん》の極みかもしれませぬ……」

織部正は平蜘蛛をぞんざいに桐箱にもどした。ごとり、と音がして平蜘蛛が桐箱に収まった。平蜘蛛に傷がついても構わぬとでも言いたげな扱いだった。

廊下を歩く足音が響いてきた。兵庫らが通されている書院の襖前で足音は止まった。襖越しに声が響いてきた。

「織部正さま、政一でございます」

「入りなさい」

兵庫らが平蜘蛛を持ち込むとすぐに、織部正は小堀政一へ使いを出していた。自身の一番弟子にも平蜘蛛を見せてやろうとしたのだ。

政一は、兵庫らには目もくれず桐箱を覗きこんだ。そして中から平蜘蛛を取りだした。先ほどまで輝いていた政一の目から、急速に光が消えていった。

「――」

どうやら政一も、宗匠とおなじ見立てであるようだ。織部正が政一に聞く。

「何が悪い」

「すべてが悪うございます。強いて良いところをあげるとすれば、平蜘蛛という名くらいかと存じます。いや……、お待ち下さい」

政一はしばし思案した。やがて釜蓋を取った。それを掌に載せて眺める。その様子を織部正が目を細めてみた。何やら先ほどとは雰囲気が違う。

「どうだ政一」

政一は釜蓋を元に戻して織部正へと向いた。

「釜蓋は実に味わい深いものがございました。少し薄く軽い物です……。そのう、茶釜全体で見たときには気づかなかった、どっしりとして動かぬ、まるで不動明王のごとき趣がございました」

織部正がゆっくりと頷いた。どうやら、織部正も同意見のようだ。茶釜の蓋のみが名物の風格を備えているということか。

政一は織部正とは違い、平蜘蛛をゆっくりと桐箱に収めた。織部正が兵庫に言う。

「これは、本物の平蜘蛛ではありませんな」

兵庫は、千利休が書き残した切型を懐から取りだして織部正に見せた。「どれどれ」と言いながら切型に手を伸ばした。老眼のせいか切型を少し離して見ていた織部正の表情が険しくなった。

切型の各所を食い入るように見ているのが、目の動きからわかる。

「何か不審な点でも……」

兵庫の問いにも返事せず、尚も切型を見ている。

「この切型は贋物だ。字体を我が宗匠に似せてはいるが跳ねが違う。そして茶釜の絵の線の引き方も違う。宗匠は、もう少し太い線で茶釜の切型を描かれていました。わたしが所持する宗匠の切型を持ってきます」

織部正は切型を兵庫へ返すと立ち上がって部屋を出て行った。兵庫は切型をあらためて見た。政一も横から覗きこんできた。

伯耆の息が荒い。伯耆は絞り出すようにして言葉を発した。

「何ということだ……。関白さまが所持されていた千利休の切型が贋物であるとは……。いったい誰が——」

織部正が足早に戻ってきた。

「これは、宗匠千利休さまが書き残された大井《おおい》肩衝《かたつき》の切型だ。見て字を比べるがよい」

兵庫は織部正から渡された切型を見た。切型には大井肩衝について絵と文章でどのような肩衝であるのか表されていた。

——口締り肩しっかりと衝き　丈高くして胴に太き濃い筋一本アリ。胴筋下に虫食の如き小穴アリ。総体紫地釉に黒釉斑点をなし、鼠色の土アリ。其形状釉色作行能く長谷川肩衝に似たり。

今度は平蜘蛛の切型を見た。

——形蜘蛛如　黒鉄口丸釜　五徳足八　釜蓋FILI文字
二つの切型を何度も見比べている兵庫に向かって織部正が言った。

「物によって切型の書き方が違うのはよくあること。文字がなく絵だけの物もあります。だが、これは字も違えば、言葉の使い方も違いすぎる。別人が書いたものとしかいいようがない。いくら書いた時期が違うとはいっても、あまりに違いすぎる」

兵庫は織部正の顔を凝視した。どうすればいいのか——。この平蜘蛛をそのまま秀吉に献上してもよいのだろうか……。眼前の平蜘蛛は偽平蜘蛛だ……。

兵庫は思い切ってそのことを織部正に聞いた。

「そのまま献上されるのがよいと存ずる。FILI文字が刻まれた蓋がついているのが平蜘蛛の証であると納屋助左衛門が言っていることですし。この件に関する責を納屋助左衛門に押しつけてしまえばよろしい」

織部正はきっぱりと言い切った。そして尚も続ける。

「それに政一が気づいたように、釜蓋は名物の風格を備えているようでもあるし、舞どの心配は杞憂に終わるのではないでしょうか」

織部正の言うとおりにする気になった。もはや、平蜘蛛の真贋は誰にもわからぬのだ。織部正の言う通り、納屋助左衛門に責を押しつければよい。

ふと隣を向くと伯耆が顔を青ざめさせて座っている。偽切型のことが何か影響しているのだろうか。

伯耆はゆらりと立ち上がった。まるで心ここにあらずといった風である。ここには織部正や政一がいる。気になることがあっても口にはできない。

二人で織部正屋敷を出た。伏見へと向かう道すがら伯耆に言った。

「大山どの、これから石田さまの屋敷まで平蜘蛛を届けるぞ」

伯耆はいともあっさりと「わかった」とだけ言った。

兵庫は話題を変えた。

「切型が贋物であったとは驚きだが、関白さまはどうやって切型を手に入れたのであろうか。いや、誰から手に入れたのか、と言うべきか」

秀次から預かった切型は、まだ兵庫の袂にある。

「関白さまは謀られたのだ」

吐き出すような伯耆の口調で、その深刻さがわかった。

「話してくれ」

「関白さまが舞どのに渡した切型を見つけたのは、実は……、わしなのだ……」

そもそも伯耆は、利休屋敷に兵庫を招くことになって、関白警固のために屋敷のあちらこちらを調べていたそうだ。その時、納戸に残されていた文箱に切型が何枚も入っていたのを見つけたと言う。茶道具に疎い伯耆には切型の価値がわからず、文箱ごと秀次に渡したと語った。そこで秀次が、文箱の中に入っていた平蜘蛛の切型を見つけたのだ、と伯耆は続けた。

「しかし、納戸に文箱が残っているとはおかしな話ではないか」

千利休は秀吉の不興をかって切腹させられている。千利休の死後、所持していた名物も召し上げられたはずだ。

いや、秀吉から死を命じられることを察していた千利休は、自身が所持する名物を密かに弟子たちに形見分けとして渡していたという噂すらある。

もちろん、それら名物を所持していることがわかれば千利休に与する者として秀吉から不興をかうかも知れないので、みな、密かに隠し持っているのだという噂であった。

「もっと早く気づくべきだったのかも知れぬが……。納戸の隅に埃を被って文箱はあったのだ。まるで棚から落ちてそこにあるような風であった」

千利休の遺品を巡る謎はいろいろ囁かれているが、どれも噂の域を出ないものばかりであった。伯耆は自分のしでかしたことで秀次を窮地に追いやるのではないか、と気が気ではない様子だ。

兵庫は疑問を口にした。

「しかし、何のために平蜘蛛の偽切型などをそこに置いていたのだろうな。関白さまが平蜘蛛を探していた理由は聞いた。豊臣家のために、朝鮮出兵を断念させる意図があったのはわかる。そして、キリシタンの頭領としての力を手に入れるために、その印である平蜘蛛を手に入れようとした気持ちもだ」

伯耆が興味深げな目を兵庫に向けてきた。兵庫は続ける。

「だが、誰かが、わざわざ関白さまを謀るために平蜘蛛の偽切型を置いておくというのがわからぬ。なぜ、置いた奴は——後ろで糸を引く者という意味だが、関白さまが平蜘蛛を探し求めておられることを知っているのだ？　よほどお側近くにいる者しか、関白さまのお気持ちなどわからぬはず」

兵庫がそこまで言ったとき、伯耆の表情が一変した。そしてあらぬ方角に目を向けて何事か考え込んでいる。

「どうしたのだ大山どの」

伯耆は返答せずなおも考え込んでいる。そして足早になっていた。不意に伯耆が兵庫の方へ振り向いた。

「舞どの、急用ができた。一足先に京へ戻る」

伯耆は走り出していた。

伏見城大手門から城内に入る。治部少丸と呼ばれる三成の屋敷は、大手門を上がってすぐの場所である。治部少池と呼ばれる溜め池を背にして、石垣は幾重にも屈折し、いかなる方角からの寄せ手にも銃撃が加えられるように造られていた。

兵庫は高麗門を潜って主殿へと向かった。大玄関横に、三方囲いがある待合いが設けられていた。多くの来客が待合いの板敷の上で順番を待っている。

小姓らしき男は帳面に目を通していた。

兵庫は、それを横目に、大玄関へと入っていった。玄関式台には小姓が座っていた。この小姓と待合いで帳面を手繰《たぐ》っていた小姓、この二人で来客を裁くのだろう。

「石田治部少輔さまに、舞兵庫が平蜘蛛を持ってまいりました、と取り次いでいただきたい」

「舞さま、お待ち致しておりました」

小姓は名を聞くなり、すぐに兵庫を主殿の中に迎え入れた。三成にどのように言い含められているのかはわからなかったが、この小姓はかなり気働きができるようであった。森九兵衛とは大違いである。

治部少丸の主殿は外見こそ欅や檜をふんだんに使った銭をかけた造りであったが、中は襖絵一つなく、彩色された格天井もなかった。銭勘定にうるさい三成らしい屋敷の構えであった。

小姓の案内で書院へ通された。

大形の家紋を五ヶ所に染め出した青正絹《しょうけん》の大紋を着た三成は机に向かって書き物をしていた。

「舞さまをお通しいたしました」

小姓の言葉にも頷いただけで、そのまま書き物を続ける。兵庫はしばし三成の姿を見ていた。秀吉の寵愛を受けて権勢を恣《ほしいまま》にしていると思われている三成だが、いま眼前にある姿からすると、ただ偏《ひとえ》に豊臣家の為に勤めているように思える。治部少屋敷も外見こそ豪奢だが、内部は質実剛健な造りであった。居住する内部より、外敵に備えるために幾重にも屈折した石垣普請に銭をかけていることからも、それが窺えた。

「待たせたな舞どの」

顔を上げた三成の目の下に隈ができていた。兵庫はそのことに気づかぬふりをして、黙って桐箱を三成の方へと差し出した。

「平蜘蛛を見つけられたのか……」

兵庫は黙って頷いた。偽平蜘蛛らしいということはまだ黙っているつもりだ。詳しく話すのは真贋が疑われてからでよい。

三成はゆっくりと桐箱を開けて平蜘蛛を取りだした。そして平蜘蛛を目の高さに掲げて見た。

「わたしは茶器の善し悪しがさっぱりわからぬ。これが茶釜であることはわかるが、他の茶釜とどこがどう違うのかは皆目わからぬのだ」

三成は自嘲するかのように苦笑いした。そして平蜘蛛を桐箱に戻しながら言った。

「わたしでは目利きできぬゆえ、直接太閤殿下のもとへ届けられるがよい。本日は、太閤殿下は松の丸御殿においでになる」

松の丸御殿とは、伏見城治部少丸東側にある、秀吉の側室松丸殿《まつのまる》（京極高吉《きょうごくたかよし》の娘）を住まわせている屋敷であった。松丸殿は感情の起伏が激しく難しい御方であると噂されている。

兵庫は危惧を言葉にした。

「しかし松の丸御殿は……」

「心配されるな。わたしが同道するゆえ問題は起きぬ」

三成はそう言うなり、「誰かあるか」と声をかけた。すぐに小姓があらわれた。

「仕度いたせ。松の丸へ行く」

松の丸御殿は、山里丸とは違った意味で凝った造りであった。ここだけは、梁や軒が金で彩色されているのが櫓門を通して見えた。門前は完全武装の兵が十人ほどいる。

「警固大儀である」

三成が声をかけると、兵たちは「はっ」と畏《かしこ》まった声をだした。三成はそのまま正面の大玄関に進む。

「いまだこの城は普請の最中である。太閤殿下は、松の丸もいま少し手を入れられるおつもりであるし、本丸あたりの縄張りも変えるおつもりのようだ。聚楽第に費《つい》えをかけすぎたと太閤殿下は考えておられるようでもある」

三成がなぜそのようなことを言うのか、兵庫にはわからなかった。大玄関の前で、三成がまたもぽつりと言った。

「ここから先は太閤殿下以外、男子禁制となっておる。ただ、わたしだけは例外として許されているが。まあ、そうは言っても対面所までだがな。舞どのもそこまではよい、と太閤殿下から許しを頂いておる」

金糸《きんし》を豊富に使った緞子《どんす》打掛《うちかけ》を纏《まと》った御女中が出てきた。

「治部少でございます。舞どのを連れて参りました、と太閤殿下にお取り次ぎ願います」

御女中は返事もせず奥に消えていった。石田治部少輔三成の威光もここではまったく通用せぬようであった。

御女中から許可されると三成は式台を上がって廊下を左に進んで行った。廊下の右側には牡丹が描かれた襖が並んでいる。欄干が左に折れる。

「先ほどの襖絵の向こうには薙刀を持った御女中が十人ほども潜んでおる」

三成は兵庫に聞かせるように言った。

渡り廊下を過ぎて十間（十八m）も行ったところで、右側の部屋へと入った。十六畳敷きの部屋で、奥に違棚が設《しつら》えてある。そして床几が一つ置かれていた。

兵庫は下座に控え、平伏して秀吉を待つ。三成も床几と兵庫の間に控えた。

やがて廊下を歩く足音と、軽い衣擦れの音が響いてきた。足音からするとこちらに向かっているのは一人。おそらく秀吉だろう。

閉めてあった襖が乱暴に開けられた。衣擦れの音をさせて人影が兵庫らの前を移動していく。床几に腰掛ける音がした。

「平蜘蛛を見つけたか」

秀吉の声であった。

兵庫は桐箱を手にして膝を進めた。三成が横に控えるあたりでいったん膝を止め、その場で平伏した。

「大儀であった。面をあげよ」

秀吉の膝に目線が行く程度に顔をあげた。すかさず三成が来て、桐箱を奉じて秀吉のもとへにじり寄る。

三成は蹲踞《そんこ》したまま桐箱を秀吉の眼前にあげる。桐箱の上蓋がぞんざいに投げ捨てられたのが目の端で見えた。続いて平蜘蛛が取り出された。

「妙な字が書いてあるわ」

秀吉は平蜘蛛も投げ捨てた。茶釜は転がって壁に当たって止まった。釜蓋は兵庫の膝元へ転がってきた。

「納屋助左衛門に貰うてきたか」

秀吉の声には棘《とげ》があった。兵庫は「はっ」と声を発するのが精一杯であった。額から流れ落ちる汗が畳に落ちる。

――どういうことなのだ……。

「聚楽第の関白どのに持って行かずともよかったのか。その方、関白どのからも平蜘蛛探しを命じられておろうが」

「……」

「一度でも裏切った者は、また裏切るということかのう」

「――」

「平蜘蛛を探してこいとは言うたが、納屋助左衛門が所持している程度の物を持ってまいれとは言うておらぬ」

秀吉の理《ことわり》はもう滅茶苦茶であった。しかし、兵庫がそれに対して自分の理を言えるはずもなかった。兵庫が視線を落とす畳に汗染みができていた。窮地に立たされていることだけはわかった。だが、どうすれば脱出できるのかは、皆目わからない。

――こんな理不尽なことで死にたくない。

少しばかり戻ったと思っていた肝が縮み上がっている。戦って死ぬのならともかく、よくわからぬ理不尽な死に耐えられる者などいない。

——どうすればいいのだ……。

必死で考えた。兵庫が秀次から受けた命令が筒抜けになっているということは、大山伯者が睨んだとおり、秀次の近臣に秀吉の間者がいるに違いない。

「おまえが納屋助左衛門からもろうてきた偽平蜘蛛などではない。本物の平蜘蛛を探してこぬか、このうつけ者が」

兵庫は畳に額を擦りつけるようにした。

「申し訳ございませぬ」

秀吉の息が荒くなっている。興奮しているのだ。

「このような不様《ぶざま》を曝《さら》しておるようでは、太閤たるわしの直臣になるなど、夢のまた夢。裏切り者は裏切り者らしく、利に聡《さと》いところを見せぬか」

「面目ございませぬ」

兵庫はおそらく死から逃れられたであろう安堵と共に、屈辱で身体が震えるのも感じた。だが、どうすることもできない。すべて自分で選んできたことだ。

秀吉の息が落ち着き始めた。秀吉が右足で畳をゆっくりと打つ。まるで何かの拍子をとるかのように。微妙に狂ったその拍子が耳障りだった。

「関白どのの謀反の企み、何か証拠を摑んだか」

柔らかい声色だった。声の調子からするとこちらが語りたかったことなのか。兵庫はあえて口を開かずにいた。

「どうした、聚楽第の関白どのの様子を聞いておるのだ」

「わたしなど、尊顔を拝すことも叶わぬ御方さまなれば……。なんと申し上げればよいのか皆目……」

秀吉の鼻息がまた荒くなった。

「使えぬ男よ。次にわしの前に姿をあらわすときは関白謀反の証拠を手に入れてまいれ。そして、この茶釜は目障りである。さっさと持って帰れ」

立った勢いで床几をひっくり返して、秀吉は兵庫の眼前を歩き去っていった。足音の大きさが、秀吉の不興をどれほど買ったのかを教えてくれた。

しばし後、「舞どの、まいろうか」との三成の声で兵庫も立ち上がった。褒められるとは思わなかったが、平蜘蛛を投げ捨てられるとも思っていなかった。そして平蜘蛛はそのままにしておくしかなかった。

秀吉は本当に平蜘蛛を欲しがっているのだろうか……。

松の丸の櫓門を潜って治部少丸へ戻る道すがら三成は言った。

「舞どの、関白さまのこと頼むぞ」

小さな声であったので、思わず聞き返した。

「なんと……」

「関白さまには、心許せる味方が必要だ。そしてその味方は、ただ気が許せるだけでは務まらぬ。知力胆力共になければならぬ」

足を止めて、語っている三成の顔を凝視した。裏切り者の兵庫に、いったい何を期待しているのか。

「舞どのは、信貴山において、己の利の為に裏切ったのではなかろう。利に聡いことが取り柄の主君——松永弾正が、信長さまに無謀な戦いを挑んだあげく、籠城するはめに陥った無能さに嫌気がさしたゆえのこととわたしは思っている。舞どのは、義に立つ者の思いになら、殉ずることができる男ではないか、と思っている」

「買い被りでございます……」

「舞どのは、太閤殿下に罵倒されておるとき、身体が震えておった。利に目がくらんで裏切ることができる男は、あのような場では心が動かぬもの。あのような人目なき場で、屈辱のあまり身体を震わすことのできる男は、利では動かぬ何かを心裡に持っておるものでござろう」

兵庫は呆然と三成を見た。三成は勘違いしている。死にたくない一心で、恐怖に怯えていたのだ。

「舞どの、大手門までお送りしよう」

聚楽川西町の自身の屋敷へと戻った。伯耆の屋敷を訪ねてみたが誰もいなかった。

「せい、帰ったぞ」

廊下を走ってくる音がした。せいが襷掛けのままでいた。

「おかえりなさいまし、旦那さま」

心底嬉しそうに笑ってくれるせいの顔を見て、旅疲れが吹き飛ぶような気がした。

「やや子がおるのだ。走るでない」

「はい……」

恥ずかしげにうつむいた顔が愛らしい。

「腹が減った」

兵庫の足を濯ぎ終えるとせいは、

「しばし待ってくださいまし、旦那さま」

と言って、竈の方へ走っていった。

兵庫は、帰りしなの三成の言葉が気にかかっている。三成は秀次に味方するように言っていた。三成は、秀吉の懐刀と目されている能吏だ。その男が、謀反を噂される秀次に肩入れしているというのか。

いや、もしかすると自分を騙すつもりかも知れぬ。しかし、自分を騙して、三成に何の得があるのか……。考えてもわからないことだらけだ。

「旦那さま、いかがなさいましたか。箸が進んでおらぬようですが……。せいの料理はお口に合いませぬか……」

兵庫は芋煮を箸に刺したままでいることに気づいて苦笑した。

「いや、そうではないのだ」

兵庫はせいの顔を見た。せいは兵庫に向かって頬をふくらませた。しかし目は笑っている。この女に聞いて貰いたいと思った。

「せい、石田治部少輔さまを存じ上げておるか」

せいはすぐ頷いた。そして続けて、

「男らしき武人と思います。武芸が達者かどうかは存じ上げませぬが、世上、十露盤《そろばん》大名などと悪く言われておりますのに、少しもそのことを気にしておられぬ風である、と実家で噂されております」

と言った。意外な人物評に驚いた。兵庫は、三成を男らしいとか、武人らしいと言う者に会ったことがなかったのだ。

「石田さまは、わしのことをただの裏切り者ではない、と言うてくれた。だがわしは、自分のことをただの裏切り者だと思っている……」

いつの間にか側に寄ってきたせいが、立ったまま兵庫の頭を抱き寄せた。そして、「旦那さまは裏切り者ではありませぬ」と言ってくれた。

その夜、そろそろ寝ようかと考えていたとき、門を叩く音が聞こえてきた。夜着を脱ぎ袷に着替えた。

「見てまいりましょうか」

心配気なせいを制して表に出てみた。聚楽第からの使いであった。

「大山さまから舞さまへの言伝でございます。至急聚楽第にお出でいただきたいとのことでございます」

「すぐ仕度致す」

いったん部屋に戻った。せいには「聚楽第の御用である」とだけ言った。

向かった先は聚楽第主殿ではなく二の丸である。兵庫を呼びに来た使者の後について、伯耆の待つ詰所へと向かう。詰所は、聚楽第に詰めている番衆たちが控える部屋である。三十畳敷きの広間の他にも小部屋がいくつもある。兵庫も一頃《ひところ》はここに詰めていた。

燭台から伸びる炎がゆらゆらと揺れている。

猿轡《さるぐつわ》を咬まされ縛り上げられた男が転がっていた。伯耆が厳しい形相で転がった男を睨んでいる。

板戸を開けて入ってきた兵庫の方を見ずに伯耆は言う。

「太閤が忍び込ませておった間者がわかった」

伯耆は転がされている男を、秀次付きの右筆《ゆうひつ》堀尾《ほりお》玄蕃《げんば》と説明した。堀尾は事態の推移を想像して怖気を震っているようだ。それほど伯耆の目つきは厳しいものだった。

「平蜘蛛の切型を利休屋敷納戸の文箱に入れていたのはこの男だ。そして、関白さまが各地の大名へ送っていた書状を書いたのもこの男だ。この男のせいで、すべてが太閤に筒抜けであった」

伯耆は歯ぎしりしている。帯刀する太刀の柄に右手がかかりそうになるのを必死で堪えているのか、指先が震えている。

「舞どの、このような佞臣《ねいしん》は斬って捨てた方がよいと思わぬか」

伯耆の太刀から鯉口を切る音がした。縛られている堀尾が、芋虫のように這って逃げようとしている。

「待たれよ、大山どの。この右筆がどのようにして太閤殿下に関白さまのことを伝えていたか、詳しく教えてくれ」

伯耆は太刀の柄に手をかけたまま話した。

堀尾は秀吉から直接送り込まれた右筆であったという。達筆もさることながら、大名や公家と交渉ごとを行う場合の文面を考えることに優れていることで、秀次の信を得ていったという。

堀尾の言うとおりに書状を作れば、交渉事が巧くいったのだと伯耆は語った。それもそのはず、堀尾の後ろ盾は秀吉なのだ。秀吉が裏で手を回せばいかなる難事であってもすぐに解決するのは当然のことであった。

「そうやって関白さまの信を得て、この佞臣はすべての書状を作るようになったのだ。そして――」

秀次を陥穽《かんせい》にはめる工作を開始したそうだ。

大名へ送った書状をすべて二通作っていた、と伯耆は語った。一通はもちろん秀吉のもとへと送られるのだ。それをもとに秀吉は、誰が秀次に与しているのか調べ上げているという。いや、書状の使い方はそれだけではないと伯耆は語った。

秀吉は秀次を陥れた後、交遊のあった大名や公家に書状を提出させるつもりだったそうだ。相手はまさか秀吉が同じ書状を所持しているとは思わない。

一通でも、秀吉が所持している書状がなければ、それは隠し立てしていることになる。つまり処罰する口実になるのだ。秀吉らしい念の入ったやり口だ。

兵庫はまだ気になることがあった。自分の太刀を抜くと、切尖を堀尾の太股に押しつけた。一寸ほど刃が肉に食い込む。堀尾は眼を見開き、猿轡のせいで声にならない叫びをあげる。兵庫は太股に突き立てた切尖をわずかに捻る。堀尾はなおも声にならぬ叫びをあげて、目から涙を零した。

「この男、まだ何か隠している」

「どういうことだ……」

伯者が訝しげな目を向けてくる。兵庫はそれに返事せず、堀尾の太股に突き刺した切尖を、今度は右耳にぴたりとあてた。

「わしが聞くことに、しかと返事せい」

堀尾が必死で頷く。兵庫はそのまま耳をわずかに切った。そしてそのまま頬に沿ってゆっくりと切る。切り裂かれた頬に血が流れる。堀尾は恐怖のあまり白目を剝いた。そのまま猿轡を切った。そして、「話せ」と言った。堀尾は狂ったように頷く。

「頷くのをやめろ」

堀尾は一瞬にして動きを止めた。目からは大粒の涙がこぼれている。その上、失禁した。漏らした小便が床を濡らしていく。

「よく聞け。嘘をついていることがわかれば、おまえの身体を一寸刻みにする。すぐに答えなくとも一寸刻む。わかったら一つ頷け」

堀尾は一つ頷いた。

「よし。近頃、洛中の巷《ちまた》において関白さまが辻斬りを行っているとの噂が出ておる。洛中で辻斬りが出ているのは事実だ。だがな、辻斬りが行われるのは必ず関白さまが聚楽第におわしますときだ。聚楽第内部の者でなければ関白さまの在所はわからぬはず。おまえが、辻斬りの一味に知らせていたのだな」

「……」

兵庫は堀尾の右足の小指を太刀で切りとばした。堀尾の悲鳴があがる。

「もう一度聞く。近頃――」

今度はすぐに、「わたしが知らせておりました」と堀尾は絶叫しながら白状した。

「よし。素直に白状致せ。おまえが関白さまの在所を知らせていた相手は誰だ。そして知らせる方法を聞こうか」

「九条油小路にあります大和屋という油問屋に知らせておりました。その油問屋にいる佐々木新兵衛に知らせることになっておりました。あとのことは……、あとのことは本当に知りません」

最後は叫ぶようにして堀尾は言った。兵庫は伯耆と目を合わせた。やはり、納屋助左衛門がこの件に深く関わっていた。納屋助座衛門の思惑だけでことが為されているはずがない。これは秀吉の意志によるもののはずだ。

兵庫は太刀の血を拭うと鞘に収めた。

秀吉は秀次を失脚させるために、右筆を送り込み秀次の書状をつぶさに把握した。そのうえ、秀次に辻斬りの汚名を着せようとしている。

秀吉の思惑としては、すでに秀次に命じている朝鮮出兵に素直に従えばよし。さもなくば、どのような言いがかりをつけてでも失脚させるつもりなのだ。

いや、もしかするとそれ以上のことを……。兵庫は心裡を思わず声にした。

「まずいことになった……」

太閤に陥れられる前に手を打たねばならない。

「やはり太閤めは、関白さまを追い落とそうと……。自分に子がなせぬ間は散々利用したというのに、いざ実子が出来たとならばこの仕打ち……。腹に据えかねる」

「大山どの、関白さまに心より仕えている家臣はどれほどいる。腕がたち性根も据わっており、そのうえ頭も切れる家臣だ」

味方がいなければ、この難局を乗り切れぬ。伯耆はしばし考えていたが、やがて口を開いた。

「わしと舞どのをいれて六人ほどか」

伯耆は、なぜ兵庫を員数に入れるのか……。

「わしを信用しているのか……。わしも太閤の間者かも知れぬぞ」

伯耆が、何を馬鹿なことを、とでも言いたげな目を向けてきた。

「舞どの、おぬしが信貴山城でのことを気にしているのならばそれは違うと思うぞ。われらは槍一つで武勲をたて、いずれは一国の主になろうと戦場往来を続けてきたはず。そして、その中で真《まこと》の主《あるじ》に出会うときもある。反対に、その主のもとで命をかけるなどまっぴら御免と思うこともあるだろう。信貴山城の主は後者であったというだけだ」

「だが、わしは太閤に言われた。一度でも裏切った者は、また裏切ると……」

「いい加減にせよ。わしとて人を見る目くらいある。こたびのことでも、互いの命を預け合って修羅場を潜ってきたではないか。それで相手の人となりがわからぬのなら、仕方がない。騙されても本望というもの。違うか」

伯耆の言うとおりだ。

「わかった。もう言わぬ」

それからこれからの策について二人で語った。とりあえず堀尾は殺さず、どの書状が秀吉のもとへと渡っているのか具体的に調べることになった。堀尾は聚楽第に留め置き、病気と称することにもなった。堀尾を使って、秀次に叛意がないことを証す書状を作ろうかとも話した。

大和屋の件——辻斬りの件については、いきなり乗り込まぬことになった。それよりも、秀次の聚楽第滞在の日程について嘘を流すことになった。そうすれば、秀次が洛中不在時に辻斬りが起こることになる。つまり秀次の無実が証されることになるからだ。

しかし兵庫は、一旦そうと決まってから異を唱えた。嘘の日程を流すことで罪なき市中の民が殺められるかもしれぬからだ。

異を唱えた兵庫に伯耆が言った。

「舞どのは、やはりそういうお人なのだ」

「……」

「では、大和屋に乗り込むことにするか」

伯耆は散歩にでも行くかのような長閑《のどか》な声を出した。

丸太町室町通や堺で出会った異国人風の男は相当な手練れであった。また佐々木新兵衛もかなりの使い手である。しかも敵の人数は間違いなく兵庫らよりも多いだろう。だが、劣勢は今に限ってのことではない。死と背中合わせの戦場往来を続けると、生死を分けるのは武術や胆力ではなく、ただ神仏の思し召しに過ぎぬと思うことがある。伯耆も恐らくそのような境地なのだろう。

兵庫はもう一つ気になっていることがある。平蜘蛛のことだ。平蜘蛛は間違いなく、此度の秀吉と秀次の暗闘に深く関係している。

――いったい平蜘蛛とはなんなのか……。

秀次はキリシタンの頭領の証として、各地のキリシタン大名を糾合したいと言っていた。だが、本当に平蜘蛛にそのような力があるのだろうか。

「平蜘蛛を探すのが先か」

兵庫は独りごちた。その時、三成の言葉を思い出した。

「大山どの、石田さまはこのわしに、関白さまに味方せよと言うていたぞ」

「治部少がか……。あれは秀吉の威を借る狐だ。まさに佞臣。あのような者の言うことなど信用できぬ」

伯耆の思いもわかる。三成から直接聞いたのは兵庫だけなのだから、伯耆が信用せぬのも無理はない。だが、あれはお為ごかしではなかったように思う。

兵庫の心情は三成の勧め通り、秀次に肩入れすべきだと思うようになっていた。

二人はこれからの事を話し合った。平蜘蛛探しと並行して、辻斬り一味である九条油小路大和屋を叩き潰すことにした。一味全員が大和屋に居なくてもよい。辻斬り一味の根城を断つことが肝心だ。

第五章　聚楽六人衆

兵庫と伯耆が、対納屋助左衛門の策を練るための控所として飛雲閣を使うことになった。飛雲閣は聚楽第二の丸に築かれた賓客用の泊所だったが、秀吉が伏見に拠点を移してからは、賓客が聚楽第を訪れることなどなかったゆえに、部屋がいつも空《あ》いていたからだ。

飛雲閣は二の丸庭園池そばに建つ三層柿葺《こけらぶ》きの楼閣建築である。

初層は唐破風《からはふ》と入母屋を組み合わせたものであり、二層目は寄棟造りの中に千鳥破風を組み合わせている。三層目は宝形造りであった。左右上下が非対称ながら巧みな調和を見せている。落ち着いた中に華やぎを見せるその造形は、関白秀次の設計によるものであった。その飛雲閣を、秀次は、謀《はかりごと》を巡らすには人目につかぬ方がよいから使うように、と伯耆に言ったそうだ。

飛雲閣に伯耆が集めてきたのは、大場土佐《おおばとさ》、高野越中《たかのえっちゅう》、牧野成里《まきのしげさと》、安井喜内《やすいきない》の四人であった。大場土佐と高野越中は槍、牧野成里と安井喜内は太刀を得意とするようだ。四人は、伯耆が密かに清洲から呼び寄せた者たちである。四人は番衆や母衣衆を務める腕に覚えのある者ばかり、と伯耆は説明した。

そして四人は、清洲城宿老に暇乞いを申し出て許されているので、勝手に聚楽第に来ても問題ないというわけだ。

伯耆が一同を見回しながら言う。

「辻斬り一味が根城にしておる九条油小路大和屋に討ち入る」

伯耆の言葉を聞いた大場土佐が、眠たげな声をあげた。

「その大和屋には何人くらいいるのか。まさか十人やそこらということはあるまいな」

十人程度では気合いが入らぬとでも言いたげなもの言いであった。大場の言葉に同調して高野も声を発した。

「大和屋に手練れはいるのか。まさか浪人狩り程度のために禄を捨てさせられたのではあるまいな。まあ、たかだか五百石程の禄ゆえ、どうでもよいがな」

それを聞いた残り三人も笑った。兵庫以外の五人は三好家以来の秀次直臣である。

秀次は三好康長《みよしやすなが》のもとへ養子に行き三好長七郎信吉《みよしちょうしちろうのぶよし》を名乗っていたことがある。三好康長は織田軍として阿波で戦っていたが、本能寺の変で信長が討たれた後、すぐに消息を絶っている。仕方なく秀次は秀吉のもとへ戻った。この時、秀次の供をしてきた者どもが大場土佐らであった。

牧野成里が兵庫の方を見ている。兵庫はこの四人の男たちと面識がない。その名を聞いて反感を持っていてもおかしくはない。信貴山城に於ける振る舞いを知っているだろうゆえに。

牧野は頬に三寸ほどの刃傷がある。額にも二寸ほどの向こう傷があった。同じ家臣として牧野の武勇は兵庫も聞いたことがある。ただ、いままで相対したことはなかった。

腰をあげた牧野が兵庫に寄ってきて、立ったまま指さした。

「大山どの、ここにおわす舞どのは本当にわれらの仲間なのでござろうか。まさか秀吉の間者ではあるまいな。大和屋に討ち入ったとしても後ろからばっさりとやられたのでは堪らぬからのう」

兵庫は何も言わず立ち上がり、床の間にある刀架まで行き、朱塗螺鈿拵えの太刀を手にした。牧野の太刀である。

「舞どの何をするか」

兵庫は太刀を牧野へと放った。

「牧野どの、信用せよとは言わぬ。言わぬが、信用できぬのなら今この場で、わしを斬っていただきたい。後々の面倒がなくて互いに好都合というもの。遠慮はいらぬぞ。ばっさりと、太閤間者たるこのわしの首を斬って落とされよ」

兵庫はその場に胡座をかき、首を差し出した。理屈で否定してもしょうがない。他者の心裡を口先で変えるなどできぬ。

秀吉の面前で怯懦した時とは違い、この時、腹は決まっていた。相手が秀吉ならいざ知らず、同格の武人に舐めた口をきかれる謂われはない。

どれほど時が経っただろうか。みな固唾を呑んで見守っている。兵庫の裏切りを知っている者は牧野だけではない。残り三人も兵庫に不審の念を抱いているだろう。疑われたまま行動を共にするよりも、首を落として貰った方がはっきりしていい。

「それまで」

高野越中の声だった。誰かが長く息を吐いた。

「牧野どのの御不審もっともである。われらは舞どのの人となりを知らぬゆえ、さもありなんこと。だが舞どのは、今、命を賭けて、関白さまへ御味方することを表された。それで十分であろう」

眼前に立っていた牧野が腰を降ろすのが気配でわかった。

「御無礼つかまつった。御容赦いただきたい」

兵庫が顔をあげると、牧野は深々と頭をさげた。

大和屋討ち入りは、翌夜と決まった。

板葺きの屋根に重石が載せられている間口五間ほどの店先に、大和屋と墨書された看板が月明かりに照らされていた。

伯耆が空を見上げる。

「まもなく月も翳ってくるだろう」

突入するのは兵庫と牧野成里、高野越中と決まった。後詰《ごづめ》は伯耆と大場土佐である。勝手口は安井喜内が押さえることになった。

袴の股立《ももだち》を取り、太刀の下緒《さげお》を取って袂を襷掛けした。袷の下には鎖帷子《かたびら》を着込み、額には鉢金を巻いている。

兵庫は目釘を唾で湿らせた。気力が充実しているのが自分でも分かる。毎朝の鍛錬で少しずつ、武人に戻っているのだ。

黒い雲が月にかかり始める。目を瞑って闇に目を慣れさせる。十数えて目をあけた。指揮を執るのは牧野である。

牧野が兵庫と高野に目配せした。兵庫と高野は表戸を蹴破って中に入った。店の中は、入った正面が土間となっており上がり框がある。そしてその向こうが帳場となっているようだ。上がり框の左横は幅一間の土間廊下が奥まで続いている。

誰も出てこない。

高野と二人で室内を走って奥へ向かった。土間廊下側の板戸は兵庫がすべて蹴り倒していく。襖越しに太刀を突いてきた敵を高野が斬り倒す。続部屋が終わり、土間廊下に降りてなおも五間ほど進むと油倉らしき土蔵のある開けた場所が見えた。

油倉の前に二人の男がいた。雲間から差し込んだ月明かりで、はっきり男たちの顔が見えた。一人は堺の納屋助左衛門の屋敷に行く途中で会った異国人である。たしかステファソンと呼ばれていたはず。この男は幅広な刀身をもつ剣を使う。

もう一人は、辻斬りの現場で見た日本人の男だった。この男に見覚えがあると感じたことを思い出した。

兵庫は日本人の方を凝視した。その時、どこでその男に会ったのか思い出した。

「思い出したか、舞兵庫」

日本人の男は微かに笑いながら言った。そして太刀を抜く。ステファソンも幅広刀を抜いた。

兵庫は太刀を青眼に構えながら言った。

「信貴山城。最後の茶会の席にいたな。あの時は頭巾を被っていた。おまえの目を見て思い出した」

男は鼻で笑った。

「黒備衆、柴田《しばた》蔵人《くろうど》だ」

やはりあの席にいた二人の男は黒備衆だったのか。噂には聞いていたがやはり本当に存在していたのだ……。

「ステファソン、抜かるな。二人ともやるぞ」

名指された異国人も雰囲気で柴田の言っている意味はわかったはず。兵庫が柴田を相手にすることになる。高野はステファソンが相手だ。

柴田は仕掛けてこなかった。ステファソンが高野に向かって一歩踏み込んだ。幅広刀を横に薙ぐと見せかけて上へと撥ね上げてきた。高野は一寸ほど顔を逸らしてかわす。相手を見切った動きだ。

柴田が動いた。だが向かった先は兵庫ではなく高野だった。真っ直ぐ突いて出た。同時にステファソンも幅広刀を振りかぶって高野に振り下ろした。二人がかりで一人を攻める奇策だった。

兵庫は裏をかかれた結果、柴田の動きを見誤り一歩目が遅れた。高野はステファソンの方へと突っ込む。そしてステファソンにあたると見せかけて、左に逸れた。柴田の突きが目標を失った。

「柴田、こっちだ」

兵庫の上段からの太刀が柴田の側頭部に向かう。勢いをつけていた柴田は避けることが出来なかった。兵庫は確かな手応えを感じた。

ステファソンは兵庫の動きに気を取られていた。高野がその隙を見逃すはずがない。すっ、と横に薙いだ高野の太刀がステファソンの脇腹を裂いた。ステファソンは幅広刀を持つ右手で裂かれた脇腹を押さえようとした。切り返した高野の刃がステファソンの頭部に叩き込まれる。一瞬ぐらついたステファソンの身体が血飛沫と共に倒れていった。

「無事か」

伯者の声であった。土間廊下を走ってここに向かってくる。伯者は抜刀したままだ。刀身に血糊がついている。

「この男……」

伯者は、仰向けで絶命している柴田を見るなり、あの日やり合った辻斬りの一人と気付いた。

あたりを見回しながら伯者は訝しげな顔をしている。

「ここには二人だけか……」

兵庫の心裡にも微かな疑心が芽生えている。

「大山どのらの方に敵は何人いた」

「帳場の奥に一人隠れていた」

佐々木新兵衛はいなかった。その上、背丈が六尺ある異国人の辻斬りもまだ見つかっていない。奴らはたまさか今日に限っていなかったのか……。それとも……。

「家捜しするべきか」

伯者が小声で独りごちた。納屋助左衛門が洛中の辻斬りに関わっている証拠でも見つかれば、助左衛門を追い込むことができるかも知れない。

「手分けして店の中を探してみよう」

　それなりの広さを持つ店だけに、家捜しに手間取った。兵庫は油倉を中心に調べてみたがめぼしいものは出なかった。油倉には、瓶に詰められた菜種油と汲むための柄杓、それに小分けするための壺があるだけで、これといったものは見つからなかった。

　油倉である以上、灯火を入れるわけにはいかず、月明かりを頼りの探索ではこのあたりが限界かと思った。油倉の前後左右は幅五間ほど空き地にしてある。万が一の火事の時類焼しにくいような造りになっていた。油倉の左右と後ろは土塀である。兵庫はそこまで歩いていき土塀に手をかけてよじ登った。小路がある。それだけ確認すると油倉へ戻った。

　高野が厳しい表情で「何も見つからぬ」と言った。

　辻斬りに納屋助左衛門が関わっている証拠が見つかるかと思ったが、もともと大和屋は天納屋と商売の付き合いがある油問屋なのだ。何か見つかったところで、それだけで証拠とはできないかもしれない。

「来てくれ」

　玄関脇を調べていた伯耆から声がかかる。その時、遠くで笛の音が聞こえたような気がした。小さく断続的に聞こえる笛の音が、兵庫の心裡に何事か警告してくる。龍笛の奏者として笛の音を聞き慣れている兵庫ならばこそわかる程度の音だ。知らぬ者が近くで聞いてもトラツグミの鳴き声、と思うような音だった。

——もしや……。

「早く来てくれ」

尚も呼ばれた兵庫は、高野に「行ってみよう」と声をかけて玄関側の帳場へと戻った。

やはり遠くで笛の音がする。いや、近づいているような——。

伯者が蓋の開いた桐箱を持っている。高野や牧野らも集まってきた。

「中を見てくれ」

桐箱の中には紙と、なにやら置物のような物と杯が入っている。だが暗くてよく見えない。

笛の音はますます近づいてくる。

「大山どの、ひとまず撤収しよう。笛の音が近づいてくる」

高野や牧野は互いに顔を見合わせた。そこに大場と安井が飛び込んできた。大場が血相を変えて言った。

「多くの足音が近づいてくる。逃げるぞ」

もう間違いない。大和屋を急襲したつもりが、逆に罠にはめられていたのだ。

「油倉の後ろから土塀を越えれば、小路に出る」

兵庫らは油倉に向かって一目散に駆けた。伯耆は先ほどの桐箱をしっかり抱いている。

土塀を乗り越えたあたりで、大和屋の表口の方から怒号が聞こえてきた。

おそらく洛中警固の番兵らであろう。表向き京都を支配している聚楽第であったが、内情は秀吉の意向ばかりを斟酌《しんしゃく》する役所に成り下がっている。同じ関白麾下の兵庫らを捕らえれば、またいっそうの混乱を呼び起こすことになるだろう。

走りながらそこまで考えた時、一つのことが思い浮かんだ。兵庫らの大和屋襲撃は夜盗の仕業と取られても仕方がない行動である。なぜ押し入ったのかは、平蜘蛛のことがある以上話せるはずがない。となれば、洛中に蔓延《はびこ》る辻斬り征伐に出たつもりが、反対に兵庫らの方こそ辻斬りの張本人と言われかねない所業であった。

背筋に冷たいものが走った。

兵庫らは聚楽第まで走りきった。跡をつけられる気配もなかった。聚楽第の中に飛び込み、飛雲閣書院に着いて、初めて安堵の溜息をついた。

兵庫は五人の顔を見回した。どの顔も厳しい表情である。他の者たちも、兵庫が気がついたように、自分たちが罠に陥りかけたと思っているのだろう。

伯耆が抱えてきた桐箱に目をやる。先ほどはよく見ることができなかった。伯耆は桐箱を兵庫の方へ押しやった。兵庫は受け取って蓋をあけた。中には紙と蜘蛛の置物と土で出来た高足の杯が入っていた。

――蓋置きか……。

蜘蛛型の置物を見てそう思った。

七種蓋置きといって、一閑人《いっかんじん》、三人形、三葉《みつば》、五徳《ごとく》、火舎《ほや》、栄螺《さざえ》、蟹《かに》をかたどった蓋置きはあるが、その七種の中に蜘蛛は含まれていない。

兵庫は持ち上げて見た。

頭から尻にかけて約六寸（約十八㎝）、足の部分は八寸（二十四㎝）ほどあろうか。そして、その蜘蛛の置物――蓋置きは上は鉄で出来ており、下腹部分には銀とおぼしきものが使われていた。まるで生きている平蜘蛛の腹の白さをあらわすかのような、銀の使い方だった。その背にはＦＩＬＩと文字が刻まれていた。そして杯は釉薬こそかけてあったが、かなり古い時代のものであることがわかった。杯にはＦＩＬＩの文字はなかった。兵庫は一緒に入っていた紙を広げた。そこには予想したとおり、眼前にある蜘蛛型の置物の上に杯の載った絵が描かれてあり、右側に〝平蜘蛛〟と書かれていた。

そして蜘蛛の絵の左側には、

――形蜘蛛如　黒鉄杯置　腹銀足八　土器而聖杯

と書き込まれていた。これは切型なのか……。だがこれは、千利休が書いた切型ではないはず。織部正のところで見た利休の切型の字とは違うのだ。

では、誰が書いたのか……。

この達筆さからするとイエズス会を始めとする異国人ではないはず。それは間違いないだろう。では、誰が……。千利休でもなくイエズス会関係者でもなく、平蜘蛛を手にしていた達筆な者となれば……。

——松永弾正しかいない。

残っている松永弾正の書状の字体と切型の字体とを比べてみれば、真贋がはっきりするだろう。

平蜘蛛とは、眼前にあるこの蜘蛛の形をした置物と杯のことなのだろうか……。平蜘蛛は二つあると言われていたことを思い出した。

平蜘蛛を矯《た》めつ眇《すが》めつしていた兵庫を見ていた伯耆が言った。

「関白さまに見ていただこう」

そうするべきだ、と思った。


——形蜘蛛如　黒鉄杯置　腹銀足八　土器而聖杯
二の丸御殿書院で秀次が平蜘蛛を手に持って眺めている。人払いをしたこの部屋には、秀次と兵庫、それに伯耆の三人しかいない。

「これが平蜘蛛——しかも聖杯なのか……。聞いたことがある……。聖杯とはキリシタンたちがあがめ奉る器だ。そして聖杯には大いなる力があると聞く」

平蜘蛛とは杯と杯置きの二つを合わせた物を指すのか……。

秀次は聖杯について語った。

聖杯とは、イエスの処刑前夜、弟子たちと最後の晩餐をとったさいに使われた杯のことである。イエスに関係するものは処分されたはずだったが、イエスの弟子であるペトロが持ち出してローマに運び込んだ、と伝えられている。そして隠していたが、弾圧の危険にさらされたゆえにまた持ち出された聖杯は以後行方がわからなくなったそうだ。その間に、聖杯は所持する者に大いなる力を与えるという伝説を生み出すに到ったという。また杯置きの蜘蛛についても教えてくれた。蜘蛛はキリスト教徒に特に大事にされている生き物であるそうだ。蜘蛛はその背中にある十字の模様ゆえに、神から祝福された生き物である、とキリスト教徒らは考えているそうなのだ。

秀次は杯と杯置きを交互に持ち上げてみたり見下ろしてみたり、手で重みを計るかのようにじっと載せたまま静止してみたりしている。

秀次の心を、杯置きと聖杯が捉えて放さぬようだ。

「杯置きの腹に施された銀が、何とも落ち着かぬ気にさせる。それほど精緻な作りではないが、どこか命を感じさせる物だ。まるで、わたしに何事か訴えてきているかのような気にさせられる杯置きである。またこの土で出来た杯の高貴さはどうだ。まさに聖なる杯。これに茶を入れてみたい」

秀次はそこまで言うと、また杯を持ち上げて凝視している。その姿は、まるで聖杯という神に出会った信者のようであった。

伯耆が兵庫へと小声で囁いた。

「どうやら、あれは本物のようだな……」

茶器に造詣が深くない伯耆であっても、秀次の様子からあの杯がただの茶器ではないと気づいたのだ。それほど秀次の様子はただごとではない。

「この聖杯と呼ばれる杯を前田大納言どの、そして高山右近どのや小西摂津守どのに早く見せたいものだ。この聖杯と杯置きを見れば、たちどころに日本におけるキリシタンの頭領は誰なのかがわかるはずだ。さすれば、前田どのらも積極的にわれに助勢されるに違いない。そしてわれに助勢することこそ豊臣家の御為になることなのだ」

秀次の表情がうっとりとしたものに変わっていた。兵庫は伯耆と顔を見合わせた。兵庫は膝を一歩進めた。

「先日言上致しましたとおり、太閤殿下によって禁教令が出されました後、各地のキリシタン大名たちも転宗し、表だってはキリシタン大名はおらぬことになっておりまする……」

秀次の表情に影が差した。右の口許を吊り上げ顔を歪めている。遊びに熱中していた童が、自分が手にしていた玩具を取り上げられたかのような表情だ。

そして秀次の左目が細まる。頰に朱がさしている。

「わかっておる。だが、いま太閤殿下を何らかのかたちでお諫《いさ》めせねば、また朝鮮国が戦火に包まれてしまう。わたしと前田どのは朝鮮出兵を命じられておる。わたしは関白の職を解かれるのを嫌がっているのでも、戦場に出て行くことに怯懦しているのでもない。ただ偏《ひとえ》に、戦なき世が来ることを願っておるだけだ。そして豊臣家の安泰を願っているのだ」

理想を追い求める秀次らしいもの言いだと思った。そして秀次は自身の言うとおり、関白職を解かれることや戦場へ追いやられることを嫌がっているのではないはず。秀次自身が願求《がんぐ》する戦なき世を作ろうとしているだけなのだ。そして、そのことが豊臣政権を盤石なものにすると思いこんでいるのだ。

しかしそのような高邁な願いこそ、秀吉のような現世達者《げんぜだつしや》からすればやっかいな考えに映るであろうことには思い至らぬのだ。秀次のような男は、それが正しいことと信じれば、言わずもがなのことであってもあえて口にする。

秀次は続ける。

「わたしは拾丸さまに嫉妬しているのでも、豊臣家世嗣の座を守りたいのでもない。ただ、戦なき世となり、豊臣家治世のもとで民がやすけく暮らせるようになることを望んでいるに過ぎぬのだ。そしてそれは大和大納言さまより遺言として命じられている事でもある」

秀次は大和大納言豊臣秀長から臨終の床に呼ばれてそう言われた、と語った。秀長の死後、家督は、秀次の弟である秀保《ひでやす》が養嗣子となり継いだ。だがその秀保も先だって死んでいる。

伯耆は咽《むせ》び泣いている。伯耆のような武張った男こそ、秀次のような、民の幸を願う主を喜ぶのだ。

伯耆が声をあげた。

「たとえ進む先に地獄がございましょうとも、われは関白さまの先駆けとして進んでまいります」

秀吉が秀次を恐れるのは、このようなことを言い出す大名が数多く出てくるかもしれないからだ。

兵庫は思い切って口を開いた。

「もし、もしでございます……。関白さまが決起されても、キリシタン大名らがついてこぬ時は、いかがなされるおつもりでしょうか」

水をさすような兵庫の言葉に、秀次と伯耆が鼻白んだようだ。特に秀次は玩具を返せと言われた童のような表情である。

「舞どの、無礼であろう」

伯耆の咎める言葉に秀次の言葉が被さった。

「その時は――」

秀次は一瞬言いよどみながらも意を決したような顔で言葉を発した。

「――太閤殿下を弑《しい》し奉る。他に戦乱からこの日本を守る手だてなく、豊臣家を守る手だてもない。太閤殿下を弑し奉って後は、拾丸さまを戴いて新たな豊臣の世を作る」

兵庫は、秀次のあまりに激烈なる言葉に驚き、思わず秀吉の間者がおらぬか、とあたりを窺った。それほどの言葉であった。

そして吐いた言葉通りのことをしかねないのが秀次である。白山林で危機に瀕した一族を助けるために、すべてを放り出した逸話からもそれが推測される。

「手立てを選んでおっては、せっかく成った豊臣家による天下太平の世がまた崩れ去ることになる。太閤殿下が、明国を攻めるなどと大それた事さえ考えねばよいのだ。わたしは、我一人《われいちにん》の栄達など望んでおらぬのだ」

兵庫は呆気にとられて秀次を見つめた。

天下太平の世は秀吉が作り出したもの。その太平の世を守るために、作り出した者を弑し奉ろうとは……。

京都に於いても領地に於いても、民治に力を注ぐ秀次だが、力によってしか作り出せぬ政《まつりごと》があることに気付いてない。斬り捨てることでしかならぬ治世を、見失っているように感じた。

しかし伯耆は、秀次を諫めようとせず、同調するかのようなことを言い出した。伯耆も秀次と同じ性質を持つ人間のようだ。

「関白さま、よくぞご決断下さいました。この大山伯耆を始め、聚楽六人衆は関白さまの進まれるところならば、たとえそこが地獄であろうともお供つかまつります」

どうやら兵庫も聚楽六人衆に含まれているようだった。小さく溜息が出た。だが今さら引くわけにはいかない。伯耆の言う通り、行くところまで行くしかないようだ。

秀次の顔が上気している。

「よう言うた。平蜘蛛――聖杯を手に入れた、と各地に引きこもっておるキリシタン大名たちへ檄を飛ばせ」

右筆堀尾玄蕃は捕らえているが、果たして巧く書状が作れるのだろうか。いやそれ以上に、迂闊なことを書いては、書状が秀吉の手に渡った時がやっかいである。そして書状を元キリシタン大名らに届けるのは、兵庫ら――伯耆が言うところの聚楽六人衆が直接やるしかない。そうせねば事がどこで露見するかわからない。しかしそうすれば、兵庫自身のっぴきならぬ立場に立つことになる。

ただ、どうしてもわからぬ事があった。兵庫は思い切って、かねがね疑問に感じていたことを口にした。

「関白さまにお尋ね致したきことがございます」

「なんだ申せ」

「関白さまはわたしに、千利休さまからお聞きになったという平蜘蛛の由来を教えてくださいました」

秀次は鷹揚に頷く。

「しかし本当に、平蜘蛛の由来を千利休さまからお聞きになられたのでしょうか……。どうにも解せぬのです。茶道具と思われていたものが実は聖杯と呼ばれる伝説の杯であり、日本におけるキリシタンの頭領の証などと申すこと自体、侘茶の心から程遠いことのように感じられるのです。侘茶を確立され、茶の道では太閤殿下にひれ伏さずに、黙って切腹された千利休さまのお言葉とは、どうしても思えぬのです」

秀次は苦虫を噛みつぶしたような顔をした。そしてまた、左手をひらひらさせ始めた。

「関白さま、本当のことを教えてくださいませ」

兵庫はひれ伏した。秀次が教えてくれるまで面を上げぬつもりであった。やがて根負けした秀次が口を開いた。

「じつは……」

兵庫は面をあげ、秀次が言葉を継ぐのを待った。

「太閤殿下から聞いたのじゃ……」

そこまで言うと秀次はそっぽを向いた。

――そのような肝心なことを、なぜいままで隠して……。

兵庫は言葉にならぬ思いを飲み込んだ。

ままに秀次を見送った。

「話はこれまでだ。舞兵庫、大山伯耆、大儀であった。これからも励め」

　秀次は杯と杯置きを桐箱に入れるとそれを持って立ち上がった。兵庫と伯耆は平伏した
まま秀次を見送った。

「舞どの、何か気になることでもあるのか」

　兵庫自身、考えの整理が出来ないでいた。こと駆け引きとなれば、この日本に於いて秀吉に敵うものはいない。その秀吉が平蜘蛛のことを秀次に教えていた……。そして本物の聖杯らしき杯がわざとらしく大和屋で見つかった。

　これは罠なのではないか……。

　三成に相談することが出来ればよいのだが、秀吉の懐刀と自他共に認める男に相談するのは危険であろうか……。古田織部正の顔も浮かんだ。あの男も何を考えているのかわからぬ。迂闊に平蜘蛛――聖杯のことを話せば、曲解されて秀吉に伝わりかねなかった。

　兵庫は自身の屋敷へと戻った。伯耆は屋敷に戻らず飛雲閣に泊まり込むということだった。牧野らも伯耆と行動を同じくするようだ。

　せいに平蜘蛛――聖杯のことを聞かせたかった。判断を仰ぎたいのではない。素直なせいの目と耳で聞いてもらい、その上で考えを聞かせてもらいたかった。だが、実際にそれは出来ない。あまりに大事である。

雑穀混じりの飯を何度も噛む。干した小魚と菜の煮物を口に運ぶ。せいが嬉しそうな顔をして兵庫を見ていた。椀の飯がなくなる頃、せいが手をさっと差しだす。どのような御馳走より美味く感じる食事だった。

「わしは太閤殿下から疎まれておる。今度こそ浪人せねばならぬかも知れぬ。せい、すまぬ……」

せいに事態を詳しく告げるわけにはいかぬが、それとなくのっぴきならぬ状況に陥っていることだけは伝えたかった。

「なにを言われますか旦那さま。わたしもお腹のやや子も、関白さまの家臣である舞兵庫と暮らしておるのではありませぬ。舞兵庫という一人の男に連れ添うてもろうておるのです。旦那さまの行かれるところであるなら、そこにわたしたち母子も連れて行ってほしゅうございます」

せいが真剣な眼差しで兵庫を見つめていた。兵庫は飯を黙ってかきこんだ。

翌日、飛雲閣書院に行った。伯耆らが蒼白な顔をしている。

「大山どの、どうしたのだ。なぜそのような青ざめた顔をしている」

兵庫は他の四人の顔も見たが、やはり焦燥の色が浮かんでいる。伯耆が兵庫の目を見て、そして伏せた。下を向いた伯耆の口から声が漏れる。

「関白さまは、すでに書状を送られた」

一瞬、何を言っているのかわからなかった。兵庫が訝しげな表情をすると牧野が補足してくれた。

「われらは大山どのが関白さまのもとから戻ってきた後、平蜘蛛のことを教えてもらった……。われらは関白さまが地獄への道を進まれるのであるならば、われらも地獄を住処《すみか》とするに何の躊躇もない。だが、みすみす太閤の術中にはまるのは悔しいゆえ、関白さまにいま少し自重いただけぬであろうか、と話し合っていた矢先であった」

牧野が語る。

秀次は、平蜘蛛――聖杯が見つかったことと、平蜘蛛――聖杯を所持することの意味を書き記した書状を、昨夜の内に自筆で書き上げたそうだ。そして、朝一番にその書状を使番たちに持たせて各地のキリシタン大名たちへと送った。

牧野は残念そうに首を振りながらなおも言う。

「関白さまは、お優しすぎるのだ……。騙し騙されがあたりまえの戦国の世にあって、ただお一人、仏のような――神のような慈愛に満ちた御方さまなのだ。われは、そのような御方さまゆえ命を賭してついていこうと決めたのだ……」

牧野はそこで一呼吸つく。そして続けた。

「だが、われらのような家臣ばかりではない。関白さまは、田中吉政《たなかよしまさ》のような者もわれらと同じ忠臣と思うておられるのだ。あれは、太閤から送り込まれた目付役の付家老であることをわかろうとはして下さらぬ」

田中吉政は秀吉が送り込んできた目付役である。田中は秀吉の鳥取城攻めの頃に秀次の家臣とさせられた。今では田中は、三河岡崎城主として五万七千石を領し、秀次の筆頭家老格である。

「聚楽第に送り込まれている者の多くは、田中吉政が選抜した者ばかりだ。それゆえわれらは御暇乞いをしてここに馳せ参じたのだ……」

兵庫にも話が見えてきた。おそらく秀次は、各地のキリシタン大名たちに送る正式な書状ゆえ、持っていく者も禄を離れた牧野らではなく、秀次の正式な家臣でなくてはならないとでも思ったのだろう。

伯耆が話を引き取った。

「田中どのの息がかかった使番が選ばれたようだ。これでまず間違いなく、書状の中身が太閤に知られるな……」

秀次付きの右筆堀尾玄蕃を使って秀吉を安心させ、その隙にキリシタン大名たちに檄を飛ばすという目論見《もくろみ》が崩れた。

兵庫を含む、伯耆らの勢力はあまりに小さかった。聚楽第にいる秀次家臣団の内、田中吉政の息がかかっていない者は、兵庫らを含めても十数名くらいだろう。せいの実家の当主である前野長康らは直言がたたって遠ざけられている。

わずかな人数で秀吉に対抗するなど狂気の沙汰だ。

「一刻の猶予もならぬな……」

伯耆の言葉に皆が頷いた。

誰かが訪いをいれる声がした。ここには兵庫ら六名の他には誰もいない。兵庫は立ち上がって玄関に向かった。

玄関に立っていたのは森九兵衛だった。九兵衛は兵庫を睨みつけてくる。心なしか息も荒いようだ。

「舞兵庫、つかえぬ男よ……。我が殿がおまえに期していたことを何一つ成し遂げられぬ無能な男よ」

「なに!」

「吼えるな。ここにおまえたち一味がいることはもう摑んでいる。皆のおるところへ案内せい。話したきことがある」

呆気にとられている兵庫に、九兵衛がたたみかけるように言った。

「早くせい。もう一刻の猶予もならぬのだぞ。わしは伏見で殿から報せを受けて、駆けに駆けてきたところじゃ」

兵庫が九兵衛を連れて行くと、座の皆が胡散臭げな目を向けてきた。特に牧野などは、以前兵庫に向けたのと同じような目をしていた。牧野はゆっくり立ち上がる。

「舞どの、この男は誰だ。いくら舞どのとて、人を勝手に連れてきてもらっては困る。そのようなことは許されておらぬはず」

牧野は九兵衛の方へ一歩進んだ。

「おぬし誰だ」

まるで今にも摑みかからんばかりの勢いだった。だが、九兵衛は鼻を一つ鳴らすことで返事にした。目には冷笑が浮かんでいる。

「無礼者、覚悟せい」

牧野が摑みかかろうとしたのを兵庫が制した。

「石田三成さまの家臣で森九兵衛と申す男だ」

兵庫の言葉を聞いて、伯耆ら残りの四名も立ち上がった。石田三成は、秀吉側近の能吏として名をはせている。すなわち伯耆らが敵と思っていてもおかしくない。

「みなの者、しばし待たれよ。わしの話を聞いてくれ。石田さまは太閤殿下の側近であっても道理のわからぬ方ではない。先日わしが石田さまを訪ねたとき――」

兵庫は伏見城治部少丸に三成を訪ねたときの話をした。秀吉に取りなしてくれたことや、秀次を助けるように言われたことなどをだ。しかし伯耆らは、兵庫の話を聞いても納得できぬ風であった。

安井喜内が口を開く。この男、ふだんは寡黙でほとんど口を開かなかった。伯耆からは、沈着冷静な男と聞いていた。だが道理にあわぬことは嫌うとも聞く。

「なにゆえ治部少どのが関白さまに肩入れなさるのか。治部少どのは、太閤の腰巾着ともっぱらの噂ですぞ。それに白山林での関白さまへの厳しき処分は治部少の進言だったことを存じないのか。それに治部少は太閤の邪魔をする者は、陥れてでも排除していくとも聞いておる。太閤に実子が生まれた以上、関白さまが邪魔になり、朝鮮国へと追いやろうとしているのは京雀でも知っておる。そのような状況下でなにゆえ関白さまに肩入れいたすのか、納得できるよう話されよ」

九兵衛の目はもう笑っていなかった。

「主を愚弄されては、笑うてはおられぬ。わしはまだ太刀を身につけている。いま我が主を腰巾着と言われたそこもと、太刀を取られよ。相手致す」

剣呑な雰囲気になった。いや雰囲気ではすまない。九兵衛はすでに鯉口を切って腰を落としている。

安井は刀架に架けている自分の太刀を取りに行った。軽い足取りである。構えで九兵衛の腕前はわかっているはずなのに、それでも自分の剣技に自信があるのか。

安井は鞘から刀身をすらりと抜いた。

九兵衛が安井を見据えて言う。

「少しは使えるようだな」

安井がわずかに間合いを外して殺気を緩めた。そして言った。

「こうなった以上、互いに退かれぬゆえどちらかが死ぬことになろう。それは構わぬが、最後に一言申しておく。先ほどわしが致した無礼な言を許されよ。そこもとの立居振舞いを見れば主の器量がわかる」

「――」

安井が再度殺気を漲《みなぎ》らせた。本気でやり合うつもりなのだ。安井の太刀が八双へ上がっていく。

九兵衛が柄を一つ下げる。これで太刀の出所はいっそう摑みにくくなる。

突然、床を打つ音がした。「それまで」と伯耆の声が響いた。しかし二人は尚も殺気を緩めていない。兵庫が九兵衛の前に立ちふさがると、大場も安井の前に立ちふさがった。

兵庫は九兵衛を見据えて頭を横に振った。九兵衛から急に殺気が消えていく。兵庫は振り向いて大場の方を見た。大場も振り返って頷く。

伯耆が柔らかくゆっくりとした声をだした。

「森どの、言葉のあやで失礼があったが太刀を収めてくれ」

一つ鼻を鳴らすと、九兵衛はその場に座った。兵庫ら他の者も腰を降ろす。九兵衛はあたりを見回してから口を開いた。

「殿のもとへ朝早くに報せが来た。関白さまは元キリシタン大名たちへと檄を飛ばしたそうだな」

平蜘蛛と呼ばれる聖杯と杯置きが見つかり、それは日本に於けるキリシタンの頭領たる者の証であり、それを所持する秀次がその位についたゆえ、聚楽第に馳せ参じよと書いてあった、と九兵衛が語った。九兵衛は伯耆らに尋ねる。

「おぬしたちは関白さまから遠ざけられておるのか」

伯耆が膝をぴしゃりと叩いた。

「そうだ。関白さまは田中吉政どのの意を汲む使番を走らせた」

九兵衛が溜息をつく。そして続けた。

「田中どのの息がかかった使番は我が殿に報告してくる手筈になっている。ゆえにこの話は、まだ我が殿までしか伝わっていない。だが……」

「だが、どうだと言うのだ。石田どのが関白さまに御味方くださるならば何の問題もないはず」

大場がいらいらとした声をあげた。九兵衛はそれを睨みつけて黙らせた。

「檄文を受け取った元キリシタン大名が、太閤殿下に直接報せるとは考えなかったのか……。たとえ関白さまとそれらキリシタン大名とが気脈を通じていようとも、こと家名存続にかかわる事態となれば、太閤殿下に御注進に及ぶ大名も出てこようとは、思わなかったのか……」

誰もが黙り込んだ。

「殿は、関白さまの行く末を案じておられる。いや、関白さまの行く末というよりも、この日本の行く末と豊臣家の行く末を案じておられるのだ」

九兵衛は三成の思いを語り始めた。三成は朝鮮出兵を食い止め、日本を天下太平の国にすることが何より肝心と考えているようだ。能吏として豊臣政権の中枢にいる三成からすれば、異国に攻め入るなどあまりに理に合わぬ所業と映るのだ。

「太閤殿下をお諫めできるのは関白さましかおられぬ、と我が殿は考えておられる。しかしお世継ぎのことがあり、太閤殿下と関白さまの関係にいささか齟齬《そご》があるようにも見受けられる」

伯耆が異議を申し立てた。

「石田どのは、太閤を諫める役目を関白さまに期待しておいでのようだが、朝鮮国行きを命じられているのをお忘れか。そのような状況にあって、期待にどうやって応えられるのだ？　遠く朝鮮国へと追いやられて、そこでの死を求められておると受け取ったからこそ、関白さまは平蜘蛛を手にして太閤に対抗しようとしているのだ」

伯耆は、秀次が秀吉に対抗しようとしているとはっきり述べた。だが、そのことに気づいたはずの九兵衛はそれを聞き流した。そして尚も三成の考えを述べた。

「我が殿は、急いては事を仕損じると考えておるのだ。たしかに急な朝鮮国行きは、関白さまにとって承伏しかねることであることはわかっている。わかっているが、ここはひとまず太閤殿下の意を受けて粛々と朝鮮国行きの準備をすることが肝心であると考えているのだ。太閤殿下は実子が出来たことで疑心暗鬼にかられ始めているだけなのだ。誰ぞやが、我が子を窮地に追い込むのではないかと恐れているのだ」

兵庫は秀吉と関白秀次の心裡に思いをいたした。

天下を制した秀吉であっても老いには勝てぬ。我が子への天下禅譲を諦めていたところに、男子を授かったのだ。嬉しい半面、子の成長を見守ってやるには余命の少なさを感じさせられて寂寥感が募ってもいるはず。

そこで聚楽第の事が気になったのだろう。関白を秀次に譲った以上、このままでは秀吉亡き後の盟主は秀次になる。もしそうなれば、我が子である拾丸は一大名に落とされてしまうかも知れぬという思いに囚われてしまったのだ。そのようなことにならぬようにするためには秀次を関白職から追い落とす必要がある。ただし、関白職が朝廷から任じられる役職である以上、たとえ秀吉といえども勝手に秀次から関白職を剝奪することはできない。

そこで出てきたのが秀次に対する朝鮮国出兵命令である。これで秀次は窮地に陥った。関白職にあることを楯に、朝鮮国行きを断ることはできる。しかし、それをすれば秀吉と対立することになる。断るということは、秀吉の麾下にないことを宣言するのと同じなのだ。そのようなことをすれば、秀次を陥れるための口実に使われるだろう。秀次に謀反の意志あり、などと一方的に断じられかねない。

秀次は、天下欲しさに身内を追い落とすなどという、卑怯の誹《そし》りを受けるようなことはせぬ武将だ。白山林の出来事を考えればわかるはず。だが秀吉は、あの時の秀次のとった行動を理解できぬのだ。

兵庫は九兵衛に尋ねた。

「九兵衛どの、石田さまがどのように考えているのか教えてほしい。もしそれがよい案であれば関白さまに言上したい」

九兵衛が我が意を得たりとばかりに頷く。

「我が殿は、秀次さまが関白職を返上致し、聚楽第を引き払って領国に戻り、渡海の準備に入られるのが良いのではないかと考えておられる。朝鮮国へと渡る準備には今年いっぱいかかるであろうから、その間に我が殿が太閤殿下に対して取りなすことも出来ると存ずる」

伯耆がたたみ掛ける。

「では、渡海する準備を行う間に朝鮮国行きが翻されることもあるというのか」

九兵衛がゆっくり首を縦に振った。

「とにかく我が殿を信じられよ。我が殿は関白さまを陥れるためにわしを送り込んだのではない。ただ偏《ひとえ》に関白さまと豊臣の御一族の御身を考えてのこと。そこもとらも、まこと関白さまの御身が心配なら、我が殿の考えを是非伝えられよ。朝鮮国云々の話はそれからであろう」

牧野がしきりに頷いている。勇猛果敢なだけの男かと思っていたが、主君を案ずる気持ちもまた強いようであった。牧野がみなを見渡して言った。

「ここは石田どのの意を汲もうではないか。石田どのの考えはもっともだと感ずる」

牧野があらためて座を見回す。伯耆を始め、みなが納得した風であった。

しかし秀次は三成の策を受け入れなかった。平蜘蛛——聖杯の力を過信してしまったのだ。そして関白職と聚楽第の力をも。

土居で囲われた京都の市中に位置する聚楽第は、関白の居る政庁としてのみ存在しているわけではない。秀吉が関白職に就いたとき、御所だけではなく天下に号令をかけるための場所でもあったのだ。念入りな縄張りが行われている。本能寺の変で討ち取られた織田信長の二の舞はせぬため、秀吉が念入りに作り上げた城なのである。

聚楽第の内堀は深さ五間（九m）幅二十二間（約四十m）である。その内堀の西側は、幅五十間（九十m）ほどの二つの外堀で守られており、東側は大名屋敷町が出丸代わりの防御線となっている。

それら堀に守られた内側に、金箔瓦を多用した本丸五層天守閣・二の丸・北の丸・西の丸の城郭が洛中を睥睨するように屹立している。二千の守備兵で五万の大軍を防御できる造りと言われていた。

そして市中も総土居で囲繞され、洛中総構《らくちゅうそうがまえ》と呼ばれている。たとえ秀吉であろうとも、櫓も各隅に築かれ容易なことでは落とせぬ城となっていた。

そして市中も総土居で囲繞され、洛中総構と呼ばれている。たとえ秀吉であろうとも、自身で縄張りした聚楽第は容易に落とせぬ、と秀次は踏んでいるようだ。

「この城は太閤殿下が建てたものじゃ。縄張りと作事にかけては太閤殿下の右に出る者はおらぬ。それは身内であるわたしがよく存じ上げている。この城におる限り太閤殿下も迂闊に手出しできぬはず」

確かに、京の町は北は大徳寺の先、南は東寺、東は鴨川、西は北野社の側を通す堀によって囲繞されている。それに総土居である。特に東側は幅二十間もの土居である。

しかし兵庫はそれほどの総構を持つ京の町であっても、こと防御力という点では心許なく感じていた。そもそも聚楽第を中心とする洛中総構は、秀吉が関白として政務を執るために作られた防御線だ。秀吉のような大兵力を擁すことの出来る者にとっては難攻不落の城となるだろうが、孤立しかけている秀次ではどうだろうか。そして一番危惧すべきは、やはり相手が秀吉であることだ。秀吉は人たらしの才のみで天下をとったのではない。自身の武力をもって、悪鬼羅刹のごとき戦国大名を斬り従えて今日の地位を手に入れたのだ。

兵庫は自身の思うところを述べた。

「戦《いくさ》をするにはそれなりの軍勢が必要です。いくら聚楽第を中心とする京の町が洛中総構に守られているとはいえ、太閤殿下に対抗するにあたって、それなりの兵力を備えねば心許ないかと……」

秀次の顔に朱がそそがれた。左手が震えている。そしてひらひらと動き始めた。

「もうよい舞兵庫。その方を頼りにはせぬ。他の者を恃《たの》もう」

秀次がその場にいる者を見回した。伯耆は目が合うと俯いた。秀次が舌打ちする。

「大場土佐、高野越中、牧野成里、安井喜内、その方らはどうじゃ。平蜘蛛――聖杯と聚楽第があれば、たとえ相手が太閤殿下といえども、一太刀なりとも仕合わせられるのではないか」

誰も返事しない。いくら秀次が武人としての技を持っていようとも、武将としてはどうだろうか。少なくとも秀吉なら、身内を助けようとして全軍を窮地に陥らせるようなことはすまい。

「ええい下がれ。その方らの顔など、見とうない。早う下がれ」

あまりの剣幕に驚いた。このようなもの言いをせぬ主であったはずだ……。見れば、秀次の目が充血している。鼻息も荒い。

「早う下がらぬか」

兵庫らは這々《ほうほう》の体《てい》で飛雲閣へと戻った。

翌日秀次は、兵庫らを遠ざけて御側衆《おそばしゅう》なるものを作った。それは田中吉政からつけられた家臣を中心に編成した。おそらく、田中吉政配下の家臣団は、秀次の策を上策であるとでも褒め称え取り入ったのだろう。

結局、兵庫らは飛雲閣からも放逐された。その上、沙汰があるまで各屋敷で蟄居《ちっきょ》しているように命じられもした。

伯耆は、清洲に戻らず兵庫の屋敷で寝泊まりするようになった。やや子ができたせいとは夜の営みをするわけにもいかず、伯耆と酌み交わす酒が、唯一無聊《ぶりょう》をなぐさめてくれた。伯耆が酒の入った茶碗を叩きつけた。

「やっておられんのう」

兵庫も酒を呷った。秀次は御側衆に命じて新しい右筆を探させた。すぐに見つかったが、これは田中吉政の仕込みによる者だ。秀次は元キリシタン大名たちに檄文を送り続けているだろう。平蜘蛛――聖杯の威力を信じてだ……。

玄関でせいの声がする。続いて聞きおぼえのある声が続いた。

「大変なことになったぞ」

九兵衛の声だった。大股で歩く九兵衛の足音が響く。兵庫らが酒を飲んでいた書院の襖が一気に開かれた。

憔悴しきった九兵衛の顔がそこにあった。九兵衛は兵庫が手にしていた酒の入った茶碗を奪い取ると、水代わりなのか一息に飲み干した。

「高山右近どのが動くようだ……」

ユストという洗礼名を持つ高山右近は、茶人としても〝南坊〟と号しており、秀次や古田織部正らとともに千利休高弟の一人に数えられていた。

秀吉からの信任があつかった右近は、播磨国明石で六万石を領していた。だが秀吉により禁教令が出され、右近らキリシタン大名も転宗するよう命じられた。右近は信仰を捨てず、引き換えに領地を捨てた。

その後右近は、しばらくは小西行長に庇護されて小豆島や肥後などに隠れ住んでいた。だが、今から七年前に加賀国主前田利家に招かれて金沢に移り住んだ。そこで一万五千石の捨扶持を貰って客人として暮らしている。

また右近は戦上手としても名を馳せている。キリシタン大名だったゆえ領土拡大よりも信仰を選んでいた。そのせいで、それほどの大名にはなれなかったが、もし他の大名たちのように領土的野心を滾《たぎ》らせていれば、十万石ではきかぬほどの大身になっていたであろうと噂されてもいた。

「やっかいな御仁がでてきたな……」

困惑が伯耆の声に滲んでいた。

高山右近のような味方まで出来たとなれば、それこそ秀吉が秀次を滅ぼすよい口実となるだろう。

「九兵衛どの、なんとかならぬのか」

兵庫は、自分の言葉の中に焦りが含まれていることを感じた。

「すでに我が殿が、高山どののもとへ人を送ってお諫めしているはず。短慮が前田家の為にならぬことは、高山どのとておわかりのはず。高山どのは筋を通す御方と存じておる。ゆえにおそらく、いったん前田家を辞去してからでなくては動かぬのでは、と我が殿は読んでおられる」

さすが三成である。右近は、前田家を辞去するまで動かないのであればかなりの時が稼げる。それにもし、辞去したとしても扶持を捨てる以上、すぐに人を集めることは無理だろう。ましてや加賀国でそれをやれば前田家に迷惑をかけることになる。右近の性格からして、まずやらぬだろう。

九兵衛がぽつりと言った。

「ただ……」

「ただ、なんだ」

伯耆が身を乗り出して聞いた。

「太閤殿下は高山どのの動きいかんにかかわらず、関白さま謀反の証拠も証言も集めて所持しているだろう……」

九兵衛はしばし考え込む風に腕組みした。握り拳を膝に打ちつけながら、考えに拍子をつけているようだ。そしていっそう強く膝に拳を打ちつけ顔をあげた。

「太閤殿下は、まだ関白さまを試しているのかも知れぬ」

兵庫も同じことを考えていた。九兵衛が続ける。

「関白さまをただ追い落とすことが目的であるならば、すぐ朝鮮国行きに応じなかった時点で処罰することも出来たはず。いやその程度では処罰できなくとも、平蜘蛛――聖杯を手に入れ日本におけるキリシタンの頭領になったとして、元キリシタン大名たちに飛ばした檄を手に入れているはずゆえ、それだけで叛意ありとして切腹を申しつけてもおかしくはない。しかし、まだそこまでやっていない」

兵庫が話の後を引き取った。

「つまり、太閤殿下はまだ関白さまを必要としている、と九兵衛どのは考えているのだな。御世継が出来たとはいえ、まだ年若でおられる。そのような条件下で、血の繋がった親族が関白位にあることは太閤殿下にとっても心強く思っているということなのだな」

九兵衛が頷く。そして兵庫の話を補足し始めた。

「関白さまは拾丸さまの立場を危うくする御方さまかもしれないが、同時に太閤殿下に不測の事態が起こったときに一番頼りにすべき御方さまでもあるはず。となれば、いまの太閤殿下の御心裡は千々に乱れているはず。ここで関白さまが我が身をなげうって、拾丸さまに忠誠を誓われたならば、太閤殿下もどれほど頼もしく思われることか」

牧野が吼える。

「関白さまは格別身内を大事にされる御方さまだ。拾丸さまを命懸けでお守りする気があるのは関白さまだけだ」

「そうだ。関白さま以外に拾丸さまをお守りできる武将はおらぬ」

安井が同調した。他の者もうんうんと頷いている。

おそらく、秀次の檄文が秀吉の手に渡っているはずなのに何ら処分がないのは、九兵衛の説明通りの理由で間違いないだろう。

兵庫はもう一つ持っていた疑念を九兵衛に尋ねた。

「では、田中吉政どのが自分の家臣を関白さまの御側に送り込んで、事態を煽っているのはなぜだ。田中吉政どのは太閤殿下から関白さまにつけられた付家老であるはず。であるにもかかわらず、関白さまと太閤殿下を離反させようとするのは、なにゆえなのだ」

九兵衛は苦虫を嚙みつぶしたような顔をした。

「我が殿曰く、太閤殿下は念には念を入れられる御方さまであるそうだ。平蜘蛛——聖杯を手にして、田中吉政ごときの愚策に乗ずるような大軽率《おおおそ》鳥《どり》ならば、身内として恃むに足らずと判断されようとしているのではないかと……」

秀次の命運は風前の灯火《ともしび》である。九兵衛がまたもや苦渋の表情で言を重ねた。

「近ごろその太閤殿下にお近づきを許された納屋助左衛門は油断がならぬ。奴は太閤殿下の意で動いているように見せかけて、その実、得手勝手な動きを見せている」

兵庫は伯耆と顔を見合わせた。そこに九兵衛が言葉を被せる。

「どうやら納屋助左衛門は、何がなんでも関白さまと太閤殿下の仲を引き裂きたいらしい。納屋助左衛門は、イエズス会から日本に於けるキリスト教の現状と、平蜘蛛——聖杯の行方を探るように命じられて来たと言っているそうだが、我が殿の見立ては違う。奴は、太閤殿下が再度朝鮮国へと攻め入るのを期待して日本に渡海してきたのだ。戦になれば商人どもは武将以上に潤う」

納屋助左衛門が突如堺に現れたのは何故なのか、いろいろな噂が立ったが、三成の見立てが時期的に一番しっくりくる。そして、秀吉が平蜘蛛——聖杯について詳しい話を聞いたのも納屋助左衛門からで間違いないだろう。そうすれば、千利休が死んで何年も経った今、平蜘蛛が騒動の中心にいることの説明もつく。

「では納屋助左衛門は、朝鮮出兵反対派の旗頭たる関白さまを太閤と対立させることで追い落として、再度朝鮮国を兵戈《ひょうが》まじえる場にしようというのか。力で太閤に劣る関白さまに平蜘蛛——聖杯を持たせることでその気にさせる目論見《もくろみ》かも知れぬ……。戦を商いの道具にしてはならぬことが、なぜわからぬのか」

しかし、納屋助左衛門は本当に商売のためだけに朝鮮出兵を画策しているのだろうか……。何かが引っかかる。だが兵庫は、その思いを隠したまま九兵衛に尋ねた。

「納屋助左衛門はこれからどう動くであろうか？」

「大商人というても、大名ではない以上、打てる手は限られている。おそらく辻斬りをまた行うだろう。関白さまには、洛中を治めるだけの手腕はないとの噂を広めるのが関の山だろう」

九兵衛の言は少し甘いような気がした。兵庫らが大和屋に乗り込むまでは、辻斬りの下手人は関白秀次と噂されていたのだ。もちろん、そのように突飛なことが自然と噂されるはずもない。誰かが、悪意を持って流さなければそんな噂は出ないはずだ。噂の流し方を知悉している者が一味の中にいるはず。大和屋で倒した男は、自分のことを黒備衆だと言っていた……。

兵庫は九兵衛に噂について話した。

「聞いている。だが、そのような突飛な噂を誰が信じるものか。関白さまともあろう御方が夜な夜な洛中を彷徨《うろつ》かれるなどという妄言を、公家のことを知っている町衆が信じるはずがない」

確かに九兵衛の言うとおりだろう。しかし一抹の不安が消えないのだ。九兵衛は黒備衆の事をよくわかっていない。

第六章　洛中の罠

その夜から、九兵衛も入れた七人で洛中を見回ることにした。聚楽第の東側に大名屋敷町は広がっている。下立売通を西入り、油小路通を一条通まで上がる行程をとることにした。兵庫と伯耆、それに九兵衛と牧野が東回り。大場土佐と高野越中、それに安井喜内が西回りと決まった。行程は、ゆっくり一周するのに約半刻程だ。つまり四半刻ほどで、二班は必ずどこかで遭遇する。もし遭遇せねば、それは賊と対峙しているということだ。

おそらく納屋助左衛門は連夜のごとく辻斬りを行うはず。今夜も間違いなく出てくるはずだ。

賊の残りはわかっているだけで、四人いる。

まず、無精髭を生やした五尺五寸（一六五㎝）ほどの背丈がある、がっしりした肉付きの男——藤森神社で襲ってきた男がいる。他にも、前回の辻斬り狩りの時に対峙した、幅広刀を使う六尺以上ある白い肌をした大男がいる。おそらくこの男もステファソンと同じく異国人であろう。そして、信貴山城で行われた口切茶事の時にいた頭巾を被った男がいる。大和屋で倒した男が黒備衆なら、あのときもう一人いた男も黒備衆のはずだ。後は佐々木新兵衛。

兵庫には、脳裏に思い浮かべた男たちの生死はわからぬが、生きていれば四人の手練れが納屋助左衛門の配下にいるということになる。兵庫はそれらの男たちのことを、残りの六人に伝えた。

九兵衛がすかさず聞いてきた。

「その四人の中で一番の手練れは誰だと思うか」

兵庫は、藤森神社で襲ってきた男だろうと答えた。あの男が首領格のような気がするのだ。あの時はまともにやり合うことが出来なかったが今は違う。昔日の感覚が戻ってきている。平蜘蛛を巡る修羅場が、兵庫の五感を研ぎ澄ましてきたのだ。

上弦の月が、人の気配のない大名屋敷町を青白く照らしている。遠くで梟《ふくろう》の声がする。咽《のど》を震わせて鳴く梟の声に足音が重なった。

兵庫はゆっくり立ち止まる。他の三人も足音を聞いたようだ。静かに歩みを止め、耳に意識を集中させているようだ。梟の声は大名屋敷の方から聞こえている。聚楽町下立売通あたりだ。足音はそちらの方から聞こえてくる。

足音は三つ。そして西洞院通の方からもこちらに来る足音がする。こちらは二つ。大場らとは先ほどすれ違ったばかり。とすると、西洞院通の方から聞こえてくる二つの足音は大場らではないということになる。

兵庫が想定している手練れの男たちなら足音や気配を消すことなど容易なはず。とすれば、足音の一団は殺《や》りあうつもりでこの場に向かって来ているということになる。

兵庫と伯耆は東を向いて、西洞院通から来る二つの足音と向き合った。九兵衛と牧野は西を向いて聚楽町下立売から来る三つの足音と対峙することになった。

大場土佐らは事態にまだ気づいていないはず。先ほどすれ違ったばかりゆえ、あと四半刻は気づかぬだろう。

兵庫は鯉口を切る。伯耆も抜刀した。息を整える。近づいてくる足音に合わせて吸って吐き、また吸う。足音が影となった。兵庫は息を吸って吐き、また吸って吐く。

影が白い肌をした異国人となった。

異国人の横にはもう一人の黒備衆がいた。そうだ、信貴山城における最後の口切茶事に頭巾を被って同席していた奴の目だ。

大和屋で倒した柴田蔵人といい、眼前の男といい、松永弾正麾下の黒備衆とはいったいどのような使命を帯びていたのか……。

「――」

異国人が兵庫の聞いたことのない言葉を発した。意味はわからない。兵庫はあらためて異国人を見た。異国人は痩せぎすの男で腰回りなど女のようだ。そして袴の位置からすると足が長い。

黒備衆が足を開いて腰を落とした。そしてまるで長年の友人に道すがら出会ったかのように気安く名乗った。

「太田忠光だ。久しぶりだな舞兵庫」

兵庫はこの男に聞きたいことが山ほどある。だが、このような形で出会った以上、話す暇などない。ならば、斬るのみ。

兵庫は腰をすっと落とした。一足一刀の間合いである。太田が少しでも動けば即座に抜刀する。太田も兵庫の意志がわかったのだろう、目を細めて鯉口を切った。そして抜いた太刀を青眼に構える。もう互いに引くことはできない。どちらかが動いたとき、生死《しょうじ》が決する。

――生死すなわち涅槃《ねはん》なり。

太田の呼吸が聞こえてくる。一つ吸い、一つ吐く。兵庫は自身の呼吸をそれに合わせる。一つ吸い一つ吐く。一つ吸い、吐かずに踏み込んだ。

突風ともいうべき刃風が眼前を掠《かす》めていく。しかし兵庫の切尖は、すでに太田の腹を切り裂いて上弦の月を指していた。

太田の身体が地面に崩れ落ちた。兵庫の額から熱いものが流れ落ちる。まさに紙一重の勝負だった。伯耆と異国人はまだやり合っていない。

後ろから声が聞こえてきた。新兵衛の声だった。

「出張ってくるのは関白の馬廻衆かと思うていたが、食い詰め浪人たちとは笑止」

九兵衛が鼻で笑ったのが聞こえた。そして続けて九兵衛の声。

「哀れな姿で織部正屋敷に仕官を願って行った浪人はどこのどいつだったかのう。織部正どのが言っておったぞ。あまりに見窄《みすぼ》らしかったので、水汲みとして雇ってやろうかと思ったとな」

九兵衛の、人を小馬鹿にしたようなあの笑い声を聞かせられては心穏やかではいられないだろう。鯉口を切る音が聞こえてきた。

伯耆は幅広刀を持つ異国人とにらみ合ったままだ。兵庫は手出しするつもりはない。すでに、以前の辻斬り狩りで異国人の腕前は見切っている。腕前は伯耆の方が上。気をつけるべきは、異国人の刀の方が強度がありそうなので、無闇に鎬《しのぎ》を削ったりせぬようにすることくらいか。

伯耆らはすでに間合いに入っている。どちらが先に動くか。

異国人が焦れているのがわかった。つま先が微かに動いている。もちろん伯耆もそのことに気づいているはず。異国人が、すっと動き出した。巨体に似合わぬなめらかな動きだった。同時に幅広刀を振りかぶっている。振り下ろされた幅広刀の刃風は兵庫の鬢《びん》のほつれ毛さえ揺らした。伯耆は間合いを見切っているのか、身体をわずかに左に逸らして一の太刀をかわした。同時に自身の太刀を一匹の龍として突いて出た。重量のあるものがぶつかったような音がした。伯耆の突きが、異国人の身体を突き抜いたのだ。伯耆の太刀の鍔が異国人の胸に当たっている。

伯耆は太刀を一気に引く。と、異国人が胸元から血飛沫をあげて倒れた。伯耆と兵庫は同時に後ろを向く。

知らぬ顔の男が九兵衛に一刀両断されたところだった。残るは藤森神社で襲ってきた無精髭の男と佐々木新兵衛のみ。

複数の足音がこちらに向かって走ってくる。大場土佐らが事態に気づいて駆けつけてきたのだ。

これで新兵衛らは前後を挟まれたことになる。もう逃げ場はない。

無精髭の男があたりを窺う。大名屋敷町の塀は高い。兵庫は太刀から小柄を抜いて右手で持った。

「おまえが跳べば、小柄がおまえめがけて飛ぶぞ」

兵庫は小柄を掲げて月明かりで照らして見せた。無精髭が舌打ちをする。兵庫とて、前回の轍《てつ》は踏まない。

九兵衛がずいと前に出た。そして小首を傾げて言った。

「わしの後ろ者と話してないで、さっさとかかってこい」

無精髭が唾を吐く。そして憎しみのこもった目で九兵衛を睨みつけた。それを見た九兵衛が尚も鼻で笑う。

「太刀筋に自信がないゆえ、目で仕留めようてか。笑止」

八双に太刀を引き上げた無精髭が一気に走った。間合いなど関係ないとでもいうような勢いで九兵衛に打ち込んだ。容易く受けたはずの九兵衛が吹き飛ぶ。そこに無精髭の太刀が振り下ろされる。九兵衛はそれを転がって避けた。そして転がりながら、

「手出し無用」

と叫んだ。助勢に入ろうとした伯者が足を止める。九兵衛は転がりながらすっと立ち上がった。そして言った。

「少しはつかえるようだな」

今度は無精髭にも余裕がある。九兵衛の言に心を乱されなかったようだ。九兵衛が青眼から真っ直ぐ突いて出る。無精髭が身体を反らしてかわそうとしたとき、九兵衛が地面に倒れ込んだ。そしてそのまま太刀を横に薙ぐ。

無精髭が小さく悲鳴をあげた。無精髭の袴が切られており、両方の臑《すね》あたりに染みを作っている。九兵衛の一太刀で両方の臑《すね》を斬られたのか。転がった九兵衛が立ち上がる。そして切尖を無精髭に突きつける。

「――」

無精髭は一歩も動けず厳しい視線を九兵衛に向けるのみだった。九兵衛が無精髭の側にいた新兵衛に目をやった。その隙に無精髭は手に持つ太刀で己が首筋を切った。音を立てて血飛沫があがる。

兵庫は呆気にとられてそれを見た。何も話すつもりはないということか。その時、聞き慣れた声がした。

「大丈夫か」

大場らが駆けつけてきた。これでこの場は七対一になった。しかし新兵衛は平然としている。そして太刀をすらりと抜いて青眼に構えた。だがその構えから殺気は伝わってこなかった。

「一つ教えてやる」

そう言いながら新兵衛は笑った。そして太刀を降ろした。もう戦う気などないのだろう。兵庫は前に出て、新兵衛と相対した。

「平蜘蛛は生きている。いや、平蜘蛛に宿った松永弾正という戦国の梟雄の怨念が生きているということだ。ゆえに、平蜘蛛を手にした者はみな、その怨念で死ぬ。必ずな。太閤もそれから逃れることは出来ぬ。ましてや、関白ごときは松永弾正の怨念の前にあっては、蹴り飛ばされる路傍の石に過ぎぬ。おまえも用心せねば巻き添えを食うぞ。このわしのようにな」

そう言うなり、新兵衛はだらりと下げたままの太刀を振りあげて、兵庫に向かって突いてきた。突きをかわしながら、思わず太刀を薙いでしまった。戦場往来で身につけた自然な動きだった。

新兵衛の腹は兵庫の太刀で断ち割られた。新兵衛は、はみ出してくる臓物を左手で押さえようとした。だが、その前に地面に突っ伏してしまった。

倒れた新兵衛が顔だけ上げて微かに笑った。兵庫は黙ってとどめを刺してやった。

新兵衛の言葉が気にかかる。奴は、平蜘蛛は生きていると言っていた。松永弾正の怨念が籠もっているとも……。

そして肝心なのは、平蜘蛛を手にした者が必ず死ぬ、と言っていたことだ。本当なのか……。

松永弾正は、あの日、間違いなく信貴山城で死んだはずだ。天守閣が爆発炎上する様は、兵庫も見ていた。そして姫も死んだはず。十重二十重に囲繞された信貴山城から脱出できたはずがない。松永一族の血は絶えているはずだった。

兵庫は肩をぽんと叩かれた。振り向くと伯耆だった。

「舞どの、気にするな。追いつめられて口からでまかせを言ったに違いない。あまり気にしすぎると奴の思惑にはまるぞ」

翌日、洛中は辻斬りの噂で持ちきりだった。辻斬りをしているのは相当な立場の御方である、とも噂されていた。

噂が気になった兵庫らは、聚楽第まで秀次を訪ねて行ったが会うことは出来なかった。田中吉政から送り込まれてきた御側衆が取り次ぎを拒否した。これでは、もう二度と秀次に目通りが叶わぬかもしれない。

仕方なく兵庫の屋敷に戻ったところに、九兵衛が慌てて駆け込んできた。

「大変なことになった。平蜘蛛——聖杯披露の茶会に招待したいとの書状を関白さまが出されたところ、応じる大名が出始めた」

まずいことになった。秀次の檄に応じるのが高山右近だけゆえ秀吉も見逃していたのだ。しかし、他の大名も平蜘蛛に興味を持ち、秀次の開く茶会に馳せ参じるとなると話は別だろう。

太閤たる秀吉に見せる前に他の大名に平蜘蛛を見せるとなると、秀吉も心穏やかにはいられないはず。

兵庫は九兵衛に尋ねた。

「茶会に来るという大名は誰だ」

「徳川どのに伊達どの、そして上杉どのである」

言いながら九兵衛も半信半疑の様子である。茶会に出席すると申し出た大名があまりに大物すぎたからである。

そして、これら大大名たちが秀次の催す茶会に参列するとなると、秀吉とて看過するわけにはいかないだろう。必ず何か手をうってくるはず。

このままでは、秀次は更なる窮地に陥る。

「石田さまは何と言っておられる」

「こうなっては、たとえ我が殿であろうと、どうしようもない。太閤殿下はこの話を聞いて、大いに結構と言われたそうだ」

秀吉は、鷹揚な言葉を発するときがもっとも危険なのだ。兵庫が秀吉から山里丸に呼ばれた時の第一声も、「久しぶりじゃな」だった。

三成が聞いたのだから、秀吉の言に間違いない。これから秀吉は、まちがいなく秀次を追いつめていくだろう。それも残忍な手法で……。


五月二十一日。

秀次は伏見へ出向き、伏見城治部少丸三成屋敷にて秀吉や北政所らと共に能を鑑賞した。兵庫も秀吉から来るように命じられて隅に控えていた。秀次を貶《おとし》めるところを見せるつもりなのか。というより、事態がどうなっているのかを秀次麾下に肌身で感じさせる為に、兵庫が選ばれたのかも知れない。秀次は兵庫を同行させることを嫌がっていたようだが、秀吉の命とあらば承知するしかなかった。

驚くべきことに、そこには納屋助左衛門も同席していた。強張った顔の秀次とは対照的に、助左衛門は秀吉とにこやかに談笑していた。そして時折、秀次へと冷たい一瞥を送っていた。

兵庫は能が終わり治部少丸を辞するときに三成から呼ばれた。そして能を鑑賞している最中に、秀吉と秀次、そして助左衛門との間でかわされた会話について教えられた。会話は平蜘蛛についてだったようだ。

それは次のような内容だったと三成から聞いた。

「まことの平蜘蛛を使うた茶会を開くそうじゃな」

「是非一度、太閤殿下にも見ていただきとう存じます。いずれわたしが、伏見へと持参致しまする」

「ほう、徳川どのらの後で見せるということか……」

そう言った時の秀吉の目はじっと能舞台を見つめていたという。秀次は、すぐに秀吉の不興をかったことを悟ったが、どうにもならない。秀次は絶句したまま秀吉の横顔を見つめ続けるばかりであった、と三成は語った。

三成は続ける。助左衛門は秀次に向かって「関白さまは謀反でも起こされるおつもりではありませぬか。それゆえ太閤殿下をないがしろにするのでありましょう」とまで言い放ったそうだ。

兵庫は胸くその悪さで身体が震えた。

「どうにもならぬのでしょうか……」

「太閤殿下なりに、関白さまに機会を与えたおつもりでしょう。だが、関白さまはそれに気づかれなかった。いや、気づかなかったのではなく、大したことはない、と高をくっていたのかも知れぬ……」

秀次の心裡に関白たる自負と、聚楽第という難攻不落の城を擁しているという自信があるゆえに話がおかしくなっていったのだ。もし、秀次にもう少しの謙虚さがあらば、話は違ったものになっただろう。

なぜ秀次の心には、優しさと過大な自尊の気持ちが同居しているのか。なぜ穏やかな治世をする能吏と、激情をあらわにする武将の姿が同時にあるのか……。

兵庫は、秀次のやっかいな心情をあらためて感じた。

三成は話を続ける。

「恐らく、徳川どのらには関白さま主催の茶会に出席せぬよう要請があるであろう。そしてそれは受け入れられるはず。今ここで太閤殿下に逆らって関白さまに肩入れする利はないゆえ……。それに、徳川どのらは平蜘蛛――聖杯にどれほどの興味もないだろう。もともと徳川さまらは、豊臣家に内紛の種が蒔ければ、それでよいと思っていただけのはずだからな」

三成の言うとおりだろう。

「関白さまはどうなるのでしょうか……」

「恐らく、もう朝鮮国行き程度では太閤殿下のお怒りを鎮めることは無理だ。身を捨ててこそ浮かぶ瀬もあれ、とも言う……」

あの誇り高き秀次がそのようなことをするはずがなかった。おそらく聚楽第に立て籠もって秀吉と一戦交えるくらいの気勢はあげるはず。他者――それも自分以上の強者《つわもの》から圧力がかかった場合、激烈たる武人の側面が出るだろう。

徳川家康らは平蜘蛛――聖杯に興味があったのではなく、秀吉と秀次の間が険悪になるよう立ち回っているに過ぎぬのだ。だから、秀次主催の茶会に出席する気になったはず。おそらく、平蜘蛛を秀吉と秀次がこぞって探している話を、どこかで耳にしたのだろう。いや、どこかではない。納屋助左衛門が暗躍していたと考えるべきだろう。秀吉と秀次両方の動きを知っていたのは、兵庫ら以外には助左衛門しかいないはず。

「石田さま、納屋助左衛門に謀られたようです。早く何らかの手をうたねば……」

「納屋どのは太閤殿下のお側近くに出入りしている商人としてのみならず、御伽衆でもある。迂闊《うかつ》に手は出せぬが、調べてみよう。なぜ、納屋どのが平蜘蛛の一件というか、豊臣家の騒擾《そうじょう》に関わろうとするのか。朝鮮国における戦に乗じて商いを大きくしたいという理由だけでは説明がつかぬ……」

三成の言うとおりだ。納屋助左衛門はいったい何がしたいのか。

「とにかく舞どの、関白さまをお諫めして軽はずみなことをなさらぬよう、見張ってくれ」

どこまで出来るだろうか。秀次を諫められなければ、兵庫ら家臣の身も危ない。


京都に戻った兵庫は伯耆らに伏見城でのことを伝えた。もちろん三成から聞いた話もした。九兵衛を入れた七人を、三成は聚楽七人衆と呼んでいた。

「それは本当か……」

牧野成里は話を聞くなり絶句した。兵庫の屋敷である。あれ以来、聚楽第に入ることは出来なくなっていた。九兵衛が兵庫の話を引き取って説明する。

「平蜘蛛を使った茶会一件以後、我が殿にも話が入らなくなっているそうだ……。おそらく納屋助左衛門あたりが、太閤殿下にありもせぬ妄言を吹き込んでいるのであろう……」

せいが廊下を走ってくる。

「せい、あれほど走るなと言うたであろうが。おまえのお腹《なか》にはやや子がいるのだ。気をつけぬか」

「旦那さま、聚楽第から使いの方がお見えでございます」

兵庫は立ち上がるなり玄関へ向かった。玄関先には見知らぬ男が立っていた。のっぺりとした覇気のない顔に、細い身体である。このような身体で戦場にて槍がふるえるのだろうか。

兵庫は眼前の男をしげしげと見た。これが秀次の御側衆なのだろうか。兵庫に遅れて牧野らが来た。牧野は剣呑な声で玄関先に立つ男を誰何した。

「おぬし誰だ。清洲で見かけたことのない顔だが。京で召し抱えられた小者か」

玄関に立つ男は、小者と呼ばれた屈辱に拳を握りしめて耐えた。男は、兵庫の屋敷にいるのがどのような者たちなのかを知っているのだろう。となれば耐えるしかない。

男はか細い声で答えた。

「田中さまより聚楽第に遣わされた佐藤昭之助と申す」

牧野が玄関前の廊下をどんと踏み鳴らした。佐藤はびくりと身体を震わせた。それを見た伯耆らが一斉に笑った。牧野が追い打ちをかける。

「なんじゃこの男は？　良く聞こえなんだが、自分は女だ、とでもいうたのか？」

大笑いする声が玄関に響いた。

「おやめなされ」

せいの声だった。

「弱い者虐《いじ》めは武人のすることにあらずと聞いております。旦那さまも旦那さまでございいます。このようなおとなしき御方をからかうものではありません」

せいは本当に怒っているようだった。女に同情され、佐藤はさらなる屈辱を嚙みしめているようだ。

「よい、せい下がれ」

渋るせいを奥に下がらせた。あらためて佐藤から用件を聞いた。秀次が兵庫らを呼んでいるということだった。兵庫らは互いに顔を見合わせた。佐藤が少しずつ後ろへ下がっている。兵庫はそれを見咎めた。

「佐藤どの、何をしておるのか」

兵庫の一喝で肝を冷やしたのか、佐藤は背を向けて一目散に逃げ出した。兵庫は呆気にとられて佐藤の後ろ姿を見送った。あのような男が関白秀次の御側にいたということに暗澹たる気持ちになった。

伯耆が草履をつけ始めた。

「急ぐぞ、関白さまがお呼びだ」

聚楽川西町の兵庫の屋敷から外堀を渡って南馬出へと走って向かう。虎口を通って、南門橋を渡る。この橋は内堀に架けられた三橋の一つである。にもかかわらず検番士がいない。先ほどの佐藤といい、聚楽第内部の弛んだ空気といい、嫌な予感がする。

三の丸広場からまた虎口を抜けて二の丸御殿へと向かった。ここが秀次の執務所になっている。ここまで来るのに警固の兵は一人も見かけなかった、人馬の出入りする気配はもちろんない。

金の甍の波が続く絢爛たる聚楽第が、まるで墓所のようにひっそりとしている。

御殿の入り口には、先日、伯耆に殴られた番兵が二人いた。二人は厳しい視線であたりを見張っていた。あのときは荒《すさ》んだ聚楽第の雰囲気を体現する番士と思っていたが、そんなに悪い男ではないのかも知れない。

「これは大山さまに舞さま……」

二人は縋るような目を向けてきた。話を聞いてみると、聚楽第から次々に人が逃げ出しているというのだ。特に田中吉政から派遣されていた者たちは、秀次の許しを得ずに所領の岡崎へと逃げ帰っているというのだ。

伯耆は前回とはうって変わって優しげな声を出した。

「その方たちは残ったのだな」

伯耆は二人の番士が頷くのを待って、「その方らの忠義ぶり、関白さまに必ず伝える。励めよ」と言った。

秀次はこの日も書院にいた。ただし嘗《かつ》てと違うのは、じっと文机に向かっていることだった。左手がひらりひらりと揺れているのが、肩の動きからわかった。

伯耆がおそるおそる声をかけた。

「関白さま……、関白さま」

秀次は尚も上の空で溜息をついた。伯者が意を決したように大声を出した。

「関白さま、大山伯者でございます」

ゆっくり秀次が振り向いた。目に力がない。ぼんやりとこちらを見ている。まるで心が現世《うつしよ》にないかのような姿だった。

秀次が力なく言う。

「徳川どのらから、茶会へ出られぬようになったとの書状が届いた……。なんでも、外せぬ所用が出来たとか……。関白たるわしが主催する茶会に出られぬ所用とは、なんであろうな……」

徳川家康らも、秀吉と事を構えてまで平蜘蛛――聖杯を見たいわけではない。秀吉から一言、「わしより先に平蜘蛛をご覧になるそうだな」とでも言われれば、たちどころに恐縮したことだろう。いや、そもそも出席を言ってきたキリシタンではない徳川家康や伊達政宗らからすると、豊臣家が割れることこそが望みなのかもしれない。とすれば、それが成功した以上、平蜘蛛――聖杯など何の興味も誘わぬ物にすぎぬのだ。

秀次の背が丸まっている。民のことを考え、戦を嫌う、平時ならばこれ以上は望めぬほどの君主であったはず。だが、今はまだ平時ではない。遠く海の向こうでは朝鮮国を舞台に、明国と対峙しているのだ。朝鮮国に残っている武将らからすれば、平時などとは決して認められぬだろう。

左手を揺らしながら秀次がぽつりと漏らした。

「朝鮮国に和平をもたらすことが出来なくなった……」

そもそも秀次は戦なき世を作りたいと願い、秀吉と反目していったのだ。そして、それが豊臣家のためと信じていたのだ。

平蜘蛛――聖杯もその為に兵庫に命じて探したのだ。

伯耆が突然大声を出した。

「まだ太閤に負けたと決まったわけではありませぬ。清洲にいる、関白さまに心を寄せる者たちを呼び寄せれば、千や二千の兵はすぐに揃います。ここ聚楽第と、洛中総構を施した京の都に籠城すれば、たとえ太閤といえども容易く手出しは出来ぬはず。その間に、キリシタンの総大将たる関白さまのもとに、各地のキリシタン大名が馳せ参じましょう」

秀次の目に力が戻った。そして左手のおかしな動きも止まっていた。

「伯耆よ、それが出来るか。まだ、太閤殿下の軍門に降《くだ》らずともよいのか」

九兵衛は顔をしかめている。しかし、牧野は我が意を得たりとばかりに立ち上がった。

牧野が叫ぶように言った。

「大山どのの申すとおり。一戦交えてみましょうぞ。ここ聚楽第は普請名人の太閤が造りあげた城。容易に落とせぬことは太閤自身がよく知っているはず」

秀次は気だてが優しいうえに激情性も持ち合わせるややこしい性格なだけで、戦が下手なわけではない。秀次がかつて喫した敗戦は、小牧・長久手の戦いだけである。そこでも臣下には武門の統領としての腕前を見せてはいる。戦場に於いて、武将ではなく一武人として戦ったことが問題だったのだ。

また小田原攻めでの山中城攻略や奥州仕置きなどでは武将としても功を立てている。そうでなければ、伯耆や大場らのような武張った者がこれほどの忠誠を誓うはずがない。

たしかにおもしろい戦ができるかもしれない。

九兵衛が立ち上がった。

「このような謀反に荷担するわけにはいかぬ。わしは殿のもとへ戻る。御免」

歩き去ろうとする九兵衛の背中に牧野成里が声を発した。

「待て。今の話を聞かれた以上、黙って帰すわけには行かぬ」

九兵衛が振り向いた。じっと牧野を睨み据える。

「ほう、牧野どのはわしを帰さぬと言われたか。このわしを止められるか」

秀次のいる御殿に入る時は玄関脇の刀架に太刀を置くのが決まりであった。いつもなら番衆が太刀を預かってくれるのだが、今日は玄関前の番兵しかいなかったので自分たちで太刀を提げ持ってきた。

九兵衛が唇の端をわずかに上げる冷笑を見せた。この表情を見せる時は、九兵衛が真剣な時だ。

「牧野どの、わしは逃げも隠れもせぬ。だが、関白さま御前にて刃を交えるは不敬の極み。表に出られよ。存分に相手してつかわす」

「ほう、よう言うた」

「やめよ」

牧野と九兵衛が廊下へと出ようとした時、秀次が先ほどとはうって変わった声を発した。それは間違いなく武人としての声だった。秀次が続ける。

「森九兵衛を石田どののもとへ帰らせよ。森九兵衛は石田治部少輔どのから遣わされし武人。事ここに至って敵味方に分かれることになったが、それは武門の定めである。礼を尽くして帰すのだ。それが、われらの務めぞ」

「しかしそれでは、われらのいま話したことが治部少に……」

「よい。知られて何が悪かろうや。知られたことで事が成らぬ程度の策であるなら、最初から太閤殿下に戦いを挑むことが無謀なのだ」

先ほどまでのしょぼくれた秀次ではなく、東北仕置きや小田原攻めで見せたとされる武将としての秀次があらわれていた。

「森九兵衛――」

声をかけられた九兵衛がその場に座し、頭を垂れた。秀次が続ける。

「辻斬りの一件を始め、いろいろと世話になった。帰ったら治部少どのによろしく申し上げてくれ。関白が感謝していたとな。それから、いま聞いた話は、治部少どのにするがよかろう。主には何でも話すものだ。遠慮はいらぬ」

そう言った時の秀次の目は優しげだった。自分の不利を恐れず筋を通そうとする武人としての秀次と、筋を通すことに命を懸けることができる武将としての秀次、細やかな配慮を見せる優しい秀次。このような多様性を持つゆえにこそ、伯耆らがついて行こうと思える、人間秀次としての魅力となっているのだ。

「関白さまのお言葉、有り難く存じます」

九兵衛は、もう一度深々と頭を垂れると立ち上がって出ていった。しばらくは誰も声を発しなかった。

やがて秀次がみなを見回して、「よう言うてくれたな」と呟いた。とところにいたって、兵庫も覚悟を決めて腹を括った。

一刻も早く清洲へ使いを出して人を呼び寄せ、策を立てて秀吉を迎え討たねばならない。それも出来るかぎり人目につかぬようにだ。

九兵衛は、先ほどの話を三成に伝えるだろうが、それを受けた三成がすぐに秀吉へ告げるとも思えなかった。

三成は秀次の存在を豊臣家存続のために必要と捉えている。ならば、秀吉にすぐ伝えず、自分で何とか事態を打開しようとしてくれるのではないかと思った。楽観的すぎるかも知れぬが、完全に的を外してもいないだろう。

「誰か絵地図を持ってきてくれ」

兵庫の声で伯耆が立ち上がった。やがて地図を手にして伯耆が戻ってきた。京の都全体を絵地図にしたものであった。総構の土居や堀なども詳しく書き記されている。総構の土居は全長五里（二十㎞）はある。土居の前に堀を巡らしてはいるが、いざと成れば十万や二十万の兵力を動員できる秀吉の実力の前には意味がないだろう。

秀次陣に地の利があるとすれば、聚楽第が帝を戴く内裏（御所）そばにあることだろう。乱が起きそうな状況ゆえ、関白秀次が在所する聚楽第に遷座頂くのは不自然ではないだろう。それを太閤たる秀吉が攻撃できるだろうか。いや、無理なはず。帝在所を攻撃すれば、その瞬間から秀吉軍は賊軍となる。太閤となった秀吉にとって自身の権威を自分で傷つけることになる。

そして聚楽第という堅城の優位さだ。聚楽第は平城といえども、秀吉が縄張りした城だ。ただ守るだけなら二千の守備兵で五万の敵を向こうに回して持ちこたえられる造りと聞いている。

一ヶ月ほども籠城すれば、各地に逼塞《ひっそく》している元キリシタン大名が、平蜘蛛――聖杯を手にするキリシタンの頭領たる秀次に味方するかもしれない。そうなればどうなるだろうか。秀吉といえども和睦するしかないのではないだろうか。

大場土佐が頷きながらゆっくりと声を発した。

「これは勝つための戦ではないのだな」

その通りだ。この戦は、勝つ為の戦ではなく和睦するための戦なのだ。兵庫は目安となる期間を口にした。

「一ヶ月。これだけ持ちこたえれば必ず仲裁に入ってくれる大名がいるはず。徳川さまあたりは、豊臣家の内紛を喜んで、高みの見物となるだろうが、上杉さまあたりはどうだろうか。関東に於ける徳川さまの力が今以上強くなることを嫌っているはずゆえ、豊臣家の内紛を嫌って仲裁してくださるのではないか」

秀次が異議を唱えた。

「待て。兵庫よ、それはあまりにわれらにとって都合良すぎる考えだ。上杉どのは、太閤殿下の威光を恐れて茶会に出られなくなったと断りを入れてきたのだ。戦いが始まれば即座に太閤殿下の陣に馳せ参じると考えるべきだろう。仲裁役どころか、敵方の先鋒を務めかねぬ御仁だ」

たしかにもっともな意見だった。秀次は兵庫以上に、人はどのようにも変わることを知っているようだ。知ってはいても秀次の優しき性情が時に邪魔をする。

「仲裁役になってくれそうな大名を事前に作っておかねばならぬな……」

これは高野越中の言である。そうだ、事前にこちらの思惑を理解した上で、機を見計ってくれるような大名がいなくては困る。

安井喜内が声をあげた。

「やはり仲裁役となれば、高山右近どのしかいないのではないか」

確かに高山右近ならこちらの思惑を汲んでくれるかも知れない。しかし、キリシタンであることをやめずに、禄を返上して大名であることをやめた高山右近では秀吉が承知するまい。兵庫は別の人物の名をあげた。

「前田さまにお願いしてはいかがか」

秀次が真っ先に賛意を示した。

「前田中納言どのか、太閤殿下の信任も厚くまさに適任だ」

伯耆が機を見て声をあげる。

「仲裁役としては前田中納言さまが適任であることは依存がござらぬ。だが、それだけではまだ戦など出来ぬ」

伯耆の言う通りなのだ。一ヶ月の籠城戦を想定している以上、武器弾薬、それに兵糧の手配が難しい。聚楽第に備蓄されている食糧等は十日分ほどである。武器弾薬などはほとんどない。せいぜい夜盗の取り締まりに使える程度である。

伯耆が続ける。

「武器食糧は、洛中において商人から買い付けたのでは太閤にすぐ知られてしまう。それよりも清洲から人を呼び寄せる時に少しずつ持ってこさせるのだ。そして、もっと肝心なことがある。いいか——」

伯耆は各門に繋がっている橋をいついかなる形で落とすかも重要だと語った。橋を切り落とした瞬間から戦は始まる。しかし聚楽第側には大名屋敷がある。これが問題だった。いまは空屋敷に近いが、こちらの動きはいずれ太閤に察知されよう。その時、秀吉によって、密かに各大名屋敷に兵が潜まされるかも知れない。

いざ橋を落とそうとした時こそ、叛意ありという証拠となる。橋が一つでも切り落とされた時点で、隠し置いた兵が一斉に残った橋から聚楽第に突入するかも知れないというのだ。

聚楽第が洛中にある以上、戦闘となれば市中戦となる。それを嫌えば、秀次方はますます不利になる。

高野が皆の気持ちを代弁していった。

「種々困難はあれど、やり通そうではないか」

大場と兵庫は聚楽第に残ることが決まった。大山伯耆、高野越中、牧野成里、安井喜内の四名は清洲へと戻り仲間を集めることになった。清洲で兵を五百名ほどにまとめて、荷を持たせて、四人の内の一人が京の都へ随行する手筈である。

洛中に入るまでにどれほどの荷を集められるかが勝負である。四人全員が洛中に戻ってこられたとき、聚楽第には志を一つにする二千人の戦闘集団が出来上がる。この軍勢で聚楽第に籠城し、各地で反秀吉の狼煙《のろし》が上がるのを待つのだ。

兵庫は、荷駄の集積にさえ成功すれば対秀吉の戦いにも血路が開かれると踏んでいる。秀次を含む皆の目が充血していた。

信貴山で失った死に場所をここで得るのだ。命を惜しむ気持ちはもうなかった。

六月四日。

聚楽第に清洲からの第一陣がきた。牧野成里が五百名の指揮を執って戻ってきたのだ。武器弾薬を満載した荷駄と共に意気揚々と聚楽第に入った。五百名の人員が居れば、聚楽第の警固も十分出来る。洛中の見回りも問題ない。

牧野が清洲の様子を語った。

「清洲では、田中吉政や山内一豊ら、太閤から派遣された家臣たちは次々に自領へと戻されている」

もはや、秀次と秀吉の確執は誰の目にも明らかになったのだ。しかも、戦になるかもしれぬとさえ思われているようだ。秀吉方は、秀次の真意がどこにあるのか、間者をいれるなどして必死で読んでいることだろう。それら諜報戦が済むまで戦は始まらぬはず。

諜報戦が終わるまで、あと一ヶ月くらいか。それまでは、あらゆる人々が聚楽第の様子を窺いに来るだろう。

「清洲では、われら聚楽第から戻った四人にあれやこれや探りを入れてくる者が多くて困ったものじゃ」

牧野はそう言って笑いながら続けた。

「もちろん探られることを恐れたわけではない。同じ話を何度もさせられる身になってみよ。面倒でかなわぬ。いっそ板書して、大手門に立てようかと何度も思うたほどぞ」

兵庫は腹を抱えて笑った。牧野らが困っている様子が目に浮かんだからだ。武張ったことなら何でも来いの牧野らだが、媚びるようにして探りを入れてくる者のあしらいには慣れていないはず。

「わしらが清洲に戻ったら、佞臣《ねいしん》どもは酷く慌ておってのう。斬られるとでも思ったのではないか。どうやら辻斬り退治したときの話も伝わっておったようだ」

清洲にいる秀次家臣団の中で、伯耆や兵庫をはじめとする六人衆に敵う者はいない。秀次の意を受けて、秀吉派の佞臣の首を獲りに来たと勘違いしても無理はない。

牧野はことが順調に進んでいることに満足しているようだ。表情が明るくなっている。増えた鬢の白髪に指をやりながら牧野が言った。

「洛中の様子こそどうだ。太閤の間者が入り込んでいるような様子はないか。その方らを問い糾すのは釈迦に説法のような気もするが、用心に越したことはない」

襖の向こうで声がした。以前、御殿玄関で伯耆から殴られた男の声だった。あれ以来、心を入れ替えたのか、心映えのよい働きをするようになったので、伯耆が秀次に推薦して御殿内の取り次ぎ仕事などをさせていた。声が続く。

「古田織部正さまがお見えでございます。関白さまに目通り願いたいと申しておりますが、如何いたしましょうか。追い返しますか」

平蜘蛛のことを秀吉から聞いたに違いない。兵庫は気になることを尋ねてみた。

「古田さまはお一人か。誰か供の者を連れておらぬか」

「若衆のような男を一人連れておりますが」

兵庫は大場と目を合わせた。若衆が小堀政一なら、久しぶりに会ってみたいと思った。

兵庫は襖の向こうに、

「関白さまには目通り出来ぬが、舞兵庫でよろしければ応対すると伝えよ。わしの応対でよいと言われたならば、ここにお通しせよ」

やがて、畳廊下を歩む微かな音が聞こえてきた。

「古田織部正さまをお通しいたしました」

兵庫らは上座を空けて待っていた。織部正は鷹揚に手をあげながら入ってきて、上座の敷物に座った。政一は襖の側で控えている。

「聚楽第で会うとなると、なにかと格式張ったことになりますな」

織部正はあたりを窺うように視線を動かした。

「お久しゅうございます」

兵庫は平伏した。大場や牧野もそれに倣《なら》う。織部正との関係は牧野らにも話してある。

「とうとう平蜘蛛を手に入れられたとか」

織部正はいきなり本題に切り込んできた。織部正は秀次と秀吉の暗闘など関係なく、一茶人として平蜘蛛——聖杯に興味を持っているのだろう。

——この御仁、自身が興味をもった茶器のためなら、矢玉飛び交う戦場でも座って目利きしそうである。茶の湯ということがそのまま利となるのが茶人なのか……。

織部正は自身の胸元を広げてくつろげた。そして暑そうに扇子で胸元を扇いだ。

「舞どの、関白さまに、織部正が平蜘蛛を拝見させていただきたいがゆえに聚楽第に罷り越している、と取り次いで下さらぬか」

もう待ちきれぬという風に切り込んできた。

織部正は、すでに秀次と秀吉の暗闘について、承知しているのかも知れぬ。そして、何も聞かぬということなら、探りに来ているわけではないと判断した。

「千利休さまの御高弟であらせられる織部正さまが、平蜘蛛を拝見するために御出であるとお伝え致しましょう」

兵庫はすぐさま立ち上がって秀次が執務をしている白書院へと向かった。秀次は織部正の来訪をことのほか喜んだ。平蜘蛛のような大名物を所持しながら、それについて語る相手がいない、というのは数寄者として辛いものなのだろう。

織部正と兵庫らが待つ書院に秀次の小姓役が来て、茶席の準備が出来たことを告げた。秀次は平蜘蛛を、いきなり茶席で見せるつもりなのだ。兵庫と大場、それに牧野の三名と、政一も相伴にあずかることになった。

膳に並ぶ諸々を食しながら誰もが黙っている。席を移した。いよいよ平蜘蛛――聖杯が茶席にあらわれる。

すでに釜湯は滾っていた。炉から甘く芳しい匂いがする。炉にくべられているのは炭ではなく薪であると気づいた。そして、くべられた薪は、匂いからするとおそらく牡丹であろう。

秀次は織部正を見て苦笑した。

「いささか薪の量が多すぎたようです」

織部正はにこやかな微笑を返した。二人はややこしい政《まつりごと》など離れて、いまこの場ではただの茶人であろうとしている。関白の地位も、秀吉の茶頭も関係ない。娑婆世間のすべてを捨てた一人として対峙しているようだ。

そう、これなのだ。茶人は茶の湯のためならすべてを捨てられるのだろう。千利休のように。

兵庫は、茶人の覚悟をあらためて感じると同時に、他者では制することのできないやっかいなものにも思えた。

秀次が、ＦＩＬＩと刻印された蜘蛛型杯置きの上に聖杯を置いた。

「ほうっ——」

感嘆する織部正の声が響いた。秀次は点前を続ける。織部正ほどの茶人になれば、平蜘蛛の持つ何かを感じ取ることができるのだろう。

秀次は片口茶碗に茶を点て、それを聖杯に移そうとした。

「関白さま、茶を入れる前に、聖杯に触れさせていただきとう存じます」

「織部正どの、遠慮するな。好きに触るがよい」

鷹揚な秀次の言を得た織部正は聖杯を右の手で、杯置きを左手で摑みあげた。そして交互に目の前に持ってきた。

「これは——」

なおも言葉にならぬようで、しげしげと眺めている。織部正は聖杯を杯置きの上に置いて自身は寝ころんで目の位置を合わせたりもしていた。

「政一、おまえも来い。今生《こんしょう》では二度と目に出来ぬかも知れぬ大名物ぞ」

まるで秀次と共に平蜘蛛――聖杯が滅んでしまうかのようなもの言いであった。もちろん織部正に他意はなく、ただ心奪われているだけなのだろうが、その姿は狂人のようだった。

弟子の政一も宗匠に負けず劣らずの奇人ぶりを発揮していた。宗匠から杯置きをむんずと奪うと鼻で匂いを嗅ごうとした。そして杯置きの足を口に含もうとさえした。さすがに見かねたのか織部正が窘《たしな》めた。

「政一、杯置きをわたしに返せ」

秀次が二人の姿をにこやかに見守っている。まるで親が、無心に遊ぶ子の姿を眺めているような、そんな温かい姿であった。

兵庫は本物の数寄者の狂態を見るのは初めてであった。ふいに織部正が聖杯を手にしたまま、秀次に媚びるような視線を向けた。織部正と秀次の視線がしばし絡む。やがて秀次が困ったような顔をした。

「織部正どの、お気持ちはわかりますが、差し上げるわけにはまいりません」

残念そうに織部正が肩を落とす。見れば、政一までも残念そうに肩を落としている。この政一という男もまた、本物の数寄者であった。

大山伯耆、高野越中、安井喜内が手勢を引き連れて聚楽第へと戻ってきた。ただ、当初見込んでいた各自五百名ずつ、総勢二千名は達成できなかった。それでも千五百名超の家臣団が聚楽第に入ってきた。

京雀は、すわ豊臣家でお家騒動勃発と噂し合った。

聚楽第は久しぶりに活気づいていた。滞っていた政務も処理され始めた。しかし市中から逃げ出す町衆も出始めた。

だが、聚楽第ではそれらの動きを意に介さなかった。

兵庫は自分の屋敷に戻ることが多くなった。せいの腹はまだ目だって大きくなっていなかったが、兵庫は腹に耳を当ててやや子の鼓動を聞いてみようとすることがあった。

「旦那さま、そのようなことをされてもやや子の動いている音は聞こえませぬ。くすぐったいのでお止め下さい」

せいは兵庫のすることがおかしいのか、よく笑った。兵庫は束の間の安寧の時を楽しんでいた。いずれ戦場に身を置かねばならぬことはわかっている。

「せい、そろそろ実家に戻ってはどうか。町雀たちは今にも戦が始まりそうだと噂しておる。せいも聞いたことがあるであろう」

せいは、腹に載せていた兵庫の頭をすっと退けた。

「足手まといでございますか……」

せいが兵庫を睨んでくる。その目は寂しげであった。兵庫はせいの肩を抱いた。せいがうつむく。

「せいとやや子のことが心配なだけだ」

「武人の妻です。覚悟は出来ております。それに、お腹のやや子も、武人の子です。旦那さま、どうぞ心配なさいませんよう」

兵庫はせいの肩を抱く手に力を込めた。

七月三日夜。

兵庫は自邸に戻っていた。

「旦那さま――」

せいが廊下を走ってきた。あれほど、身重なのだから走ったりするなと言いつけていたのに……。

兵庫は叱らねばと、せいが来るのを待ちかまえた。

「石田さまがお見えでございます――」

せいが慌てている理由が、それでわかった。せいは、敵方の侍大将が乗り込んで来たとでも思ったのだろう。

三成は書院にて、きちんと膝を揃えて目を瞑って兵庫を待っていた。その姿はまるで瞑想でもしているようだった。

「お待たせ致しました」

三成が目を開いた。厳しい視線が兵庫を射貫く。

「――」

兵庫は三成の前で頭を垂れた。三成は何も言わない。どれほどの時が流れただろう。三成が大きく溜息を吐いた。

「納屋助左衛門の正体がわかりかけておる」

兵庫は思わず顔をあげた。三成の顔からは何の感情も読み取れなかった。

「松永永種という男を知っているか」

たしか……、松永弾正の次男がそのような名であったはず。そうだ、間違いない。松永弾正の次男だ。しかし、永種は父松永弾正を嫌って出家していたはずだが……。

「永種は出家して行方知れずになったという噂があった。だが、里村紹巴《さとむらじょうは》が伏見城での歌会において納屋助左衛門を見て、松永永種ではないか、と言い出したのだ」

里村紹巴とは、連歌の第一人者として名高い男である。天正十（一五八二）年、明智光秀が本能寺の変の直前に行った愛宕百韻《あたごひやくいん》にも参加していた。そこには歌も詠まぬのに松永永種もいたという。

「どうやら松永永種という男は、出家する前は連歌に没頭していたこともあるそうだ。里村紹巴いわく、その頃の知り合いと言うておった……」

兵庫は思わず膝を乗り出していた。

「納屋助左衛門は、自身が松永永種であることを認めたのですか」

「いや認めてはおらぬ。助左衛門は里村紹巴から、松永永種どのではござらぬかと言われても、涼しげな顔で人違いであると否定しおったそうだ」

納屋助左衛門の出自ははっきりしていない。堺の生まれであり、先祖は会合衆の一人であったと自称していたが、幼少の頃の助左衛門を知っている者はいなかった。

「石田さま、何か納屋助左衛門が松永永種であるという徴《しるし》はございませぬのか。たとえば、身体に目立つ傷があるとかいうような」

兵庫が考える程度のことだ。三成ならすでに里村紹巴に確認していることだろう。

「松永永種には野犬に噛まれた傷跡が右の太ももにあるはずということだった。しかし……、さすがに袴をとって見せろというわけにも行かぬ……」

戦場往来を繰り返す武者であるならば素肌をさらす機会も多い。だが、商人となると暮らしを共にでもしていなければ、その素肌をまず見ることはない。

三成が続ける。

「歌会が終わった後で紹巴は噛まれた傷跡について尋ねたそうだ」

似ていると思っただけのことで、里村紹巴がそこまで詮索するとも思えなかった。恐らく、三成は前々から助左衛門の身元を探っていたはず。あらゆる機会を設けて、助左衛門の顔をいろいろな者たちに見せて、見知った顔かどうかの確認をさせてきただろう。そこで里村紹巴が思い出した、と考えるのが自然だ。

「助左衛門は、右太股の傷を指摘されてもまったく態度が変わらなかったそうだ」

もし、助左衛門が松永弾正の子であるならば、兵庫が感じていた疑問のいくつかも合点がいく。

まず、なぜ助左衛門が平蜘蛛――聖杯の伝来の謂われを知っていたのか。これは松永弾正の子であるならば直接聞いていてもおかしくはない。また、なぜ平蜘蛛を所持していたのかも納得がいく。兵庫らが信貴山城から運び出した平蜘蛛は贋物であったが、本物は密かに運び出されて、出家していた永種に渡されたと考えれば話の筋は通る。もしくは信長に叛旗を翻す前に、永種に預けていたのかも知れない。

また、松永弾正麾下の母衣衆や黒備衆が助左衛門の配下になっていたことも、納屋助左衛門が松永永種であるならば説明がつく。

三成が吐き出すように言う。

「いろいろと思うことはあるが、納屋助左衛門が松永永種であるという証は立てられぬ。しかし今回の平蜘蛛騒動がなぜ起こったのかはある程度わかるようになった」

今回の騒動は平蜘蛛から始まっている。

「おそらく納屋助左衛門――松永永種は御家再興を狙っているのではないだろうか」

「御家再興――」

「そうだ。信貴山で滅んだ松永家再興だ」

「御家再興――」

途方もない狙いだ。松永家の血を絶やさぬように、永種を外に出していた松永弾正は、いざというときには永種を当主として松永家再興をもくろんでいた、と三成は言うのだ。

下克上の戦国の世は実質終わっている。戦は日本ではなく海を隔てた朝鮮国で行われているだけなのだ。このような天下太平の世で、新たに大名家にのし上がるなど出来るはずがない。

「日本を再び戦乱の世に引き戻すことが納屋助左衛門の狙いではなかろうか。奴が商いで摑んだ財と、それに澳門のキリスト教会――イエズス会を後ろ盾とする力を合わせれば、大きな力となる。その力を使って、助左衛門自身が大名となり松永家再興を図るつもりなのではないか」

「いったいどうやって日本を戦国の世に――」

そこまで言って兵庫は気がついた。秀吉と秀次はすでに一触即発の状態である。これこそまさに助左衛門が望んでいた状態に他ならないだろう。このまま秀吉と秀次が激突すれば、日本は再び戦いの坩堝《るつぼ》に陥るかも知れない。

三成が拳を強く握っている。

「日本を再び戦国の世にしてはならぬ。なんとしても阻止せねばならぬのだ。松永弾正の亡霊に好き勝手にされては堪らぬ」

「納屋助左衛門はいま何処《どこ》に」

三成は黙って首を振った。そして「ここ十日ほど行方がわからぬ」とつけ加えた。ことが目論見通り進んだからには高みの見物をするということか。いや、この事態に尚もつけ込んで、各地の大名たちに対して、秀吉の名代として何事か焚きつけているかも知れない。

兵庫の思惑を断ち切るように、三成が尚も続けた。

「いまさら助左衛門をどうこうしたところで、事態は変わらぬ。太閤殿下と関白さまの諍《いさか》いなのだ。ここまでくれば、われらの思惑を超えて事態が動く。ことを収められるのは、太閤殿下と関白さまだけだ。たとえ内府どのが出てきたところで矛を収めるのは難しいであろう」

何のために三成が兵庫の屋敷を訪ねてきたのかがわかった。三成が兵庫をじっと見据えたのち、ゆっくりと口を開いた。

「安芸の毛利輝元どのから急ぎの使いが来た。早鞆瀬戸《はやとものせと》（関門海峡）沖に南蛮船が十隻も集結しているとのことであった。しかもその十隻は商船ではなく、舷側に何十もの砲を並べた軍船であるそうだ」

兵庫はかつて秀次から聞かされた信貴山落城時の秘話を思い出した。あの時も松永弾正の要請によってスペイン艦隊が日本に来ることになっていたという。そして西国のキリシタン大名らが松永弾正救援の為に手勢を出そうとしていたとも聞く。

三成が続ける。

「筑前の小早川隆景どのからも同様の報せが届いておる。もちろん両家には、南蛮船について決して口外せぬように言い含めてあるが……」

早鞆瀬戸沖の軍船があの時と同じく平蜘蛛を領する者の要請で来たとは考えられないだろうか。いや、このような事態に偶然などあろうはずがない。しかし、平蜘蛛を領する者とは……。脳裏に浮かぶのは一人の男だった。

やはり納屋助左衛門しかいない。納屋助左衛門は、平蜘蛛を大和屋に置く前に艦隊派遣を要請していたに違いない。

助左衛門の要請で日本に来た軍船であるならば、肩入れするのは秀次の方へだ。戦力で劣る秀次を援護することで秀吉との戦いを混沌へと導く算段なのだ。そしてその混乱に乗じて助左衛門——永種自身が武人として世に出るつもりではないか、と兵庫は読んだ。

三成が言う。

「関白さまに引いて頂くことはできぬか」

もう止まらぬだろう。納屋助左衛門の謀で陥れられている事態だ、と説明したところで「妄言である」の一言で退けられるだろう。清洲から多くの家臣が聚楽第に移動してきている。そして気勢を上げているのだ。いまさら容易なことでは止められぬ。

返事をしない兵庫にいらだってか、三成の顔面が紅潮している。

「舞どの、太閤殿下を甘く見られるな。太閤殿下は信長公でさえ成し得なかった天下統一を成し遂げた武将である。たとえ聚楽第に立て籠もろうとも決して勝てはせぬぞ」

兵庫は沈黙することで返事とした。三成が見つめてくる。兵庫も見つめ返した。互いに視線を逸らさぬまま対峙し合った。三成がふっと視線を外した。そして、次に視線を戻した時には、目に獣のような光をたたえていた。

「次は敵味方に分かれて相対《あいたい》することになりそうじゃ。その方の武辺をしかと見せて頂こう」

三成はすっと立ち上がった。

「見送りは致しませぬ」

黙って背を向けた三成は静かに部屋を出て行った。もう戻れぬところまで来てしまったようだ。


七月七日。

石田三成が聚楽第に姿を見せた。供は森九兵衛を一人連れているのみ。二人は騎乗のまま聚楽第に来た。先日の三成との会談内容はすべて秀次と六人衆に伝えてある。

異様だったのは二人とも鎧甲をしっかり着込んでいたことだ。門番が誰何したときも面頬さえとらなかった。

兵庫が門番から呼ばれて行ったことで、初めて三成と九兵衛であることがわかったのだ。

兵庫は三成が何を考えているのかわからなかった。

「斯様《かよう》な着込みで聚楽第に来られるとは……。いったいいかなる御所存でございますか。

御返答によっては、たとえ石田治部少輔さまであろうとも、通すわけには行きませぬ」

騎乗の三成の前面で、兵庫は両手を広げて行く手を阻止した。三成は大音声で言い放つ。

今まで一度も聞いたことがない、三成の武者声であった。

「絵図戦《えずいくさ》しにまいった。絵図戦にて、死活《しかつ》を判じられよ」

兵庫が戸惑っていると三成と九兵衛が下馬した。三成が面頬を外す。

「酔狂でこのような真似をしているのではない。関白さまにわしが来たことを伝え、侍大将らを集めよ。わしと、後に控えし九兵衛にて聚楽第を陥《おと》してみせよう」

三成と九兵衛は腰の物を外して差しだした。番兵がそれを受け取った。三成は右手で鉄扇を握るのみ。どのような意図あって聚楽第に来たのかはわからなかったが、どうやら三成らが本気であることだけはわかった。

兵庫は、三成と九兵衛を控えの間に通してから、伯耆ら各侍大将を集めた。兵庫がみなに三成の目的を話して聞かせた。

「絵図戦だと？」

大場土佐の素っ頓狂な声が響いた。

絵図を前にして策を練ることはあるが、絵図で戦するなどとは聞いたことがない。しかもこれから戦が始まるかもしれぬという一触即発の現状を鑑みれば、手の内を曝《さら》すようなことは出来ぬ。童の遊びではないのだ。誰が本当の策を見せるというのか。三成の意図するところがさっぱりわからない。

高野越中が兵庫に尋ねた。

「関白さまは何と言っておられるのだ」

兵庫にも解せぬことだったが、秀次は三成の申し出を即座に受け入れた。そして小姓を呼びつけて秀次も鎧甲を着け始めた。

伯耆らは、兵庫の説明を聞いて互いに顔を見合わせた。

「関白さまがお呼びでございます。各々、書院隣の広間にご参集あれとの仰せでございます」

広間中央には縦横一間(一・八m)ある高机が置かれていた。そして高机を挟んで床几がそれぞれ二脚置かれていた。

すでに三成は着席している。そしてその後ろに九兵衛が控えていた。九兵衛は兵庫らに目礼せず、目を瞑ったまま仁王立ちしていた。

高机には洛中の絵地図が広げられていた。

「関白さまがおなりでございます」

小姓の声が響いた。いよいよ絵図戦が始まる。

兵庫もどのようなものか知らぬ絵図戦を、三成と秀次の二人が行う不思議を感じる。だが、三成も秀次も真剣であることはその目でわかった。血走った目はまさしく戦場のもの。兵庫らは秀次の後ろに控えた。秀次の左手におかしな動きは見られなかった。

口火を切ったのは三成であった。

「わしは手勢一千を引き連れ鳥羽作道を北上致す」

秀次は黙ったまま。後に控える兵庫ら侍大将が策を述べよということか。大場土佐が秀次方の口火を切った。

「東寺口を始め、各口を封鎖し、聚楽第へ籠城致す。橋を切り落とし、聚楽第にて天下に朝鮮国攻めの非を訴えましょうぞ」

三成が黙り込んだ。

――三成はいったい何がやりたいのだ。いざ戦が始まれば秀次方が籠城戦を選ぶであろうことは自明の理。というか、それしか策がないではないか……。

三成が重々しく口を開く。

「われらは各口から蟻の子一匹逃げ出せぬように致す。いずれ、太閤殿下の号令で、全国の大名が馳せ参じましょうが、いや、一万の軍勢で十分。なんなら我が石田勢のみでお相手つかまつってもよろしい」

「治部少控えろ。関白さまを愚弄致すつもりか」

伯耆がいきりたって前に進み出て、図面の載る高机を右手で叩いた。

三成は伯耆に冷ややかな一瞥をくれたのみ。九兵衛も後ろに控えたまま微動だにしていない。三成らの自信がどこから湧いてくるのかがわからない。三成が鉄扇を持ち上げて、伯耆の顔に向けた。

「これは絵図戦と申したはず。大声をあげずに、われらの攻めを受ける策を述べられればよい。それとも、たかが二千ほどの寡勢では、聚楽第に立て籠もる以外の策はござらぬのか。まあ、他に策があったとしても、せいぜい聚楽第へと帝に遷座いただくことで、楯代わりにするくらいのものであろうな」

一瞬、座が静まった。まずい。今度は兵庫が大声を発した。

「治部少、言葉が過ぎるぞ。関白さまは帝を後見致す立場ぞ。治部少ごときが口出し致すことにあらず」

三成は平然としたもの。今度は鉄扇の地紙《じがみ》を持って要《かなめ》を兵庫に向けた。そしてそのまま兵庫の額に狙いをつけた。まるで鉄砲で狙撃されたような殺気を感じた。

「わしを罵倒するのはよいが、少しは策を述べられてはどうか？　関白さま方に隠さねばならぬ策などないはず。世の東西を問わず、寡勢が大軍を相手するには要害の地に籠もって、援軍を待つ以外に策などあろうはずがない」

確かに三成が言う通りだ。だが、平蜘蛛——聖杯を所持し日本におけるキリシタンの総大将たる立場の秀次が容易に孤立するとは思えなかった。信仰に基づく戦の凄惨さは、長年にわたる本願寺との戦で三成も承知しているはず。信仰を同じくする者たちが立ち上がれば、稲穂広がる田地《でんち》が伏兵が潜む地獄となるだろう。具足をつけぬ者たちが敵として襲いかかってくる恐怖は相当なものだ。あの信長でさえ、容易に本願寺を抜けなかったのだ。

兵庫は意を強くして言った。

「関白秀次さまの旗印の下、馳せ参じる援軍が来れば太閤軍の方が挟撃されることになろう。洛中総構の外は守りに適した地形ではない」

「守る必要などござらぬ」

——守る必要がないとは……。

秀次方は、また黙り込んでしまった。

三成は、何か考えがあって絵図戦をしかけているはず。そして、たとえ絵図の上だけのことであっても戦であるならば勝たねばならないはずだ。

三成が悲しそうな目で、しばし秀次を見つめた。哀れむのとは違い、同情するのとも違う。ただ、無念の思いを内に秘めた目だった。

鉄扇がゆっくり動く。そして鉄扇の要が絵図のある地点を三つ指した。三成は顔を伏せたまま、じっと自分で指した場所を見つめていた。三成が指したのは三つの川だった。鴨川、尺八池から流れ込む若狭川、そして紙屋川であった。

それから三成は、京都の北外れの通りである大徳寺通へと鉄扇の要を動かした。大徳寺通の北側には土居が築かれており、その向こうは総堀となっていた。総堀の西に長坂口があった。

三成が長坂口へと鉄扇の要を動かして止めた。そしてゆっくり顔をあげた。

「備中高松城を憶えておいでか」

天正十（一五八二）年。織田信長の命を受けた秀吉が、毛利氏麾下の清水宗治が守る備中高松城を水攻めして落とした。

その時行った水攻めは、梅雨時を利用して高松城を囲む堤を作って川の水を流し込んで人工の湖を作り、高松城を水中に孤立させる方法がとられた。

外部の援軍が高松城を救出するには堤を破壊せねばならなかった。また、堤を破壊すればそこから水が噴出し、壊した側に大損害が出る。損害を嫌って堤を壊す人員を減らせば、秀吉軍の餌食となって壊滅させられただろう。その間、城中の食料は減り飢餓地獄が訪れた。

兵庫らも高松城攻めには参陣していた。水攻めの過酷さはよく知っていた。水攻めされるのを防ぐには、敵方に堤を作らせぬようにするしかなかった。

三成がゆっくりと言葉を放つ。

「太閤殿下は城造りの名人である。その太閤殿下が直々に腕を振るって縄張りと普請を行った聚楽第である。抜かりあるはずがない」

兵庫の背筋に冷や汗が流れる。それは他の者も同じだろう。誰も一言も発しなかった。三成の自信の源がわかったのだ。洛中を囲繞していた土居は、総構という名の堤だったのだ。

聚楽第は難攻不落の城などでなかった。守備するにはあまりに不適切な城だった。おそらく秀吉のことだ、改めて大工事せずとも各川の水を洛中に流し込めるような細工を、堀や土居に仕掛けているに違いない。

秀次が声を震わせながら言う。

「すでに、聚楽第は落城しているに等しいということか……。だが、長坂口だけならいかようにも出来……」

最後まで言葉が出なかった。秀次もわかっているのだ。用心深い秀吉が細工するのが、長坂口だけのはずがないことを。

「洛中は平安の昔から、左京（東側）から右京（西側）へ傾斜させて町が作られている。そして西側には出入り口がなく分厚い土居がある。市中に流れ込んだ水は右京の土居で止まり、その嵩《かさ》を上げていく」

そう言うと、三成は鉄扇を引いた。三成の目に強い光はない。

「干戈《かんか》を交える必要はないのです。太閤殿下は、洛中と関白職をお渡しするとき、万が一に備えて仕掛けをしておかれたのです。それが洛中総構です。太閤殿下は用心深き御方さまです。たとえ甥にあたる関白さまであっても油断されずに、総構を作り上げてから京の都を出ていかれたのです。名目は洛中の守りを固めるためとしておりますが、実際には、聚楽第をいつでも水攻めできるようにしてあったのです」

秀次がうなだれて肩を落とした。洛中――聚楽第はすでに数万、いや十数万の軍勢に囲繞されているに等しいのだ。

「治部少どの……、わたしは、如何すればよいのか……」

絵図戦で完敗した。いや、本当の戦で完敗したのだ。

「太閤殿下は、関白さまが自ら伏見に出頭してくることを望んでおられます。そうされるべきかと……」

伯耆が慌てて割って入った。

「石田さまお待ち下さい。それではまるで太閤殿下から処罰を受けるために伏見へ行けと言っておられるように聞こえますが……」

もう三成を呼び捨てにする者はいない。秀次方は負けたのだ。

「いかなる処罰を受けられようとも、それが天下安寧を守るためなら致し方ありますまい。

それとも、関白さまは洛中を水底に沈めても、太閤殿下と徹底的に戦われるおつもりか？　そして納屋助左衛門ごときの策にはめられたいのでございますか。関白さまが意地を張られれば、それは、納屋助左衛門を利するだけのことでございます。どうか、どうか御英断いただきとう存じます。この日本と豊臣家を救うためであると思し召し下さいませ」

牧野が弱々しく声を発した。

「しかし……、まだ太閤殿下とは干戈を交えたわけでは……。処罰されずとも……」

「清洲から二千もの兵を聚楽第に入れ、太閤殿下から付けられた家老田中吉政どのの家臣を排除されておられる。まるで戦の準備ではござらぬか」

伯耆が哀願するかのような口調になった。

「しかし実際には……」

三成は発言した伯耆ではなく秀次を見据えた。

「清洲から引き入れた兵のことだけではござらぬ。昨今、洛中において治安がすこぶる悪くなっておりますことも、太閤殿下は危惧されておられます」

辻斬りのこととは言わなかったが、それ以外の理由であろうはずがない。しかし、辻斬りは、納屋助左衛門が首謀者であることは三成も知っているはず。

「関白さま……、なぜ自重されなかったのでございますか……。豊臣家には、関白さまが必要であることを、なぜ信じられませなんだ……」

三成の目が光っていた。それは悲しみを湛えた光だった。その光がゆっくりと三成の頬を伝った。

「治部少どの……」

秀次は事態がもう戻れぬところまで来たことを知った。同時に、兵庫らにもわかった。平蜘蛛伝説を信じ、その力を頼れば道は切り開けると思っていたことは間違いだった。

「関白さま、太閤殿下は拾丸さまのことを含んだ豊臣家の後事《こうじ》を託せるのは関白さまだけと思っておられました。しかし太閤殿下御自身も関白さまを……、信じ切ることができなかった……」

三成がなおも言う。

「洛中総構を作ってはみたものの、実際に水攻めの為に使う日が来ることを望んではおられませなんだ……」

誰も何も言えなかった。しばし沈黙が流れた。その沈黙を打ち破ったのは、鉄扇を掌に打ちつける音だった。三成は何度も鉄扇を自身の左の掌に打ちつけた。まるで、自身の不甲斐なさを叱咤するかのように。

「豊臣家の行く末は、この治部少が命に代えてもお護り致します。今回の騒動を引き起こした陰の張本人である納屋助左衛門も、いずれ必ず処罰致します。関白さま、どうか伏見へ御出頭くださいませ」

　三成は床几から降りるなり土下座した。森九兵衛も三成に続いて土下座した。九兵衛は頭を床につけるとき、兜ごと床に打ちつけた。

「治部少どの……」

　いつまでも三成と九兵衛は姿勢を変えなかった。ただならぬ雰囲気を察した高野越中が叱えた。

「関白さま、伏見に行ってはなりませぬ。世嗣が生まれた今となっては、太閤はたとえ御身内といえど容赦致しませぬぞ」

　秀次が伏見に行くということは、それすなわち、腹を切りに行くということだ。三成もそれがわかっているゆえ土下座している。

　三成は秀次に、天下安寧のために死ねと言っている。

「治部少どの、面をあげられよ」

「関白さまが伏見行きを御領解《ごりょうげ》されぬ限り、この場を一歩も動きませせぬ。もし、どうあっても伏見に行かれぬとあらば、この三成をお斬り下さいませ」

「治部少どの、その方の覚悟は承知しておる。承知した上で、面を上げよと申しているのだ。そのような格好をされていたのでは話しにくい」

「殿――」

　声をあげて秀次を制しようとした伯耆を、秀次が手で制した。

「治部少どの、二つ頼みがある。聞き入れてくれるか」

三成が面をあげて、「関白さまの頼み、この治部少が命に代えても果たします」と言った。頼みの内容を聞かずに了承するということは、まさに命をかけてでも受け入れるということだ。

「一つは、聚楽第にいる兵を逃がしたいのだ。すでに勝敗は決したのだ。連座させられるは、我が身内だけで十分である」

「承知致しました。御身内以外に累が及ばぬようにいたします。関白さま、もう一つの頼みとは」

「ここにいる舞兵庫や大山伯耆ら六名を石田どのの家臣にしていただきたい」

――どういうことだ……？

兵庫は、たとえ絵図戦であろうとも、負ければ腹をかっ捌く覚悟はできていた。しかし秀次は兵庫らを三成の家臣にしてくれるように頼んでいる……。

「治部少どのの、この国と豊臣家を思う気持ちに偽りはないようだ。であるならば、この者たちを使ってやってくれ。この者たちは命懸けでわしに仕えてくれし者たちだ。治部少どのには優れた家臣が多かろうが、この者たちも決して引けを取らぬ」

大場土佐らが一斉に声をあげた。

「われらは、関白さまと共に――」

「黙れ」

今まで一度も聞いたことがない秀次の怒声であった。秀次は大場らを順番に見据えた。秀次の目には、すでに命を捨てた者のみが持つ、凄みある眼光があった。

「治部少どのには御頼みしておるが、その方らには命じておる。以後、治部少どのの麾下に入り命に従え」

秀次は続ける。その姿は威風堂々としたまさに武将のものだった。左手もまったく動いていない。

「治部少どの、太閤殿下と拾丸さまのまわりには納屋助左衛門のような魑魅魍魎のごとき者も出入りしておる。豊臣家の行く末は、偏に治部少どのにかかっておる。いずれ、必ずまた天下動乱の時がくるであろう。その時は、わしの代わりにこれら六名の者たちを使ってくれ。必ず役に立つはず。この者たちはわしの化身として豊臣家と日本のために働くであろう。この六名は聖杯の平蜘蛛にあらず。家守としての平蜘蛛となろうぞ」

誰も一言も発しなくなった。

秀次は、最後の茶会を行うゆえ、三成らにも出席してくれるように促した。三成らは快く招待を受けた。

最後の茶会が二席開かれた。一席目は、秀次の身内らが招待された。二席目は兵庫ら六名と三成と九兵衛が呼ばれた。

秀次の点前で茶事は粛々と進む。

あらためて聖杯に茶が入れられた。

誰も一言も発しないまま刻《とき》ばかりがすぎていく。いつの間にか降り出した驟雨《しゅうう》が聚楽第の瓦を叩く。茶席の空気がすこし涼しげに感じられた。雨音がやみ、障子越しの陽の光が茶席へと差し込んでくる。その光が秀次と聖杯を照らした。

蜘蛛型の杯置きの腹の銀がきらきらと光った。

そのとき、聖杯がわずかばかり動いたような気がした。兵庫は目の錯覚と、目頭を押さえた。もう一度目を凝らすと、聖杯はさきほどと変わらずにそこにいた。

陽の光はますます強くなり蟬が鳴き始めた。市中では雨宿りしていた人々も動き始めただろう。いつもと変わらぬ洛中であるはず。

秀次が立ち上がった。

「治部少どの、そろそろ参ろうか」

第七章　関ヶ原

慶長三（一五九八）年の夏。そこは蟬の声が領していた。

舞兵庫は編笠を右手で上げ、杉木立の先の夏空を見上げると、また石段を登り始めていた。

愛宕神社社殿へと向かう石段である。この暑い盛りにもかかわらず、参詣客は多い。その人混みに紛れながら兵庫は石段を登る。木造の門を越え、社殿へと向かう。社殿左側三十間（約五十四m）ほどの場所で、鎌を手にして草取りをしている老人がいた。野良袴を穿き、腰を屈めて一心に鎌を草の根もとに差し込んでいる。

手拭いでほっかむりした老人の顔は見えない。うなじの白髪で老人と知れるだけであった。

兵庫は社殿へ向かわずに老人へと静かに寄っていく。

「納屋助左衛門――松永永種だな」

兵庫の言葉に老人の動きが止まる。老人はまるで固まったかのように動かない。おそらく逃げ出す隙を窺っているのだろう。

老人の左側の藪から複数の足音が聞こえてきた。藪から出てきたのは大山伯耆らだった。兵庫らは納屋助左衛門の動きを追い続けていた。迂闊な手出しをすれば三成に迷惑がかかる。ゆえに、じっと機を窺っていたのだ。

そしてとうとうその機が来たのだ。

納屋助左衛門はあまりに華美な生活を好んだために、秀吉から身分をわきまえずに贅を尽くしすぎるとして邸宅没収の処分を受けることになったのだ。しかしそれを事前に察知した納屋助左衛門は身を隠した。

だが兵庫は、納屋助左衛門が隠れそうな場所を事前に摑んでいた。

里村紹巴は、松永永種が愛宕百韻《あたごひゃくいん》に参加していた、と言っていた。その頃、すでに松永家は滅んでいる。しかも松永永種は、歌を詠んでいないとも語った。となれば愛宕神社と松永家は何らかの関わりがあるということになる。

おそらく愛宕神社になんらかの寄進をしたことがあるなどしての縁があったのだろうと推測していた。

兵庫らは納屋助左衛門――永種が姿を消してからも国内に潜んでいるとあたりをつけていた。永種が御家再興を目指す限り、日本国内から去るとは考えられなかった。

平蜘蛛が三成の手に渡ったことを知りながらも、その事に何ら手を打とうとしなかった永種の思惑がわかるような気がする。秀次亡き後、国内に擾乱をもたらす者として三成を選んでいるとしか思えない。

「声をあげてもかまわぬぞ」

永種は、兵庫に背を向けたまま俯いている。覚悟を決めているのだろうか。いや、永種の姿は何か良からぬことを考えて機を窺っているようにも思える。

しかし騒ぎが起こったとて何ほどのこともない。

納屋助左衛門——松永永種をぶった斬るだけだ。

「わしを謀り家族を見殺しにした責めを、松永弾正に代わって負うてもらうぞ」

兵庫はずいと一歩踏み出した。

とその時、不意に永種が兵庫の方へ振り向いた。

「くっくっ」

永種が顔を歪めて嫌な笑い方をする。

「密かにわたしを探り当てたつもりか？」

「なに！」

「誘われたとは、思わなかったのか？　愚か者めが！」

永種がゆらりと立ち上がった。と同時に四方から気配がする。

——いつの間に……。

囲まれているのはわれらの方ということか。

「舞どの、気を取られるな。舞どのは納屋助左衛門を頼む。他の者はわれらが相手する」

伯耆の声であった。

新手の敵が何人いるのかはわからないが、ここは任せるしかない。

永種がスッと袂から短銃を取り出した。すでに火縄には火がついている。見れば周りもすべて鉄砲で武装している。

「卑怯な……」

「ふん」

永種が鼻で笑う。そして続けた。

「おまえたちにいつまでも嗅ぎ回られては迷惑だ。愚か者の治部少もいつまでもわしのことを目の仇にしよって。始末を付けることにしたのだ」

「しゃがめ」

大場土佐の声と同時に、兵庫らはその場にしゃがみ込んだ。

すさまじい発砲音が響く。

全身から血を噴き出す永種がいた。おそらく四方でも同じことが起こったに違いない。

参道の方から鉄砲隊を引き連れた三成が歩いてきた。永種はもう虫の息である。伯耆らも返り血を浴びている。

「おまえたち……、み……」

永種が何か言おうとした。

「太閤殿下の命に従わぬ謀反人を討ち取れ」

三成の言葉に兵庫は頷く。

永種の肩口に太刀を叩きつけた。永種は斬られながらも兵庫を睨みつけてきた。続けて伯者は脳天に太刀を叩きつけた。永種はくぐもった声をあげるのみ。そして大場土佐らも次々に永種に太刀を叩きつけていった。

永種はなすがままに斬られていく。そして薄笑いを浮かべながら絶命した。他の永種一味は三成の配下がとどめを刺している。

絶命した永種の野良袴を剝ぎ取った。その右太腿には野犬に嚙まれた傷跡が残っていた。

兵庫は三成に目を向ける。

「やはり——」

三成は黙って頷いた。兵庫は三成に尋ねる。

「永種の動きを見張っていたのですか？」

「いや、その方らの動きを見ていたのだ」

三成はそういうと兵庫らに背を向けて歩き出した。

◇

ガブリエル司祭はソウエキとヒサヒデを見送った二日後、澳門の町を出て岬へ行き、心中で祈りを捧げた。

「主よ、罪深きわれをゆるしたまえ。主の名を利用したことをゆるしたまえ」

聖杯は半年前にゴアからの船で届いた。持ち込んだのはポルトガル商人であった。

「これは最後の晩餐で使われた聖杯です。エルサレムの遺跡で発掘されたようです。ぜひ教会で買い取ってほしい」

よく持ち込まれる話だった。最後の晩餐で使われた聖杯が現存しているとの噂は絶えず、詐欺師が教会にそれらしき物を持ち込むこと、度々であった。

ポルトガル商人はペルシア商人から買ったと言っていた。なんでも聖杯を手に入れたペルシア商人はイスラム教徒ゆえ、聖杯を持っているわけにはいかぬから、ぜひ買い取ってほしいと言ってきたそうだ。ポルトガル商人は破格の値でペルシア商人から買ったと言っていたが嘘であろう。

もちろん由来のはっきりしない物を聖杯として崇めるような愚か者はどこの教会にもいない。そして聖杯の真贋を見極めるなどということは、ローマに持ち込んで大学者らに鑑定させねば不可能である。ましてやガブリエル司祭ごとき、一教区の司祭が判別するなどという愚なことをするつもりもなかった。

——だが……。

あまりにも心惹かれる杯であった。

ポルトガル商人が聖杯と呼ぶそれは、土を焼いて釉薬をかけただけの粗末な杯であった。そしてその杯は飲み口が広く、足は低かった。それが鉄と銀で出来た蜘蛛型の台に載っていた。蜘蛛——アラーネアは神に祝福されし生き物。聖杯はその背に乗って運ばれてきたように感じた。

土と鉄、それとわずかな銀で出来ているそれに、心惹かれた。

「いくらだ？」

気がつくとガブリエル司祭はポルトガル商人にそう聞いていた。ポルトガル商人は高値を提示したが、ガブリエル司祭はすぐに言われた金額を払うことにした。教会の金庫にはそのくらいの金額はあった。

その金額——五〇〇〇ドゥカード。

ガブリエル司祭が聖杯を手に入れたらしいとの噂が澳門を駆け巡った。ガブリエル司祭も最初は笑い話の類として、ポルトガル商人から聖杯と台を買ったことを話していたのだ。そして頼まれればそれを見せてやってもいた。

だが、やがてその話に尾ひれがつくようになったのだ。ガブリエル司祭は慌てて、「あれは聖杯ではない。ただの杯だ。葡萄酒を入れる為に購《あがな》っただけだ」と何度も強く噂を否定したのだ。だが、そのことでかえって、「あれはやはり本物らしい。たかが葡萄酒入れに五〇〇〇ドゥカードも支払う馬鹿はいない。小船なら一艘分の船荷代ではないか」と言われ始めた。

杯と台が土と鉄、それにわずかの銀で出来ていたことも、噂の信憑性を高める基となった。あの時代にイエスが持っていた杯が高価な物であるはずがないと思われたのだ。

「主なるイエスがお使いになった杯はあのように粗末なものだったに違いない。主は我等と共におられるのだから」

人々はイエスの徳をますます讃えた。

ガブリエル司祭は、噂を鎮める為に、以後その杯と台とを誰かに見せることはなかった。しかし、そのこともまた憶測を呼ぶ。

「やはりあれは聖杯だったのだ。ゆえに隠しているのだ」

すでに噂は一人歩きし始めていた。

そんなときにヒサヒデとソウエキが二年前の返事をするために澳門へ来るとの連絡を受けた。あの者たちは茶の湯に使う器を殊に大事にしていた。

茶の湯をキリスト教伝搬に役立てるのは、われながら良き考えだったと思う。日本への布教のためなら五〇〇〇ドゥカードも惜しくはない。

ガブリエル司祭は一人頷いた。

何としても主への信仰心を日本人の心の内側に根付かせる必要があるのだ。そのためなら澳門のイエズス会の金庫を空《から》にしてもかまわぬ。いや金だけではない。艦隊とて送り込むべきなのだ。いくら金がかかっても、日本がキリスト教国となればいくらでも回収できる。いや、ローマへ莫大《た》な布教資金を送ることだって出来るはず。日本という国はそれほど優秀で、技術に長けた国であるのだ。ポルトガル人から鉄砲が伝えられて数十年しか経っていないのに、すでに日本にはスペインよりも多くの鉄砲があるというではないか。

何としてもあの国をわれわれと同じ信仰の国にしたい。そのためには……。

——この杯と台をわれらからの使いとしてあの二人に与えよう。

そしてその折に、聖杯とは何かを教えてやるのだ。そうすることが日本におけるキリスト教布教に役立つと考えたのだ。日本にキリスト教を根付かせる為には、なんでもするべきだと考えていた。

あの二人を権威づけるには言葉だけでは駄目だ。何か実体あるものが必要である。

愚か者たちは形を見ねば想像することさえ出来ない。しかし自分の目で実際に見た物、自分で下した判断は盲信する。ようは自分だけが本当のことを知っている、と思わせておけばよいのだ。

ガブリエル司祭は、二人に杯と台の入った木箱を渡して厳《おごそ》かに告げた。

「これは七世紀にガリアの国の僧が聖地を巡る旅に出たおり、エルサレム近くの教会で見つけた杯です。杯は土で出来ており、一本の足の上に乗っています。これは世に聖杯と呼ばれている物で、主なるイエスが処刑される前夜の最後の晩餐において、杯を取って「私の血です」、と弟子たちに葡萄酒を飲ませたものと言われています。その後行方が分からなくなっていたのですが、ベネチアの商人であるマルコ・ポーロが旅の途中に見つけ、この澳門の地に隠し置いていたのをわれわれが見つけ出しました。聖杯には大いなる力があると信じられています」

ガブリエル司祭はその上で、ジェロニモと従者の若者トーレスを使って、澳門にある噂を流した。それはあの杯は本物の聖杯であり、ローマのイエズス会本部からの極秘任務の為に、あの二人に渡されたというものだった。

二人の感嘆する声がまだ耳に残っている。

「主よ、わたしは嘘を吐《つ》いてしまいました――」

ガブリエル司祭は自分の創作を話して聞かせたのだった。

澳門から訳のわからぬ聖杯の噂が消え、信徒の拡大に苦労する日本で、その効果を発揮するならば、嘘にも意味があると思えたのだ。しかし渡してしまって後、ひどい寂寥感におそわれた。ガブリエル司祭は、その感情は、自分が嘘を吐いて二人を騙したことから来るものだと思った。

イエズス会本部が教線拡大の為に茶の湯を使う指示を出したことや、あの二人への支援を惜しまないとの指示を出したことは本当だが、それだけでは人は動かない。あの二人へ何かしらの権威を持たせる必要があった。それがあの聖杯だった。

その頃。ローマからの船が澳門にたどり着くことも随分減っていた。途中にイギリス船が待ち構えていたからだ。

まもなく岬の先に日が沈む。美しい景色だった。この景色を見るたびに、ガブリエル司祭は澳門に来て良かったと思う。

ガブリエル司祭は岬の突端へと進み、沈み行く夕日を見つめ続けた。

◇

昨夜からの雨は霧へと変わった。吶喊《とっかん》の声と銃声が各所でする。雨でぬかるんだ関ヶ原の地を蹄が蹂躙《じゅうりん》していく。

徳川家康率いる東軍八万五千と石田三成を中心とする西軍七万五千、総勢十六万人以上の軍勢が関ヶ原の地で激突していた。朝方始まった戦闘は、二刻(四時間)が過ぎても決着がつかなかった。しかし西軍七万五千の内、まともに戦闘を行っているのは宇喜多秀家軍、石田三成軍、小西行長軍、大谷刑部軍の総勢三万程度であった。だが西軍は、その三万程度の軍勢で東軍を追い込んでいた。西軍の他の者たち、小早川秀秋軍らは日和見《ひよりみ》して動かない。雌雄を決せるのはまだと見ているのだ。

兵庫のまわりには〝大一大万大吉〟と染め抜かれた白旗が立てられていた。そして、向こうには一本杉の馬印と丸十の旗が見える。戦国最強をうたわれた島津惟新入道率いる薩摩軍であった。まだ薩摩軍は動く気配を見せていない。矢の陣のまま、ただそこに布陣しているのみ。

兵庫は石田三成の本陣へ呼ばれた。そこで、密かに迂回して家康本陣を突く計画を聞かされた。今なら手薄になっている家康本陣を突ける、と三成は判断しているようだった。

石田三成軍の編成は四段構えである。第一段が島左近《しまさこん》と蒲生郷舎《がもうさといえ》、第二段が舞兵庫と高野越中、それに森九兵衛。そして第三段が大山伯耆、大場土佐であった。第四段目に牧野成里が布陣している。秀次の家臣だった兵庫らは、いまは三成麾下として関ヶ原に布陣している。

戦場では、島左近ら石田勢が東軍の黒田長政と細川忠興へと波状攻撃をかけこれをよく撃破した。また別所では西軍である宇喜多秀家勢による攻撃で福島正則軍は壊滅的な打撃を受けていた。

勇猛に戦っている西軍は少ないとはいえ、三成が関ヶ原の地に大兵力を集めることが出来たのは平蜘蛛――聖杯の力によるものと言っても過言ではなかった。

秀次は聚楽第を去り高野山へと送られて切腹を申しつけられた。秀次の血を継ぐ者たちもすべて鴨の河原で斬首された。ただし、平蜘蛛――聖杯は石田三成へと渡されていたのだ。

三成は、秀吉亡き後、徳川家康から圧迫を受けていた豊臣家を護るために平蜘蛛の力を使って乾坤一擲《けんこんいってき》の賭けに出た。反家康勢力を結集して雌雄を決しようと図ったのだ。

本来なら豊臣政権の一奉行にすぎない三成には反徳川軍を糾合する力はなかった。だが、その力不足を補ったのが聖杯――平蜘蛛だった。

秀次と秀吉の暗闘時、早鞆瀬戸沖に十隻もの南蛮の軍船があらわれたと秀吉に知らせたのは毛利輝元であった。その時、平蜘蛛の力の一端を見せられていた輝元は、自身はキリシタンでもないのに三成方となり大坂城にいる。もちろん、戦国の世を生き抜いた古狸ゆえ中立を気取っているようだが……。

また小早川秀秋も養父の隆景から南蛮の軍船のことを聞き及んでいたようだ。それによって小早川秀秋も西軍に与した。しかし秀秋は、平蜘蛛――聖杯の力について懐疑的に感じる部分もあるようで、徳川家康率いる東軍に内通しているとの噂もあった。

キリシタン大名として名を馳せた小西行長も平蜘蛛を持つ者の意味を知っており三成方

についた。また、キリシタン大名として有名であった、今は亡き蒲生氏郷の残された家臣団の多くも三成の麾下へと入った。加賀の前田家はどちらへも加勢しない中立を守っている。キリシタン大名の中には黒田官兵衛のように東軍に味方している者もいる。ただしこれは三成の配する伏兵であるとの噂もあった。

加藤清正や福島正則ら秀吉子飼いの大名たちが徳川家康に次々と味方していく中で、三成方にはどれほども与しまいと思われていたことを平蜘蛛の力で覆したのだ。

しかし、平蜘蛛の力をもってしても日和見を決め込む小早川秀秋らを動かすに至らない。

それは織部正のせいでもあった。秀次失脚後、平蜘蛛を我が物にせんと織部正は三成と秀吉に働きかけたが失敗していた。平蜘蛛のような大きな力を持つ物を、ただの茶器として扱わせる阿呆などいない。

平蜘蛛が我が物にならぬと覚悟した織部正は、反三成派となった。そして平蜘蛛にはキリシタン頭領としての意味などなくただの茶器にすぎぬ。それを千利休から聞いていると触れてまわった。三成に騙されるなと続けてだ。

そのことで、懐疑心を持つ大名も増えたと三成は見なしていた。

——げにおそろしきは妬みか……。

「第一段島さま、黒田軍へ右翼から再度突入いたしましてございます」

兵庫は、使番の塩辛声で現世に引き戻された。

疲労のあまり考えがどこかへと飛んでいっていたようだ。兵庫は目をしばたたかせて面頬の上から頬を叩いた。

眼前の三成は床几に腰掛けている。傍らには蜘蛛型の杯置きに載せた聖杯があった。平蜘蛛である。

島左近が黒田長政軍へと突入するのは何度目であろうか。五度、いや六度目かもしれない。兵庫も細川忠興軍へ五度の突入を果たしている。繰り返し押し寄せる波のように、何度も東軍の主力へと突入を繰り返してきたのだ。時に、敗走と見せかけて細川軍を釣り上げて自陣へ戻り、包み込んで壊滅寸前にまで追い込んだこともあった。以後警戒した細川軍と黒田長政軍は、追撃をしなくなった。

東軍が冷静になってくれれば、西軍の動きに翳りが出始めたことに気づくはず。いや、すでに気づいているのか。

日が中天高く昇るにつれ西軍の動きが鈍くなり始めた。

東軍が、松尾山に布陣する小早川秀秋へと攻撃をかけた。これを合図とするかのように、松尾山の山上から小早川軍が雪崩《なだれ》をうって麓の西軍大谷刑部の陣へと殺到した。

「小早川中納言さま、寝返り」

使番の逼迫した声が石田陣へと届いた。三成の表情が曇る。どうやら家康本陣を突くどころではなくなったようだ。

三成は鉄扇をせわしなく膝に打ちつけながら、それでも表情を殺して床几に座り続けた。兵庫は三成から別の下知があるかも知れぬと思い、その場にいた。

そこへ、別の使番が駆け込んできた。

「大谷さま、討死」

この時ばかりは三成も思わず「なに」と声を発し、床几から腰を浮かしかけた。島津が西の鬼神なら、大谷刑部は東の闘神と称されていた男である。そして此度の決戦では、利害に関係なく三成の味方をしてくれていた盟友でもあったのだ。

続けてまた使番が駆け込んできた。

「島さま、被弾されて落馬。黒田軍のまっただ中で孤立しております」

兵庫は素早く三成の御前から立ち去ろうとした。

島左近救援に向かわねばならない。いや、救援できぬとわかっているが、小早川秀秋の裏切りによって、一気に崩れ去った西軍の勝機を再度摑みなおすためには、決死の覚悟で敵中に乗り込んでいくしかないのだ。ここで傷を負った島左近を敵中に残せば、西軍の士気は一気に下がる。

「待て」

兵庫の背に三成が声をかけた。そして三成は兵庫を見据えながら言った。

「島を救出に行くのだな」

兵庫は黙って頷く。

「平蜘蛛を持って行け」

一瞬、聞き違えたかと思った。三成がなおも言葉を重ねる。

「平蜘蛛を持って行け。平蜘蛛を箱に入れ炸薬を詰めて敵陣に放り込むのだ」

兵庫は何と言って良いかわからず、三成を凝視した。

「これを拾丸さまにお渡しするわけにはいかぬ……」

――どういうことだ……。内府に渡すなと言うのならわかるのだが……。

もし平蜘蛛――聖杯が家康の手に渡れば、大坂城の秀頼に再起の目はなくなる。ことこの期《ご》に及んでは、平蜘蛛を家康に渡すわけには行かぬはずだ。三成はそう言う意味で平蜘蛛に炸薬を詰めて敵陣に放り込めと言ったのではないのか……。

しかし三成は秀頼に渡せぬと言う。

「わたしは関白さまと同じ轍を踏んだ」

三成はなおも言葉を紡ぐ。

「平蜘蛛がイエズス会の日本における頭領の印だとしても、それは他人の力に頼った虚仮《こけ》の権門《けんもん》でしかない。太閤殿下はそのことをよくわかっておいでであったのだ。そしてその虚仮の権門に頼りすぎた者達の末路がどうなるかも知っておられた」

いまなら、そのことは兵庫もわかる。そして新兵衛も言っていたではないか。平蜘蛛に関わりし者はみな死ぬと。

三成が自嘲するかのように唇を歪めた。

「平蜘蛛に頼りすぎたわたしの末路がどうなるのか、もうおまえもわかっているはずだ。拾丸さまにその轍を踏ませるわけにはいかぬ」

平蜘蛛の力に頼れば、その力が大きいがゆえに敗北もまた手酷いということなのか……。

「始末をつけねばならぬ」

兵庫は頭を垂れた。

三成は負けを覚悟したのだ。そして兵庫自身も生きてこの戦場を出られぬことをはっきりと悟った。

「森九兵衛さま、討死」

使番から入ってくる報せは、すでに趨勢が完全に変わったことを知らせるものばかりだった。三成は小姓を呼ぶと、平蜘蛛——聖杯を箱に入れて炸薬を詰め、火縄をつけろと命じた。

兵庫は準備ができるまでの時を利用して、かねてより感じていた疑問を三成に尋ねる気になった。それは、それまで自分の胸にずっとしまい込んでいた疑問である。しかし、すでに死を覚悟したこの状況ならば、話しても良い気がした。

「殿、一つお尋ね致したき儀がございます」

三成が訝しげな目を兵庫に向けた。だが何も言わない。

「殿はかつて聚楽第に、手の者を入れておられました」

「何のことだ」

「森どの以外にも、もう一人手の者を入れておられたのではありませんか」

これはかねてより気づいていたことだ。兵庫は言葉を繋ぐ。

「大場どのは、殿が送り込んだ手の者です」

三成が何も言わずに兵庫を見つめ返す。大場土佐――その身のこなしから腕が立つことはわかっていたが、敵と対峙する時、いつも後方に控えていた。怯懦からの位置取りとは思えなかったゆえ、疑問に感じていた。

「いつ気づいた」

「愛宕神社で、大場どのがしゃがめ、と声を発した時です。まるで、かねてより殿たちが来ることを知っていたとしか思えぬ言葉でした」

三成は微かに苦笑した。だが何も言わない。兵庫は続ける。

「その時、大場どのが声を発したことで、もう一つのことにも確信を抱きました」

三成の目が細まる。

「澳門のイエズス会と繋がっていた者、それは納屋助左衛門――松永永種ではなく、殿だったのではありませんか」

「見ての通り、わたしが平蜘蛛を所持しておる。今の時点ではわたしが日本におけるキリスト教の頭領であろうな」

爆音が響いた。戦況は刻々と動いている。もう時間がない。

「そういう意味ではなく、わたしを伏見城の茶室に呼び出した時、すでに殿は平蜘蛛を所持しておられたはず。太閤殿下も納屋助左衛門も、殿が書いた絵図通りに動いたに過ぎぬと思っております」

平蜘蛛の一件は、どうにもおかしなことだらけであった。秀次が秀吉に試され、その結果信用を失い誅された、というだけの話には思えなかった。兵庫は自分なりにあれこれと推量し、その結果、確信が持てる結論に達した。あの時の大場の声がきっかけだ。三成が黒幕と気づき、かねてよりおかしく感じていたことにも合点がいった。

最初に疑念を抱いたのは、秀次の指示で平蜘蛛探しに動き出した時、藤森神社で襲われたことだ。誰が何のためにあの時点で兵庫らを襲う必要があったのか。あの時、関わった者たちは兵庫らが何も知らないことを、知っていたはず。殺す必要など、どこにもないはずだ。しかし唯一の例外があることに気づいた。兵庫はそもそも秀吉の命で動いており、秀次の命令を忠実に守る者とは思われていなかった。だが大山伯耆は違う。手練れの上に、秀次に命を捧げて生きている忠臣だ。あの襲撃は大山伯耆排除のためと考えれば説明がつく。だからあの時の敵はまず伯耆を狙い、兵庫と対峙せねばならぬようになったら退散したのだ。兵庫の懐を浅く斬り裂いたのも狙いを覚らせないためだ。あの時の兵庫のぼんやりとした動きなら、腹をかっ捌かれていてもおかしくなかった。

大坂の傾城屋で襲われたのも同様だ。兵庫以外の余計な人員を排除し、操りやすくするためだ。つまり秀次排除への強い意志が働いていたとしか思えなかった。試そうとしている程度のことでは、そこまでするまい。養子とはいえ関白の位にある豊臣の一族を簡単に放逐するわけにはいかないゆえに、謀略も複雑なものになったのだろう。

そもそも、秀次はなぜ平蜘蛛探しを兵庫に命じたのかだ。兵庫のような裏切り者に頼まずとも、大山伯耆のような腕利きの忠臣がそばにいるのだからそちらに頼めば良いではないか。兵庫に依頼する理由としては、平蜘蛛を弾正の命令に逆らって秀吉に献上したことで、その由来を知っている者としてしか考えられない。ほとんどの者が兵庫のことを、負け戦で主君を裏切った者としか思っていなかったはずだ。

しかしそれではおかしな点があるのだ。秀次は兵庫と平蜘蛛の関わりをいったい誰に聞いたのか。それは、秀吉としか考えられない。秀吉しか知らぬ秘密だったはず。それを秀次が知っているとすれば、それは秀吉から聞いた場合だけだ。実際に秀次もそう言っていた。

秀吉はなぜ兵庫の名を出したのか。平蜘蛛と兵庫の接点は信貴山においてだけだ。兵庫などあえて名を出す必要もない小者だ。そこから導き出されるのは、裏切りに躊躇せぬ男を秀次のもとに送り込み、重用させた上で裏切らせる思惑があったということだろう。だから秀吉は、兵庫のことを平蜘蛛に精通した男として秀次に教えたのだ。

納屋助左衛門から平蜘蛛を預かり、秀吉に献上した時、酷く罵倒された。秀吉らは、兵庫が気を利かせて平蜘蛛を秀次に持って行くことを期待していた。最初に茶室において秀吉から平蜘蛛探しのことと同時に、秀次のことを尋ねられた。あれは、裏の真意を読み取れ、との芝居だったのだろう。だが、兵庫は真に受けてしまった。平蜘蛛を献上することで、秀吉の歓心を買えると判断してしまったのだ。

伏見城から下がる時に三成が優しき言葉をかけてくれた。いま思えばあれもおかしかった。なぜ三成は、平蜘蛛の話ではなく秀次を護れという話をしたのか。そうとでも言わなければ、鈍感な兵庫は秀次の味方をせぬ、と三成は判断したからだろう。その後は三成の言に導かれて、秀次に忠誠を誓い、結果として切腹にまで追い込んでしまった。

そしてもっと重要な点が、誰が実際にイエズス会への助成を頼んだのか、だ。兵庫が知っている限り、最初にイエズス会が動いたと聞いたのは、秀次謀反に呼応するように早鞆瀬戸沖に十隻もの南蛮の軍船があらわれた時だ。これが早すぎるのだ。秀次が応援を依頼し、その依頼が澳門に届き、それから船隊を編成し日本に送り込むという段取りは、下手すれば一年はかかりかねない。

いったいイエズス会は、いつ、誰から頼まれたのだ。秀次ではない。あの頃、秀次が宣教師らに会った形跡はない。何と言っても秀吉のキリスト教嫌いを考えれば、迂闊な動きはとれない時期だった。それに第一、時間がない。伏見城での能に秀次が呼ばれて、決定的な窮地に立ってから南蛮船があらわれるまで、二《ふた》ヶ月《つき》と経っていない。これは無理だ。決定納屋助左衛門も同様の理由で無理だ。あの頃は日本にいたのだ。しかもいつ秀次と秀吉が決定的な対立をするのかまでは見極められなかった。だが、太閤や三成なら可能だったはず。自分たちが操っているのだから、秀次といつ敵対するかなど決めることは容易《たやす》い。

そしてそう考えると、あらわれた南蛮船が大した攻撃もせずに引き揚げたことの説明がつく。そもそも秀次への援軍ではなく、三成の要請に従ってやってきただけならば、用が済めば帰る。

そしてイエズス会と三成が直接繋がっているのではないか、と疑念を抱いたのは秀次死後、三成が平蜘蛛を所持することを秀吉が認めたからだ。秀吉はなぜ、家臣がそのような力ある物を所持することを認めたのか。ましてやそれが、秀吉自身が嫌うキリスト教会と関係する物にもかかわらずだ。

その疑問は、最初から平蜘蛛を使って澳門のイエズス会と交渉していたのが三成ならば、理解できる。もともと平蜘蛛を持っていたのが三成ならば、その後も所持したとしても問題ないと秀吉は考えたのだ。秀吉は平蜘蛛など虚仮の権門でしかないと知っていたはずだから。秀吉は、拾丸さまの後見人として三成に平蜘蛛を渡して、その力を利用させようと考えたのかも知れない。能吏である三成に領地はやれないが、平蜘蛛ならよし、と考えたのだろう。平蜘蛛が日本一国に値するなどの妄言は、森九兵衛が言っていただけである。

では三成はいつから持っていたのであろうか。おそらく納屋助左衛門から秀吉へ平蜘蛛が献上された時と考えれば合点がいく。

三成自身が言っていたではないか。松永弾正は御家再興のために平蜘蛛を永種に渡し、逃がしたと。

ならば永種――納屋助左衛門が、持っている平蜘蛛をもっとも効果的に使う方法は秀吉に献上することしかない。永種自身が、日本におけるキリスト教の頭領として振る舞おうにも、すでに平和の世となった日本で、澳門のイエズス会からの協力程度で穿《うが》つことのできる穴は小さかっただろう。そしてそうやってなにがしかの地位を手に入れたとしても、それは強者から簡単にひねり潰される程度のものだったはず。

ならば真の強者に献上し、その庇護下で力を振るうが得策と考えるのも当然だ。

ゆえに、納屋助左衛門は御家再興のために平蜘蛛を秀吉に献上したのに違いない。そして平蜘蛛の由来を話した。だが、すでに日本全土を束ね、唐土四百州まで平らげようとしていた秀吉からすれば、異教徒の伝説など胡散臭いだけだったはず。だから三成がそれを使って秀次を追い詰める策を思いついた時、任せたのではないだろうか。そして納屋助左衛門も三成の意向に沿って動いていたのだ。もしかすると松永家再興を約束されていたのかも知れぬ。だが、事態は変わった。秀吉死後、なかなか権力を掌握できなかった三成を永種が脅すことがあったかも知れない。自分を取り立てねば、三成が為した謀略をすべて白日の下《もと》に晒すとでも言われたのではないか。家康ら大大名がそれに食いつけば、権力基盤がまだ弱い三成は窮地に陥っただろう。もちろん三成は、永種がどこに隠れていたかも知っていたはず。というか、隠れるにあたって便宜を図ってもいるだろう。その上で兵庫らを囮にし、永種一味の注意を逸らしていた。そして兵庫らの復讐に乗じて永種の一味すべてを亡き者にしたのだ。あの時、永種は何か言おうとしていたが、三成がとどめを刺すように命じたゆえに最後まで聞くことができなかった。

どうやって三成が澳門のイエズス会と通じたのかも想像がつく。

澳門のイエズス会も、三成が、秀吉へキリシタン禁教令を解くように進言すると言えば、一も二もなく飛びついただろう。三成のような現世達者からすれば、聖杯伝説など利用する手段に過ぎなかったのではないか。

兵庫はそれらのことを簡潔に三成に伝えた。これらはすべて兵庫の想像に過ぎない。証拠などどこにもないのだ。

一瞬黙った後、三成が口を開く。

「豊臣の家は武門の家である。武によって世を治めねばならぬ。情で治世するわけにはいかぬ。関白さまはそのことに気づかれなかった。いや、気づいていたがその気性の優しさから、逆に太閤殿下に対抗しようとされた」

三成は悲しげな表情を一瞬見せた後、

「人は他者から、これが本物、と与えられると疑うが、自分で見つけるとなぜか本物と信じ込む。関白さまもそうであったが、わたしも自分で仕掛けたはずの罠に搦め捕られた。無様《ぶざま》なことだ……」

と言った。

兵庫に直接指示するよりも、兵庫の意思を操り平蜘蛛探しに動かして、その結果として秀次が奸計《かんけい》に嵌ることを狙っていたということか。

そこで三成は兵庫を見据えた。そして、微笑した。

——なにがおかしいのか……。

三成は続ける。

「ただな、舞よ、勘違いするな。関白さまはわたしにただ騙されるような愚か者ではないぞ。わたしが何かことを仕掛けていることは承知の上のことであったはず。その上で戦いを選ばれたのだ」

——なんと……。

「関白さまもわたしも、豊臣家を護るために戦ったのだ。方法こそ違え、目指そうとするものは等しかったのだ。ゆえにその方らをわたしに託したのだ」

確かに、絵図戦で負けて後、兵庫らを三成に預けたのは、偏に秀次の意思であった。

三成はゆっくりと言を繋ぐ。

「絵図戦の時、関白さまは、洛中に仕掛けられた何かに——はっきりとは脳裏に描かれてはいなかったのかもしれないが、気がつかれておられたはず。それでも正々堂々と戦をされた。まこと潔き最期であった。そして、ご自身が死して後なお、戦が終わらぬ事も見抜かれておられた。ゆえにその方らをわたしに託した」

そこで三成は顔を歪めた。そして続ける。

「だが納屋助左衛門——松永永種は違った。豊臣家も、日本という国もどうでもよかったのだ。ただ松永家再興だけが望みであった。なんと小さな望みであろうか。その程度の望みで、この国の行く末を左右するなどあってはならぬ。ゆえに——」

殺した、ということか。

しかし証明しようのないもう一つの疑問があった。納屋助左衛門、あれは本当に松永永種だったのだろうか。犬に嚙まれた傷のことも、松永弾正の次男であることも、すべて三成から聞いているだけ。最初から三成が松永永種——納屋助左衛門に仕立て上げた人物かも知れぬのだ。だが、それはもう調べようがない。三成がいま言った言葉を信じるしかない。

三成は溜息を一つ吐くと続けた。

「世のこと、みなもてそらごとたわごと、まことあることなし、か……」

そう言うと三成は兵庫に厳しい視線を浴びせた。

「これで話は終わりだ」

「……」

兵庫は言葉に詰まった。三成がゆっくりと言葉を続ける。

「さてその方、いかがいたすか」

もとより覚悟は決めている。

そして秀次が兵庫らを、三成に託したことの意味を知った今、為さねばならぬ事はあと一つ。

「信貴山を始まりとするならば、ここ関ヶ原が終わりです。平蜘蛛の始末は、わたしがつけます」

吶喊の声が近くなってきた。西軍が一気に押され始めたのだ。

松永弾正、千利休、豊臣秀次、納屋助左衛門、そして石田三成、と多くの者を狂わせ、殺してきた平蜘蛛は今日で消え去る。いや狂わされたのは自分も同じ。

「大山伯耆さま、討死」

その報せが届いたのと同時に、小姓が短い火縄のついた桐箱を持ってきた。

兵庫は黙ってそれを受け取る。これが兵庫の始末の付け方である。

「舞兵庫よ、世話になった」

兵庫は三成に一揖《いちゆう》すると背を向けて走り出した。前衛に出ると、すでに西軍が敗走し始めているのが見えた。兵庫は手早く桐箱に組紐を巻き付ける。そして近くにいた鉄砲を持つ足軽を呼びつけると、桐箱の短い火縄に火をつけた。そして馬に跨《また》がった。

そこで兵庫は心の中で、「せい、世話になった。里の芋はうまかったぞ。そしてわが子よ、母を大事にせよ」と声をかけ、馬の腹を蹴った。

「舞兵庫である、出あえや」

兵庫は桐箱を振り回しながら敵中へと突入していった。目指すは敵本陣。ここが、信貴山と聚楽第で失った舞兵庫の死に場所なのだ。

「出あえや」

銃弾が兵庫の頬をかすった。兵庫は桐箱を振り回すのをやめなかった。そろそろ火縄の火が桐箱の中の炸薬に点火するはず。兵庫はなおも絶叫した。その時、腹に衝撃を受けた。銃撃だ。そう思ったとき振り回す腕の先から閃光が迸《ほとばし》った。

了

参考文献

『日本巡察記』　ヴァリニャーノ著　松田毅一他訳　東洋文庫　平凡社
『茶の湯の心で聖書を読めば』　高橋敏夫著　いのちのことば社　フォレストブックス
『千利休』　芳賀幸四郎著　吉川弘文館
『豊臣秀吉と京都』　日本史研究会編　文理閣
『よみがえる日本の城19』　聚楽第他　学習研究社
『関ヶ原の戦い　グラフィック図解』　学習研究社
『イエズス会の歴史』　ホアン・カトレット著　高橋敦子訳　新世社
『やきもの鑑定入門』　出川直樹監修　芸術新潮編集部編　新潮社
『古田織部の茶道』　桑田忠親著　講談社学術文庫　講談社
『茶の湯の歴史』　熊倉功夫著　朝日新聞社
『茶の精神』　千玄室著　講談社学術文庫　講談社
『図説千利休　その人と芸術』　村井康彦著　河出書房新社
『茶の湯と陰陽五行　茶道具にみられる陰陽五行』　淡交社編集局編　淡交社
『すらすら読める南方録』　筒井紘一著　講談社
『茶話指月集　江岑夏書』　谷端昭夫著　淡交社

第七回アガサ・クリスティー賞選評

アガサ・クリスティー賞は、「ミステリの女王」の伝統を現代に受け継ぐ新たな才能の発掘と育成を目的とし、英国アガサ・クリスティー社の公認を受けた世界最初で唯一のミステリ賞です。

二度の選考を経て、二〇一七年七月六日、最終選考会が、北上次郎氏、鴻巣友季子氏、藤田宜永氏、ミステリマガジン編集長・清水直樹の四名によって行なわれました。討議の結果、最終候補作五作の中から、村木美涼氏の『窓から見える最初のもの』が受賞作に決定しました。

村木氏には正賞としてクリスティーにちなんだ賞牌と副賞一〇〇万円が贈られます。

大賞

『窓から見える最初のもの』村木美涼

優秀賞

『アラーネアの罠』西恭司

※『殺生関白の蜘蛛』に改題　日野真人に改名

最終候補作
『マジェスティック・ウィドウ』七堂航
『赤い靴の女』須田稔
『うないドール』オーガニックゆうき

選評

北上次郎

いちばん惹かれたのは、オーガニックゆうき『**うないドール**』という作品だった。沖縄の歴史を背景にした愛憎劇で、なかなかよく出来ている。登場人物の造形が物足りないので人間関係がややわかりにくいが、まあ許容範囲だろう。ペリーの沖縄来航の裏話から、沖縄には紅葉しない銀杏があるという話まで、沖縄雑学のてんこ盛りも興趣を増している。個人的には、恵子が高校時代を回想するくだりに感じ入った。スミレの父親がみんなを与論島まで船で連れていってくれるのだが、島まで泳いでいけとみんなを海に放り投げるシーンがあるのだ。このくだりがきらきらと光っている。ここにこの人の作家的資質がある。粗削りで欠点の多い作品なので票を集めなかったが（たとえば構成に難があることを指摘されたら弁護しにくい)、その分ノビシロはたっぷりとある。将来性はいちばんだろう。再度の挑戦を期待したい。

西恭司『**アラーネアの罠**』は逆に安定した筆致で読ませる佳作。アガサ・クリスティー賞に時代小説で応募するとは大胆だが、文章よく構成よく、兵庫の家庭内の様子などの細部もいい。安定度では、最終候補作いちばんだと思うが、その分だけ地味な印象を与えるのは損。しかしスルーするのは惜しいので、優秀賞となった。

大賞を受賞した村木美涼『**窓から見える最初のもの**』は、強いインパクトに欠けているというのが最初の印象だった。そこで数日後にふたたび読んでみた。私の読み方に問題があるのではないかと思ったからだが、二度読んでも印象はかわらなかった。幾つかの話が微妙にクロスしていくが、それが驚きに繋がらないのはこの作品の欠点だろう。しかしそれを除けばセンスよく、考えてみれば『**うないドール**』ほどの欠点でもなく、積極的に推す他の選考委員に反対するほどのことでもなかった。

選評　鴻巣友季子

毎年、バラエティに富んだラインアップとなりますが、今年も様々な題材、様々なアプローチの力作が最終候補に残りました。

豪華客船という半密室空間を舞台に、骨董美術の蘊蓄をかけあわせた謎解きもの『マジエスティック・ウィドウ』（七堂航）。「平蜘蛛」という実在した茶釜を中心に、その強烈な魔力と関ヶ原合戦前夜を描いた茶の湯歴史ミステリ『アラーネアの罠』（西恭司）。猟奇殺人事件を扱った警察ミステリ『赤い靴の女』（須田稔）。第二次大戦の戦地沖縄の裏歴史を扱ったバイリンガル・ミステリ『うないドール』（オーガニックゆうき）。四つの謎と物語が、ある特定の日を結節点として響きあう『窓から見える最初のもの』（村木美涼）。

『アラーネアの罠』は、明らかに筆力が高く、牽引力があります。主人公が太閤秀吉と関白秀次の双方から、伝説の茶釜の捜索を依頼されることに始まり、茶道とキリスト教の関わりおよびイエズス会の深慮遠謀をからませ、これまた伝説の貿易商に意外な設定をほどこしたところに、アガサ賞らしい世界の広がりを感じました。中盤以降、要素をやや鏤《ちりば》めすぎた観はあります。

『窓から見える最初のもの』は、女子短大生、壁紙販売会社の経営者、喫茶店を開こうとする男性、自販機設置販売業者を中心とする四つのストーリーから成ります。ていねいな造りと、主人公四人の描き分けに感心しました。彼らは決して出会うことがないものの、遠景にいるのがうっすら感じられたりする。そのストイックなさりげなさが美徳ですが、同一の日の関わりがもう少し鮮やかに俯瞰できる仕掛けがあってもよかったかと思います。

『マジェスティック・ウィドウ』は探偵役の男女のキャラや会話の妙が楽しく、「指先の嗅覚探偵」という発想も良いのですが、この素人探偵たちの捜査を阻むものがなく、管理者や当局が率先して協力してくれる展開には、やや甘さを感じました。『うないドール』はマヤーガマ（洞窟）や、米軍に忠誠を誓った〝イエス・イエス・ボーイ〟の日本人を登場させた、目のつけどころのいい、五作中最も野心的な作品です。英語をふんだんに取り入れていますが、言語的アイデンティティやその亀裂と苦難にまっこうから向き合う小説の秀作も多い昨今、異言語で書く必然性をまっとうするには、あと数段の掘り下げが求められるかと思います。また、技術面になりますが、ネイティヴ・スピーカーの発話である以上は、納得のいく英文に仕上げる必要があります。『赤い靴の女』は、猟奇殺人やＳＭ愛好という素材の料理の仕方に、なにか新しみがあれば魅力が増したと思います。

選評　藤田宜永

今回から選考に加わった僕は、どんな作品が候補に上がってくるのか愉しみにしていた。本格物から警察小説まで、いずれも期待を裏切らない候補作だった。

七堂さんの『マジェスティック・ウィドウ』は本格物。探偵役とワトソン役の男女はよく書けていたし、話のテンポも悪くなかった。問題は仕掛けである。豪華客船を〝密室〟

として使っているのだが、人の出入り等々の説明が若干分かりにくかった。本格物の謎やトリックは非現実なものでいい。だからこそ鮮やかさが必要。本格の美学はそこにある。

須田さんの『**赤い靴の女**』は猟奇的な事件から始まる警察小説で、或る女性の復讐が物語の中心にすえられている。意外な展開を見せるのだが、登場人物の描写が少ないため、やや説得力に欠けていた。それに、虐待や陵辱とSMプレイを同じ位相で語っていることにも疑問を持った。派手な事件よりも、盛りをすぎた主人公の刑事をもっと丁寧に描き、懐の深いミステリに仕上げた方がよかった気がする。

オーガニックさんの『**うないドール**』は、選考委員の評価が分かれた問題作。早川書房の編集者たちも意見を戦わせたらしい。沖縄の歴史や風習をきちんと描き出したミステリで、先を読みたくなる作品だったが、僕は推せなかった。英語の会話が読みにくい点に目を瞑っても、説明と会話が中心で描写が少ないことが引っかかったのだ。勢いで書いた作品。僕にはそう思えたが、そこがまた新鮮に感じられたところかもしれない。力がある人なので、沖縄という特殊性と関係のない作品を読んでみたい。

西さんの『**アラーネアの罠**』は、候補作の中で一番、安定した作品だった。文章力もあり、物語にも破綻がない。主人公や事件がちょっと平板だと思ったが欠点というほどのものではない。かなり書き慣れている人の作品だと推測した。当たっていた。後で聞いたのだが、すでにプロとして活躍している方だった。最後まで大賞を争った秀作。優秀賞があたえられて当然である。

村木さんの『**窓から見える最初のもの**』は欠点に目を瞑れるだけの独創性のある作品だった。見知らぬ四人の人生が織りなすミステリは、細部の描写にも目配りがきいていて、ぐいぐい読ませる力がある。終わり方に不満を持ったが、僕はこの小説を一番に推した。大賞受賞、おめでとうございます。

選評　清水直樹（ミステリマガジン編集長）

第六回の昨年は、初めて大賞なしという結果だったが、今年は大賞と優秀賞をそれぞれ一作ずつ出すことができた。全体としては、例年以上にバラエティに富んだ最終候補作の五篇という印象であった。

大賞を受賞した『**窓から見える最初のもの**』は、世代の異なる四人の人物を語り手にした多視点もの。それぞれの人物の物語が微妙な加減で重なり合っていて、私は人物相関図を書きながら読んだが、精緻に考えられた構成に感服した。一方でそれぞれの人物を等しく描こうとしたためなのか、突出したキャラクターがいないのが、やや物足りなく感じた。

私が最高点を付けたのは、優秀賞となった『**アラーネアの罠**』。安土桃山時代末期を舞台に、歴史上の人物を配し虚実入り乱れた語りで読ませる歴史ミステリである。豊臣家の跡継ぎ問題と、伝説の茶釜・平蜘蛛の謎を中心に描かれる物語は、けれん味たっぷりで夢中になって読んだ。中盤以降、やや詰め込み過ぎな印象を受けたのが残念なところ。

選考会でも評価が分かれたのが『**うないドール**』。沖縄の歴史を太平洋戦争から現在までダイナミックに描いた意欲作で、主人公が追う謎は、いまの沖縄が抱える問題と直結しており、物語に引き込まれた。いかんせん、人物の描き方、小説作法などさまざまな点で荒さが目立つ。そこが争点になった。

『**赤い靴の女**』は、定年間近の刑事を主人公にした警察小説。プロット、キャラクターなどさまざまな評価ポイントでいずれも及第点といった印象。何か特出した部分がないと同ジャンルに優れた作品が多いだけに厳しいか。

『**マジェスティック・ウィドウ**』は、豪華客船を舞台にした本格推理もので、主人公の女性のキャラは立っているのだが、プロット・構成などで不自然な部分が多すぎた。

本書は、第七回アガサ・クリスティー賞優秀賞受賞作『アラーネアの罠』を、書籍化にあたり加筆修正し、『殺生関白の蜘蛛』と改題、筆名を日野真人と改めたものです。

著者略歴　1961年福岡県北九州市生，僧侶　作家　2017年に本書で第7回アガサ・クリスティー賞優秀賞を受賞

HM=Hayakawa Mystery
SF=Science Fiction
JA=Japanese Author
NV=Novel
NF=Nonfiction
FT=Fantasy

殺生関白《せつしようかんぱく》の蜘蛛《くも》

〈JA1307〉

二〇一七年十一月二十日　印刷
二〇一七年十一月二十五日　発行
（定価はカバーに表示してあります）

著者　日《ひ》野《の》真《まこ》人《と》
発行者　早川浩
印刷者　入澤誠一郎
発行所　株式会社　早川書房
郵便番号　一〇一 - 〇〇四六
東京都千代田区神田多町二ノ二
電話　〇三 - 三二五二 - 三一一一（大代表）
振替　〇〇一六〇 - 三 - 四七七九九
http://www.hayakawa-online.co.jp

乱丁・落丁本は小社制作部宛お送り下さい。
送料小社負担にてお取りかえいたします。

印刷・星野精版印刷株式会社　製本・株式会社明光社

ISBN978-4-15-031307-4 C0193

本書は活字が大きく読みやすい〈トールサイズ〉です。